Collection S. Fischer Band 114

Bernhard Keller

Spiel im Dunkeln

Roman

S. Fischer

Typografie: Farnschläder & Mahlstedt Typografie, Hamburg
Druck und Bindung: Clausen & Bosse, Leck
Printed in Germany
ISBN 3-10-049515-2

Die Liebe ist hart.

In love
dear love, my love
detail is all

W. C. Williams

1 November. Ein Mittwoch. Zehn Uhr abends. Ein Mann geht durch den Park der Olympischen Spiele von neunzehnhundertzweiundsiebzig. Er trägt nur ein weißes Hemd, die beiden obersten Knöpfe sind geöffnet. Ein dünnes graues Jackett hängt über seiner rechten Schulter. In einer der Taschen klimpern Münzen und ein Schlüssel.

Seit gestern bläst der Föhnwind über die Stadt. Der wärmste fünfte November seit neunzehnhundertsechsundfünfzig, wird morgen unter der Rubrik Wetterhistorie die Zeitung vermelden. Persönlicher Rekord ebenso in seinem bisherigen Leben. Auch deshalb wird er diesen Abend nie vergessen. Seine Schritte sind gleichmäßig, denn er liebt und braucht die Präzision. Sie hilft ihm dabei, seine Anspannung zu kontrollieren und in ihm eine Art Vorfreude aufkommen zu lassen. Er freut sich auf ihren ersten Blick, wenn sie begreift, dass er sich ab jetzt in ihr Leben einmischen wird. Ihr Blick wird vieldeutig sein. Neben solchen gewöhnlichen Ausdrücken wie Verwunderung, Angst und Wut hofft er, darin etwas Neues und Unbekanntes zu entdecken. Etwas vollkommen Neues. Es wird klappen, er ist zuversichtlich.

Rechts liegt das ehemalige Radstadion, die Schaufenster des Fahrradgeschäftes sind noch beleuchtet, wie immer zur Zeit der *Sixdays*. Beim Sicherheitsdienst, der daneben seine Büros hat, ist es hingegen überraschenderweise dunkel. Nur der bläuliche Widerschein der Monitore dringt nach draußen. Er erinnert sich an eine Broschüre über die Sicherheit in öffentlichen Parkanlagen und Freizeitparks, die irgendwann im Büro herumlag. In einer europaweiten Untersuchung schnitt der Olympiapark am besten ab. Verbrechen findet hier nicht statt. Ein paar Taschendiebstähle, sonst nichts. Obwohl es genügend dunkle Ecken gibt, keine einzige Vergewaltigung in den letzten zehn Jahren. Ein paar harmlose Schlägereien. Kein Mord.

Er steigt über den kleinen, steilen Hügel hinauf zu der großen Metallfigur. Eine dralle, überlebensgroße Frau, die auf einer Kugel einen Handstand vollführt. Die dicken, kräftigen Schenkel sind gespreizt wie ein Victory-Zeichen. Dazwischen ist sie glatt, nicht einmal eine Andeutung ist zu finden. Die Schrift auf dem Steinsockel hat im Flutlicht, das vom Stadion herüberwabert, einen dunkelvioletten Schimmer. *Olympia triumphans … per artem ad naturam …* Er bleibt kurz stehen und lehnt sich an den Sockel. Er lässt seinen Kopf zurückfallen, bis er einen trockenen, hohlen Ton hört. Für einen Augenblick fühlt er sich schwach, nicht elend, nicht verzagt, einfach nur schwach, wie nach großer körperlicher Anstrengung. Plötzlich verspürt er einen Stich auf der Unterlippe.

Fünfhundert Meter weiter und zehn Meter tiefer.

»Au«, schreit Nora, »verdammte Scheiße, wieso liegen hier Splitter rum? Nick!«

Noch eine halbe Stunde bis zum ersten Auftritt. Zur Begrüßung und Vorstellung der Tänzerinnen wird sie als Erste auf die Bühne gehen. Die Leute werden klatschen und anerkennend pfeifen. Sie wird sich ein paar Mal drehen und locker mit den Beinen schlenkern, als wären sie nicht richtig festgemacht. Zweimal die Bühne kreuzen, sich dann hinten rechts vor die Videoleinwand platzieren und auf die schwarze Bala und die Belgierin Christine warten. Sie haben es am frühen Abend zweimal geprobt, und Nick hat *Supersupersupermädels* geschrien.

Sie hätte heulen können. Ohne zu wissen, warum. Und nun schon wieder.

Die Tränen kommen ihr, als sie auf einem Bein zu dem grauen Hocker vor dem großen Wandspiegel hüpft. Seine Polsterung seufzt, als sie sich auf ihm niederlässt.

»Hey, du weinst ja, Mädchen. Zeig mal her.«

Sie wirft den anderen beiden Frauen einen finsteren Blick zu, der ihr im gleichen Moment Leid tut. Von einem großen und von einem kleinen Mund erntet sie jedoch dasselbe versöhnliche Lächeln. Nick nimmt ihren Fuß, der winzig aussieht in seinen Händen. Er versucht, ihn zu drehen, während er irgendetwas Unverständliches murmelt.

»Willst du mir den Fuß brechen?!«

Sie verpasst ihm mit dem anderen Fuß einen leichten Tritt in die Seite, er jault auf und stößt einen Fluch aus.

»Jammerlappen«, sagt sie kühl, »kümmer dich besser um den Boden.«

Er steht auf und blickt ehrlich betroffen.

»Ich hab diesen Boden vor nicht mal einer Stunde eigenhändig mit dem Nilfisk GM 80-HEPA gesaugt, den ich mir extra für euch Mädels zugelegt habe. Ist dir bewusst, dass die Nilfisk-Filter in der Lage sind, auch die kleinsten Staubpartikelchen aufzufangen, sodass die Abluft eines Nilfisk-Staubsaugers tatsächlich sauberer ist als die eingesaugte Luft? Weißt du, was ein HEPA-Filter ist? HEPA steht für High Efficiency Particulate Air, was bedeutet, dass winzige Teilchen, wie Ausscheidungen und Eier von Milben, Pollen, Rauchpartikel, Asbest und sogar Bakterien, zusammen mit dem Haushaltsstaub zurückgehalten werden. Ist dir bekannt, dass die WHO HEPA-Filter empfiehlt und dass die NASA sie zur Reinigung der Space-Shuttles verwendet?«

Bala und Christine lachen, während Nick mit seinen riesigen Händen gestikuliert und dabei ständig den Kopf schüttelt. Nora versucht ein Grinsen, aber es misslingt ihr. Sie kommt sich heute so sentimental vor, und das ist wirklich keine gute Voraussetzung, um ihren Körper anstarren zu lassen. Das Publikum wartet draußen, fast die Hälfte sind Frauen, und deren neidvolle Blicke fürchtet sie, weil sie sich dann schuldig fühlt. Niemand kann ihr was vorwerfen, sie sieht einfach gut aus, sie sieht einfach perfekt aus. Wenn sie mit diesem Fuß überhaupt tanzen kann. In was ist sie da eigentlich hineingetreten?

»Vierstufiges Filtersystem, neun Liter fassende Papierfiltertüte, zusätzlich ein großflächiger Baumwollfilter und ein Mikrofilter. Ist dir das bekannt, oder erzähl ich hier was ganz Neues? Der GM 80-HEPA ist in der Lage, neunundneunzigkommaneunneunsieben Prozent aller Partikel bis zu einer Größe von nullkommadrei Mikrometer zurückzuhalten. Nur mal so zur Information, und ich sage das im Interesse aller hier Anwesenden, bei Tabakrauch beispielsweise rechnen wir mit einer Partikelgröße von nullkommanulleins bis einem Mikrometer oder bei Milbenallergenen mit einer Größe von nullkommaeins bis zwölf Mikrometer. Wenn wir als bekannt voraussetzen, dass Partikelgrößen unter fünf Mikrometer als lungengängig und Partikelgrößen unter zwei bis drei Mikrometer als alveolengängig betrachtet werden, können wir leichthin unsere Schlussfolgerung ziehen, die nicht wenig euphorisch ausfallen wird. Mit einem Nilfisk, Schätzchen, können Allergiker und sensible Personen endlich wieder aufatmen.«

Bala, Christine und Nick sind jetzt so in diesem schmucklosen Raum verteilt, dass Nora zugleich ihre Spiegelbilder sehen kann. Nahe der Tür zu dem langen Gang, der zur Diskothek hinausführt, sieht eine Übermacht von sechs Gestalten lachend zu ihr herüber. Wie in einem spitzen Winkel eingeklemmt, sitzt sie auf ihrem Hocker und hält ihren rechten Fuß in der Hand. Sich selbst erblickt sie aus dem Augenwinkel, und es ist ihr unangenehm, wie reglos und schweigsam sie da sitzt. Nick muss irgendjemanden nachgemacht haben, den ihre Kolleginnen sofort feixend erkannt haben, nur ihr ist entgangen, wer gemeint ist, und auch das ist ihr unangenehm. Sie fragt sich, wie sie diese Nacht überstehen soll, wenn ihr solche Kleinigkeiten was ausmachen.

»Ich schau mich mal draußen um.«

Die Tür zum Gang öffnet sich, und Nick verschwindet. Wie eine Schlammlawine wälzt sich die Musik aus der Disco herein, ein harter Rhythmus lässt diese unsichtbare Masse pulsieren, und mit einem Mal fürchtet sich Nora, und sie blickt entsetzt auf zu den beiden Frauen, die damit beschäftigt sind, ihre glänzenden Körper mit winzigen Kleidungsstücken zu verzieren. Grausam die Akkuratesse ihrer Finger mit den langen, gebogenen Nägeln, die jeden Saum und Träger auf eine Art zurechtrückt, als käme es hier auf den Tausendstelmillimeter an. Dieser von Nick eigenhändig gesaugte Betonkasten hier unten scheint eine Art Labor zu sein, in dem exakter gearbeitet wird als bei der Herstellung von Computerchips. Ein Reinraum, in dem schnelles Laufen verboten ist.

»Willst du was rauchen?«

Christine ist langsam vor ihr in die Hocke gesunken, genau so wie sie es nachher draußen immer wieder machen wird, aber jetzt leckt sie sich nicht über die Lippen oder blickt herausfordernd, sondern legt ihre Hand auf Noras Hand, die immer noch den Fuß mit dem Splitter hält. Auch Bala unterbricht ihr Ankleiden, legt den Arm um ihre Schultern, streicht ihr die Haare aus dem Gesicht und gibt ihr einen Kuss auf die Wange.

»Das ist doch eine klasse Idee. Wir rauchen noch ein bisschen was von dem milden Gras, und danach geht's uns ganz, ganz gut.«

Balas Stimme ist angenehm fest, nur beim A sackt sie manchmal in ein Loch, ein kurzer Basslaut, den Nora sehr mag. Die Tränen steigen ihr wieder in die Augen über so viel Fürsorge und Nettigkeit, und während Christine eine Zigarette dreht und Bala ihr Gesicht im Spiegel betrachtet, untersucht Nora die Sohle ihres Fußes. In der Falte unter dem großen Zeh wird sie fündig, der Splitter sieht aus wie ein winziges Dreieck von der Farbe ihrer Haut. Sie muss ihn nicht herausziehen, denn er klemmt nur fest. Und als sie seine Beschaffenheit erkennt und ihr schlagartig klar wird, woher er stammt, schüttelt sie lächelnd den Kopf über ihre eigene Ängstlichkeit und Empfindlichkeit, gegen die sich manchmal einfach nichts machen lässt. Sie ist erleichtert. Tief inhaliert sie den Rauch aus der dünnen Zigarette, die ihr Christine an die Lippen hält, und langsam ausatmend sagt sie:

»Wisst ihr was, Mädels? Ich liebe euch. Verdammt, es ist wahr, ich liebe euch.«

Bala und Christine nicken. Und dann lachen sie alle drei los. Es ist ein irgendwie langsames Gelächter.

Während er seine Lippe mit dem Zeigefinger abtastet, läuft ihm Speichel aus dem halb geöffneten Mund. Er bemerkt es, saugt Luft ein, und der Speichel zieht sich blitzartig zurück, wie eine Spinne an ihrem Faden. Zuletzt rutscht ein elastischer kleiner Körper über seine Lippen. Er schluckt ihn und setzt seinen Weg fort. Die Rückseite der Haupttribüne des Fußballstadions baut sich vor ihm auf, eine auf den Kopf gestellte Treppenformation, begehbar nur in der Schwerelosigkeit. Sechzigtausend Sportfreunde hocken dahinter, voller Spannung und Erwartung, aber kaum ein Geräusch ist zu hören, der Wind treibt den Schall nach Osten. Zerrissene, dünne Wolken schaben über das in das gespannte Seilnetz eingedeckte Acrylglas, das an manchen Stellen blind ist. Dann wieder sieht es aus, als würde der Himmel in die weit geschwungene Sichel des Zeltdaches schrammen, wütend und mit diesem nervösen Irrsinn, der dem Föhnwind eigen ist. Hier, vor dem vergitterten Seiteneingang, hinter dem ein paar gelangweilte uniformierte Bedienstete mit kleinen Schritten hin- und hergehen, beginnt eine andere Welt. Er hat das Gefühl, daheim zu sein. Die zahlreichen Menschen, die unterwegs sind, bewegen sich erst, seit er diese Grenze überschritten hat. Sie haben nicht auf ihn gewartet, denn sie können nicht warten, sie können sich nur den Anschein geben, zu warten. Wie die Figuren in der kleinen Stadt seiner Modelleisenbahn, die er als Junge besaß. Er war acht, als er sie zu Weihnachten bekam, und er war acht, als er das erste Mal hier draußen war, im Sommer zweiundsiebzig, an einem sonnigen Septembermorgen. Seitdem hat sich nicht viel verändert. Die Bäume scheinen genauso wenig zu wachsen wie die Bäume in der Spielzeuglandschaft. Es sind die gleichen kleinen Bäume mit den gleichen runden Kronen. Der Wind kann ihnen nichts anhaben, kein Wind biegt diese strammen Stämme, die so fest in den kreisrunden, durchlöcherten Betonplatten stehen wie die mit Spezialklebstoff auf die drei Zentimeter starke Spanplatte geklebten Bäume der Eisenbahn. Es ist Herbst, aber auf den Wegen liegt kein Laub. Und kein Unrat. Was hier weggeworfen wird, verschwindet augenblicklich, eine herumliegende Getränkedose hat Seltenheitswert. Und wenn er eine entdeckt, ist es entweder eine hellblaue von Löwenbräu oder eine dunkelrote von Coca-Cola. Aber dieser Blechmüll, kommt ihm vor, wird nicht achtlos weggeworfen, sondern absichtlich ins Gras gelegt oder exakt zwischen die Kanalgitter im Rinnstein geklemmt. Diese beiden Arten von Blechdosen gehören zum Inventar des Parks, sie sollen einen Eindruck von Lebendigkeit erwecken wie der künstliche Unrat für die Modelleisenbahn. Gibt es künstlichen Unrat für Modelleisenbahnen?

Er geht an der Südkurve vorüber, jetzt hört er etwas, verhaltenes Brodeln, das mit einem Mal in einen Schrei ausbricht.

Die Öffnung des Stadions zum Himmel hin ist eine Kehle, die ein lang gedehntes Oooouuhh hinausstößt, das kurz nachhallt, gleich verweht und schließlich der Stimme des Stadionsprechers weicht. *Sechsundfünfzigste Spielminute. Für den Spieler mit der Nummer acht …* sagt eine helle, emotionslose Stimme gegen ein sofort anhebendes Pfeifkonzert. Jetzt mit dieser Stimme wird ihm klar, dass er sich irrt. Die Leute im Stadion und die, die ihm auf seinem Weg in die Olympiahalle immer zahlreicher begegnen, sind echt. Was er in seiner kruden Angst, mit der er sich und sein Vorhaben schützen wollte, befürchtet hat, ist wahr. Alle sind so echt wie er selbst. Vorhin war er draußen, jetzt ist er drinnen. Und die Bäume sehen immer noch so aus wie die Bäume auf einer Modelleisenbahn. Doch sie sehen eben nur so aus. Er ist erleichtert. Was er vorhat, soll bei klarem Verstand geschehen. Er will wirklich in das Leben dieser Frau eingreifen, und das will er spüren. Sonst wird es ihm nicht helfen. Es macht ihn glücklich, das zu erkennen. Ein winziges Glück, verschrumpelt und trocken, wie eines dieser kleinen, hängen gebliebenen Blättchen, das sich knisternd am Ast dreht, übermütig, aber nicht sehr.

Auf Noras Handteller liegt das braungelbe Dreieck aus dem Schinken-Mozarella-Baguette, das sie vor einer Stunde gegessen hat. Es ist hart und besitzt die gleichen scharfen Kanten wie ein Glassplitter. Sie hat die Badezimmertür abgeschlossen und sitzt auf einem Handtuch auf dem Klodeckel. Sie betrachtet das kleine Stück wie irgendetwas Seltenes, ein nicht metallisch glänzendes Mineral, opak und hexagonal oder wie man diese

Form nennt. In anorganischer Analytik tauchten am Rande Mineralien auf, und sie glaubt, einmal etwas über die Kristallformen aus den sieben Kristallsystemen gelesen zu haben, aber als sie jetzt von dem kleinen Ding zum Wasserhahn, der langsam tropft, hinsieht und wieder zurück zu dem Ding da, das in der Nähe ihrer Lebenslinie auf ihrer Hand liegt, hört sie nur ein blödes Echo ihrer Gedanken. Aus den sieben Kristallsystemen, aus den sieben Kristallsystemen, hexagonal, hexagonal – bis ihr einfällt, wie sie den Splitter nennen will. Er ist ihr kleiner *Baguettit*, und voller Rührung blickt sie ihn an und möchte ihn am liebsten in ein kleines gefüttertes Kästchen legen und an einem sicheren Ort ewig aufbewahren. Es ist dieselbe Rührung wie zuvor, als sich Bala und Christine so nett um sie gekümmert haben und die sie seit einiger Zeit empfindet, oft zu den unmöglichsten Gelegenheiten und unterschiedslos Dingen oder Menschen gegenüber. Öfter sind es die Dinge, und sie glaubt, jeder würde sie für ein bisschen verrückt halten, wenn sie erzählte, wie sie die Buchstabenkombination auf einem Nummernschild zu Tränen gerührt hat. Heute Mittag, kurz nachdem sie aufgestanden war, sah sie einen grünen, flachen Wagen langsam an ihr vorüberfahren, und als sie auf das Nummernschild blickte, las sie M-ÖSE. Sie ist es gewohnt, sich anstarren zu lassen, wenn sie tanzt, Blicke, die über sie herfallen, Schwärme von gierigen Blicken, die in jede Pore eindringen wollen, aber sie hat die Unschuld dieses Begehrens bemerkt, die sonderbare Gewaltlosigkeit in den Augen von Männern wie Frauen, und seitdem hat sie diese Gefühle, Rührung und so etwas wie Ehrfurcht. Sie hält sich nicht für eine Priesterin, aber ihr Tanzen ist zweifellos ein religiöses Ritual. Selbst dann, wenn ihr so ein stinkendes Landei besoffen seinen Alkoholdunst zwischen die Schenkel atmet und ihr vor Ekel schlecht werden könnte. Selbst dann weiß sie sich zusammenzureißen, weil sie ein diszipliniertes Mädchen ist. Sie spürt ein Kribbeln auf der Haut, als sie den Krümel vorsichtig in eines der kleinen Fächer ihres Kosmetikbeutels rutschen lässt. Es ist gut, hier drin zu sein, in diesem engen Badezimmer, sie mag kleine Räume, übersichtlich, ohne komplizierte Winkel und am besten nur mit einer Tür, die zugleich Ausgang und Eingang ist. Hier drin ist jetzt ihr ganzes Leben, sie kann sich nicht vorstellen, dass es darüber hinaus noch etwas gibt. Sie ist hier drin, und sie ist nicht unglücklich. Dass sie wieder nach draußen muss, berührt sie nicht. Es gibt Momente, da befindet sich das ganze Leben an einem Ort. Schöne Momente, und jetzt ist so einer. Nur sie und der *Baguettit*.

Er steht vor einem runden Lüftungsgitter, aus dem geräuschlos warme Luft entweicht. Es kann nicht funktionieren, denkt er plötzlich, während er in Gedanken den Weg der verbrauchten Luft aus den Katakomben bis hier hoch verfolgt. Der Durchmesser dieser verwinkelten Schächte beträgt knappe zwei Meter, groß genug für ein wenig Lichteinfall, was sich durch die Anbringung von Spiegeln gut verbessern lässt. Aber er hat keine Erfahrung damit. Wie viel Licht braucht ein Mensch, um gesund zu bleiben? Er hat alles vorbereitet, das Zimmer mit allem nötigen Mobiliar ausgestattet, sich um Strom und Wasser gekümmert, das Laufband organisiert und den Teppich hinuntergeschafft. Der Teppich ist ihm sehr wichtig gewesen. Dachte er an die Nacktheit ihrer Füße, dachte er sofort an den Teppich. Ihre glatten Fußsohlen, die leise auf den Flor treten, bedächtig jeden Schritt setzend, denn es gibt keinen Grund zur Eile. Jetzt zweifelt er, ein letztes Mal zwar, das ist ihm bewusst, aber doch ist dieser Zweifel so heftig, dass er Lust hat, sich ihm zu ergeben. Lass sie in Ruhe, was denkst du dir nur aus, du bist wie ein Achtjähriger, der sich in ein Weltraumabenteuer verspinnt, es kann nicht gelingen, sie ist anders, als du denkst, sie ist ganz anders.

Das Lüftungsgitter liegt im Dunkeln, halb unter einem dieser niedlichen Bäumchen. Es ist mit Neigung in das Gelände eingefügt, dort wo es zu dem Stahlzaun hin ansteigt, der das Stadion umgibt. Ein bisschen Licht dringt doch hierher. Auf den Kanten des Gitters liegt ein heller Schimmer, von dem ein Schatten in die vielen dunklen Quadrate fällt, grau auf schwarz, eine flächige Struktur, die an ein Waffeleisen erinnert. Alles ist ganz anders. Hau ab, du Arschloch, hat ihn die schwarze Tänzerin angefaucht, als er ihr unvorsichtigerweise helfen wollte. Es ist fast ein Jahr her. Einer ihrer ersten Auftritte, bei denen er verblüfft zusah. Der Schwarzen, mit der zusammen sie einen Auftritt hatte, war ein sternförmiger Schmuck vom Nippel gesprungen, er hatte es gesehen, und als sie nach ihrer Nummer vom Podest stieg, um danach zu suchen, bot er seine Hilfe an. Die Leute standen dicht gedrängt, und auf den Boden fiel kaum Licht. Die meisten traten einen Schritt zurück, als sie sich hinunterbeugte, ihre wenigen eben ausgezogenen Kleider mit dem linken Arm an die Brust drückend. Er wollte ihr wirklich helfen, aber schon der Versuch war verboten. In diesem Laden damals durfte nur geglotzt werden, alles andere war tabu. Hau ab, du Arschloch, fauchte sie so wild, so aggressiv und vernichtend, dass er erschrocken zurückwich. Gerade rechtzeitig, bevor ihn einer der lebenden Kleiderschränke im Muscle-Shirt packen und rauswerfen konnte. Diese komische, überraschende Wirklichkeit, schien es, war Regeln unterworfen, die lange vor der Welt existierten. Der fundamentale Unterschied zwischen Sehen und Anfassen. Reden gehört schon zum Anfassen. Sogar das Denken und die Vorstellung sind dem Anfassen näher als dem Sehen. Eben auf dem Podest war die Tänzerin absolut selbstsicher, Herrscherin für die Dauer zweier eingängiger Songs. Wenige Minuten später konnte er spüren, dass sie Angst hatte. Arschloch nannte sie ihn wütend, er schreckte zurück, und dann dachte er, sie hat Recht.

Noch immer steht er vor dem Lüftungsrost, unbewegt, irgendwie heimlich, wie einer, der dringend urinieren muss. Als es ihm bewusst wird, dreht er sich um. Zwei berittene Polizisten sehen zu ihm herüber, er erwidert ihren Blick und geht weiter, aber nicht zu schnell. Zwei Jogger kreuzen seinen Weg, im Luftsog, den sie wie eine Schleppe hinter sich herziehen, riecht er das Gemisch aus ihrem Schweiß und ihrem Deodorant. Mit schnellen Schritten lässt er sich von einem leichten Gefälle Richtung Olympiahalle treiben. Das Stadion liegt hinter ihm. Es ist auffallend ruhig. Als wären die Sechzigtausend nicht zur Entscheidung über Sieg oder Niederlage zusammengekommen. Als würden sie auf das Eintreten eines Ereignisses warten, das nichts mit Fußball zu tun hat. Wie eine mit grellem

Licht gefüllte Schüssel liegt das Stadion hinter ihm, und als er sich umdreht, kommt sie ihm vor wie der Gral, und er empfindet doppelte Ehrfurcht, weil er dieses heilige Ding entdeckt hat und weil er sich nun lächelnd von ihm abwendet und auf den schwarzen, künstlichen See blickt, auf dem ein dunkelgelber metallischer Schimmer liegt. Bis zum Anschlag, denkt er mit plötzlicher, monströser Geilheit, bis zum Anschlag, bis es nicht mehr weitergeht, bis endlich das Ende erreicht ist. Und dort taucht dann ein Schild auf, und darauf steht in deutlichen Buchstaben wie an der Tafel in der Grundschule: *Hier geht es nicht mehr weiter!*

Ich sehe wirklich gut aus. Nora fährt sich durchs Haar, durch ihr langes, dunkles Haar, das bis zum Poansatz reicht. Sie spürt die Kühle zwischen den Fingern und das seidige Gleiten der Strähnen. Sie betrachtet sich im Spiegel, sieht sich in die Augen, und wie immer hat sie dabei das Gefühl, dass sie über dem zu langen Blick in die eigenen Augen verrückt werden könnte. Dunkle, braune Augen, seltenes Tropenholz, leicht asiatischer Schnitt, Wimpern von genau der richtigen Länge, den absichtlichen Doppelschlag der Lider beherrscht sie perfekt. Sie saugt ihre Wangen ein und reißt die Augen so weit auf, bis es wehtut. Dann sagt sie laut, obwohl sie sich immer noch allein in dem kleinen Badezimmer befindet: »Ich möchte zu gern wissen, wie sich jemand fühlt, der scheiße aussieht.«

»Alles okay bei dir da drinnen?«

Es ist Balas Stimme. Sie klingt gedämpft wie aus einer Kiste, oder vielleicht schiebt ihr gerade jemand einen Knebel in den

Mund, bevor er weiß Gott was mit ihr anstellt. So wenig ihre Vorstellung zu Balas Frage passt, so sehr löst sie ein panisches Gefühl in ihr aus. Auf einmal fühlt sie sich eingesperrt, und sie bemerkt, dass sie angestarrt wird, aber sie weiß nicht, woher. Das Gras, versucht sie sich zu beruhigen, es ist das Gras. Sie kennt das. Eingebettet in ein allgemeines samtiges Wohlbefinden diese jähen panischen Momente. Das ist ihre Erfahrung, und sie ist eine erfahrene Grasraucherin, auch wenn sie es nie übertrieben hat. Mir geht's gut, zwingt sie sich zu denken, und es hilft. Sie glaubt, was sie sagt. Auch als sie das Auge im Schlüsselloch entdeckt, kann sie das nicht weiter beunruhigen. Ganz im Gegenteil, jetzt, nach diesem kurzen Beben, kommt sie sich stark vor, ziemlich stark. Sie fixiert die Tür. Die Tür ist zu. Sie kann sich nicht erinnern, ob sie abgeschlossen hat. Nein, sie hat nicht abgeschlossen, kein Schlüssel steckt im Schlüsselloch. Das hat die Form einer schwarzen Mensch-ärgere-dich-nicht-Figur. Und darin hockt das Auge, ganz ruhig sieht es sie an. Es ist bestimmt Balas Auge, sie macht sich Sorgen, Bala macht sich leicht Sorgen. Bala beobachtet sie mit ihrem schwarzen Auge und überprüft, ob es ihr gut geht. Es geht ihr gut. Es geht ihr auch gut, als Balas Auge aus dem Schlüsselloch klettert und auf sie zufliegt. Und dann stößt sie einen Schrei aus.

»Was ist los?«, fragen sie im Chor.

Die beiden Frauen stehen in der Tür und zwischen ihnen Nick. Ihre drei Köpfe bilden ein gleichschenkliges Dreieck.

»Es geht mir gut«, sagt Nora, »ich bin nur wegen der Fliege erschrocken.«

»Welcher Fliege?«

»Hat sie dich gestochen?«

»Wo ist sie?«

»Ich werd sie erledigen!«

Nick klatscht in die Hände und sieht sich im Badezimmer um, nachdem Nora es verlassen hat. Bala und Christine blicken sie an, aber sie scheinen nicht sehr besorgt. Christine streichelt ihre Wange und sagt mit hell singender Stimme: »Wenn du was zur Beruhigung brauchst, sag's mir.«

Nora schüttelt den Kopf. Sie steigt in die weißen Highheels, es ist wie eine hohe Stufe in ein anderes Leben. Für einen Augenblick sieht sie sich als Mädchen, während sie ihren nackten Körper im Spiegel betrachtet. Sie sieht auf ihren Bauch und den Schmuck in ihrem Nabel. Ein Stern, durch dessen Strahlen eine glitzernde Schlange mit einem flachen goldenen Kopf geflochten ist. Darunter ihre blanke Möse, nicht einmal ein Schatten ist von ihrem Schamhaar übrig geblieben. Sie überlegt, es sich wieder wachsen zu lassen, richtig dicht, ein hübscher weicher Busch. Aber die Mode ist noch nicht so weit. Ihr Blick gleitet langsam ihre Beine hinab, die so glatt und beweglich sind wie in ihrer Kindheit. Sie beherrscht es immer noch, das Bein so zu biegen, dass der große Zeh ihre Nase oder ihr Ohr berührt. Sie ist nicht so gelenkig wie diese japanischen Schlangenkörper, aber sie kann Rad schlagen, beherrscht Handstand und Spagat. Es kommt auf das richtige Maß an. Ihre akrobatischen Fähigkeiten reichen aus, ihrem Körper den Anschein zu verleihen, nicht ganz irdisch zu sein. Sie vermag sich schwerelos zu bewegen, aber sie fliegt nicht davon. Vor allem macht sie sich nicht lächerlich.

»Ich bin schön«, sagt sie, wie eine Schauspielerin in der Werbung.

Nach einer kurzen Pause antwortet Bala: »Du bist die Schönste von uns dreien. Ich liebe es, deine Brüste anzusehen.«

Christine sagt: »Wenn ich deinen Busen anfasse, weiß ich, du bist was Besonderes. Ich brauch ihn nur kurz zu berühren und bin glücklich.«

Vom Badezimmer her ist ein Klatschen zu hören, noch einmal, gefolgt von einem Fluch.

»Wie muss sich jemand fühlen, der scheiße aussieht«, sagt Nora und dreht den Kopf zu Christine, die sich Gesicht und Hals eincremt.

»Wie wird sich so jemand schon fühlen«, sagt sie angestrengt, »eben so, wie er aussieht.«

»Du denkst nie darüber nach?«

»Es ist mir egal. Manchmal vergleiche ich mich und komme zu dem Schluss, dass das Schicksal es gut gemeint hat mit mir. Aber ich kann mir nicht vorstellen, wie es ist, nicht gut auszusehen. Auch die Hässlichen sind eitel, das merkt man ihnen schneller an als den Schönen. Sie wollen das Beste aus sich machen. Sie wollen nicht um ihrer selbst willen geliebt werden, sie wollen angesehen werden und hören, dass sie schöne Augen haben, oder berührt werden und hören, dass sie weiche Haut haben, auch wenn sie ganz genau wissen, dass sie hässliche Augen haben und eklige Haut.«

Bala sagt und deutet mit einem Pinsel, mit dem sie sich die Lippen nachgezogen hat, erst auf Nora, dann auf Christine:

»Ihr glaubt nicht an die Seele?«

Für einen Moment ist es still. Wie das Lachen zuvor, scheint auch diese Stille irgendwie langsam zu sein. Nora stellt sich den Raum um sich herum vor. Und dann den Raum um den Raum und immer so weiter. Die Katakomben mit dem Zimmer, in dem sie sich gerade aufhält, einem von vielen, darüber die Zwischengeschosse mit den Toiletten und Garderoben, in deren Mitte sich die Tribünen und die Rennbahn befinden. Oval angeordnet alles. Man kann endlos im Kreis gehen und weiß nie genau, wo man sich befindet, weil alles gleich aussieht. Sie stellt sich die Treppe vor, die nach unten führt, und jemanden, der ein paar Mal daran vorbeiläuft und erst dann das Schild entdeckt und den Pfeil, der in die Diskothek weist. Dann das Erdgeschoss mit der gleichen Pflasterung wie draußen. Dort hat sie sich am frühen Abend an einem der zahlreichen Imbissstände das Schinken-Mozarella-Baguette gekauft. Sie stellt sich dieses bizarre, weltberühmte Zeltdach vor, das die Halle überspannt und dessen Architektur sich ganz leicht am Unterarm simulieren lässt. Man zieht an ein paar Härchen, und die Haut hebt sich zeltförmig wie das Dach. Es ist wie unter einer durchsichtigen Decke, man befindet sich weder drinnen noch draußen. Dieses ganze Gelände ist komisch, wie ein typisches Bild von Miró, nur dreidimensional. Sie stellt es sich von oben vor, so wie es auf dem kleinen Plan aussieht, den ihr Nick in die Hand gedrückt hat, damit sie sich bloß nicht verläuft. Die Olympischen Spiele sagen ihr nichts, damals wurde sie gerade geboren, in einer anderen Stadt, weit weg von hier. Sie fragt sich, warum man die Halle hinterher nicht wieder abgerissen hat, sie weiß, es ist eine dumme Frage, aber sie findet die

Vorstellung plötzlich großartig, wie dieser ganze große Raum in sich zusammenfällt, aufgekehrt oder zusammengefaltet wird und schließlich weggetragen.

»Wisst ihr was?«, sagt sie und zupft sich ein paar Mal an einigen durchsichtigen Härchen auf ihrem Unterarm, »ich glaube wir befinden uns auf seelenlosem Gebiet.«

»Sag nicht so was«, sagt Bala und schüttelt ungläubig den Kopf.

»Was meinst du überhaupt damit«, sagt Christine.

Nora dreht sich langsam im Kreis und betrachtet abwechselnd im Spiegel ihren Körper und die Gesichter der beiden Frauen. Dann zieht sie vorsichtig einen grünen Slip an, der sich an der Seite öffnen lässt. Später wird sie draußen auf der Bühne den Verschluss lösen, die Enden des Slips in die Hände nehmen und eine Art Balanceakt mit ihrem Schoß vorführen. Sie lächelt, als sie an diese Übung denkt, die immer besonders gut ankommt.

»Ihr findet mich schön, sehr, sehr schön. Das meine ich damit. Genau das. Ich meine, wir sind heute doch besonders schön. Ich bin schön, und ihr seid schön, das ist es. Wir finden uns schön, weil wir hier drinnen sind.«

Nora bemerkt, wie Bala und Christine sich anblicken. Sie weiß, sie verstehen nicht, was sie meint, und es kommt ihr auch selbst vage vor, dennoch spürt sie einen leisen Triumph.

Dann geht alles ganz schnell. Sie hört ein trockenes Knistern und sieht die Fliege dicht an ihrem Körper vorbeifliegen. Die Fliege sieht aus wie ein altmodisches Modell einer Fliege, in ihrem dick machenden Pepitahosenanzug, und irgendwie wirkt sie sehr trocken. Nora glaubt, den Wind ihres Flügelschlags zu spüren, dort am Unterarm, wo sie sich vorhin die Härchen gezupft hat. Nick läuft mit klatschenden Händen der Fliege hinterher und erwischt sie mit dem dritten Schlag. Sofort fällt die Fliege auf den Teppichboden, und sogleich nehmen ihre Beine und die Flügel die verkrümmte Stellung ein, die sich nicht mehr verändern wird. Stumm stehen alle vier um die Fliege herum und sehen sie an. Das plötzliche Eindringen von Schnelligkeit in diesen Raum ist abrupt zu Ende. Nora staunt über die Geschwindigkeit des Todes, und gerührt denkt sie, dass sie die tote Fliege gerne in ein kleines gefüttertes Kästchen legen würde.

Auf den Grasstufen, die zum See hinunterführen, hockt zusammengesunken eine Taube. Als sie ihn bemerkt, schiebt sich ihr plumper Körper, wie von einer Hydraulik gesteuert, senkrecht in die Höhe, und sogleich beginnt ihr Kopf nervös zu ruckeln. Ihre Augen fangen einzelne Lichtpunkte ein, die gleich wieder verschwinden und unerwartet an einer anderen Stelle wieder aufleuchten wie Glühwürmchen. Sie bewegt sich von ihm weg, aber so aufreizend langsam, dass sie nicht wirklich Angst zu haben scheint. Gemeinsam steigen sie die fünf hohen Stufen zum See hinunter, stets den gleichen Abstand einhaltend. Am Ufer ist ausreichend Licht, jetzt kann er sie in ihrer ganzen Hässlichkeit betrachten. Tauben sind Vögel von beruhigender und befriedigender Hässlichkeit, denkt er. Er verachtet dieses Tier, das ihn an nichts Organisches erinnert. Das Grau des Gefieders ist das Grau von Beton. Die rostroten Füße sehen aus, als wären sie aus Draht. Das Auge ist der bewährte Fahrradflicken, mattes Rot auf etwas weniger mattem schwarzem Grund. Und dennoch weiß er, dass diese Taube lebt, dass sie echt ist, und das ist unbefriedigend und erschreckend.

Vom Stadion her dringt ein kollektiver Schrei herüber, gefolgt von abgehackten Gesängen. Er versteht nur das Wort Arschloch.

Im Sommer war er etwa an derselben Stelle gesessen, einer von ein paar hundert Zuschauern einer Open-Air-Theaterinszenierung von Robert Wilson. Als es dunkel geworden war, begannen die Schauspieler sich unendlich langsam über die Bühne, die auf dem See errichtet worden war, zu bewegen. Aus zwei an Masten aufgehängten Lautsprechern drang eine sonore Stimme, die abwechselnd den griechischen Originaltext rezitierte oder die englische Übersetzung. Er hatte dieses angenehme Gefühl, belehrt zu werden, aber nicht zu wissen, worüber. Hin und wieder verstand er ein griechisches Wort und überlegte lange, ob er es noch richtig deklinieren konnte. Es war, als würde ihm die Nutzlosigkeit von Kultur und Wissen demonstriert, auf langsame, quälende Weise, die deutlich machte, dass es nichts zu verstehen gab. Es war schön. Die Langeweile der Zuschauer verwob sich mit der warmen Luft zu einer Decke absoluter Gewaltlosigkeit. Das hatte etwas sehr Friedliches. Er saß regungslos da, blickte hinüber zu den Schauspielern, die sich einer gedeckten Tafel in der Mitte der Bühne näherten, während im Hintergrund der Olympiaberg zu leuchten begann. Samtiges Blau und mattes Rot machten aus diesem Berg die steile Küste einer griechischen Insel, der man sich gerade mit dem Schiff näherte. Oben auf dem Berg begann eines der strammen Bäumchen gelb zu leuchten, ein Olivenbaum oder eine Zypresse, ein Symbol ohne Bedeutung. Am Ende des Stückes saßen die Schauspieler am Tisch, das Licht ging aus, und mit ihm erlosch die weite Landschaft im Hintergrund. Es war nicht einmal eine Stunde vergangen. Die Zuschauer klatschten kurz, machten ein paar Streck- und Dehnübungen und gingen ruhig davon. Eine Stimme, die ihn an einen Nachrichtensprecher erinnerte, sagte zweimal: Schwachsinn.

Damals war er glücklich und voller Zuversicht, dass sein Plan gelingen würde. Jetzt geht es ihm genauso. Er sieht auf die Taube, deren Hydraulik sie wieder hat einsinken lassen, und dann sagt er laut und in Richtung des schlafenden Tieres, das zweimal mit dem ihm zugewandten Auge zwinkert:

»Die Größe ist das einzige Hindernis, das dem Verlangen zu töten entgegensteht. Obwohl du so hässlich bist, bist du bereits zu groß. Dein bisschen Größe flößt mir schon Respekt ein. Wo soll das hinführen?«

Er denkt an das größte Lebewesen, das er je eigenhändig getötet hat. Eine Fliege. So groß wie sein Daumennagel. Ein zärtlicher Gedanke. Er lacht laut auf, aber die Taube schläft jetzt tief und fest.

Nick ölt Noras Rücken und ihre Schultern ein. Seine große, flache Hand verrichtet ihren Dienst, keine Emotion stört ihre Handlung. Er schweigt, während er mit kreisenden Bewegungen das Öl gleichmäßig verteilt. Nora sitzt wieder auf dem Hocker nahe dem Spiegel – diesmal hat sie ihn im Rücken – und hält die Augen geschlossen. In Gedanken verfolgt sie die Bewegungen auf ihrem Rücken, liest sie als die fünf olympischen Ringe, die auseinander driften und sich überschneiden wie die Kreise auf einer Wasseroberfläche, in die jemand einen Stein geworfen hat. Sie ist müde, doch sie sehnt sich nicht nach Schlaf. Der Geruch nach Zitrusöl, den Nick in ihre Haut einmassiert, benebelt sie, aber nur so lange, wie sie die Augen geschlossen hält. Sie spürt, sie ist jetzt bereit, rauszugehen und alles zu geben. Sie nimmt ihren Job ernst, denn was könnte sie Besseres tun, als durch ihren tanzenden Körper die Leute geil zu machen? Die Geilheit wird sich nicht bei allen einstellen, aber die, die sie erreicht, erreicht sie wirklich, tief, an einer Stelle, die nur von der Geilheit berührbar ist. Daran zu denken macht sie glücklich. Als Nick ihre Schultern berührt und dann ihren Hals mit seinen Händen umfasst und ihren Kopf leicht anhebt, erinnert sie sich, wie gern sie als Kind an ihrem Knie gerochen hat. Und während Nick ihren Nacken so sehr entspannt, dass sie das Gefühl hat, ihr Kopf würde gewichtslos werden und zu schweben beginnen, sieht sie sich als kleines Mädchen inmitten einer Blumenwiese auf einer rotbraun karierten Decke sitzen. Sie sieht, wie sie das Kinn auf das Knie des angewinkelten Beins legt und eine weiße Spinne beobachtet, die auf der Blüte einer Margerite sitzt. Es ist eine Spinne, die wie ein Krebs seitwärts laufen kann. Doch ihre Beute fängt sie im Vorwärtsgang: eine Biene, die eben ihren Rüssel tief in die Blüte gesteckt hat. Sie hört ein kurzes, trockenes Knacken wie von einer Oblate. Es riecht so gut, süßlich. Sie presst ihre Nase auf ihr Knie und atmet tief ein.

»Was ist?«, sagt Nick.

Ohne die Augen zu öffnen, sagt sie:

»Massiere meine Knie.«

Sie hört, wie Nick seine Position verändert. Leise geht er um sie herum, und leise hockt er sich zu ihren Füßen auf den Boden. Sie hört einen trägen Tropfen fallen und einzelne Schmatzlaute. Dann spürt sie seine Hände. Noch nie hat jemand ihre Knie massiert. Sie liest aus seinen Handflächen die Kanten ihrer Kniescheiben ab, es könnten die Decken kleiner Schädel sein. Schließlich streckt sie die Beine, damit Nick die Kniescheiben besser bewegen kann, und dabei schlägt sie die Augen auf. Dieser große Mann hockt gekrümmt zwischen ihren Beinen, den Kopf auf seine Oberschenkel gelegt, nur seine Hände greifen nach oben und führen gegensätzliche Kreisbewegungen auf ihren Knien aus. Als er merkt, dass sie ihn anblickt, hebt er den Kopf, und sie erkennt, dass er geweint hat. Sie gibt ihm eine Kopfnuss und bedeutet ihm aufzustehen.

»Wann geht's los?«, fragt sie.

»Ich schau mal nach«, antwortet er und verlässt den Raum.

Bala und Christine lümmeln sich auf dem Sofa, das an der gegenüberliegenden Wand steht. Ihre Beine liegen übereinander und sehen erschreckend lang aus. Die beiden Frauen lächeln, und dabei schaukeln die übergeschlagenen Beine.

»Du kleine liebe Fotze«, sagt Bala, und Christine ergänzt: »Wirst nochmal schrecklich enden.«

Nora möchte sich zwischen die beiden Frauen drängen und auf sich selbst schauen, wie sie da mit frisch massierten Kniescheiben auf dem Hocker sitzt und antwortet:

»Wisst ihr was? Ich würde verdammt gern mal mit mir schlafen!«

Alle drei lachen. Wieder ist es dieses unheimlich langsame Lachen, das augenblicklich verstummt, als Nick die Tür aufreißt und ruft:

»Es geht los!«

»Weißt du was, du kleine, liebe Taube? Irgendwann bring ich dich um!«

Wäre die Taube keine Taube, würde er ihr jetzt auf die Schulter klopfen. So aber wendet er sich ab und steigt die Grasstufen diagonal nach oben. Vor der Schwimmhalle, die gerade schließt, stehen ein paar Fahnenmasten, die mit langen, schmalen Paulaner-Weißbier-Flaggen bestückt sind. Das Knattern der Fahnen hat etwas Rasendes an sich, das ihm unangenehm ist. Stahlseile schlagen gegen die Aluminiumrohre in einem schnellen, abgehackten Rhythmus. Hohe, hohle Töne, unangenehm wie Zahnschmerzen. Er überquert eine große freie Fläche, vor ihm her geht sein langer, gespaltener Schatten, der sich erst unterhalb des Zeltdaches verliert. Ein paar Leute stehen an den Kassenschaltern an. Mit leichtem Interesse sieht er sie an, dann wendet er sich dem linken Eingang zu. Er nähert sich seinem auf Höhe der Brust von einem Plakat durchbrochenen Spiegelbild in der Glastür, als er seinen Namen hört.

»Guten Abend, Lennart.«

2 Juli. Ein Freitag. Gegen acht Uhr abends. Die Sonne scheint waagerecht in die Schellingstraße wie in einen quadratischen Schacht. Das Ende der Straße ist kaum zu erkennen. Dort hinten, irgendwo, in unbestimmter Entfernung, wo sie ansteigt und einen sanften Bogen nach rechts macht, scheint sich alles in einer weißen, gepolstert wirkenden Fläche aufzulösen. Das Licht ist grell und diffus. Die Kanten der Häuser sehen abgerundet aus, die Blätter eines einzelnen Baumes in einer Hofeinfahrt sind kleine stumpfe Silberspiegel, die reglos an den Ästen hängen. Es ist sehr ruhig. Kaum ein Auto fährt, und nur wenige Passanten sind unterwegs. Die Geschäfte, die noch geöffnet haben, sind leer und machen den Eindruck, als könnte man hineingehen und sich, ohne zu bezahlen, nehmen, was man will. Es ist einer dieser Sommerabende, an denen die Zeit still zu stehen scheint. Die Bewohner der Stadt sitzen in den Biergärten oder sind hinaus an die Seen gefahren, oder sie sind unterwegs in ihre Ferienhäuser. Selten kommt ihm die Stadt bezaubernder vor. Er geht durch dieses milchige Licht, das ihn sanft zu berühren und zu beschützen scheint. Alles ist weich, und er geht mit federnden Schritten. Kommt ihm jemand entgegen, geschieht es mit einer Plötzlichkeit, die nichts Beunruhigendes hat. Er begegnet nur einzelnen Personen. Eine Frau kommt ihm entgegen, und er glaubt, sie sei nackt. Erst als sie an ihm vorübergeht, bemerkt er seinen Irrtum. Das Licht

scheint ihre Kleidung entfärbt zu haben. Ihre Hautfarbe ist dunkler als das wenige, das sie am Körper trägt. Es sieht so aus, als wären nur die unbedeckten Teile ihres Körpers materiell. Durch den bekleideten Körper könnte er glatt durchgreifen. Ohne stehen zu bleiben, sagt sie hallo. Er weiß nicht, ob er sie kennt, er hat nicht lang genug in ihr Gesicht gesehen. Und er hat auch keine Lust, irgendeiner Bekannten zu begegnen. Dennoch dreht er sich um und sieht ihr nach. Es ist ein Schock, direkt ins Sonnenlicht zu blicken. Alles ist anders. Die Fassaden, an denen er eben vorbeilief, wirken kalt und haben scharfe Kanten. Es gibt so viele große Farbflächen, und er erkennt, dass auf der Straße doch mehr los ist, als er gedacht hat. Er sieht der Frau hinterher, ihr Körper ist dunkelorange gefärbt und sein Umriss ein daumendickes, grell glitzerndes Band, das einen feuchten Eindruck macht. Erst jetzt bemerkt er, wie lang ihre Haare sind, sie reichen bis zum Poansatz. Er erschrickt. Sie kann es nicht sein, es ist vollkommen ausgeschlossen, dennoch glaubt er es für einen Augenblick. Es ist nur die Angst, sagt er sich und spürt Ärger, der aber rasch verfliegt, als er weitergeht.

Die Schellingstraße ist eine schmucklose Straße. Es gibt keine Bäume, und die Häuser sind fast alle nach dem Krieg errichtet worden. Einfache, glatte Fassaden mit ungeteilten Fenstern. Die Straße ist nüchtern, unaufdringlich und banal. So banal wie ihr Name, bei dem sich niemand an einen Philosophen erinnert, wenn er hier durchläuft. Trotz dieses Namens ist nichts von Vergangenheit zu spüren. Es gibt nur die ruhige, glatte Gegenwart, sanft, und ohne das geringste religiöse Gefühl.

Er kommt an einem Getränkemarkt vorbei, dessen Tür geöffnet ist. Auf einem Schild darüber steht *Dursty* in großer roter Schreibschrift.

»Kommen Sie doch herein«, sagt jemand von drinnen, den er nicht sehen kann.

»Ich brauche nichts«, antwortet er sofort.

»Sie sehen durstig aus.«

Er macht zwei Schritte auf die Tür zu und blickt in einen rechteckigen Raum, an dessen Stirnseite ein Plakat hängt, das einen nackten Mann zeigt, der sich Wasser in den Mund schüttet. Mit der rechten Hand hält er die Flasche in die Höhe, das Wasser stürzt aus der Öffnung und läuft ihm über das Gesicht. Im Hintergrund sind Berge zu sehen.

»Kommen Sie.«

Links befindet sich ein langer Tresen mit einer beigen Kasse und einem Drahtständer mit Süßigkeiten. Dahinter an der Wand ein Regal mit Zigaretten. Die Stimme scheint ihren Ursprung irgendwo hinter dem Tresen zu haben. Sie kommt von unten.

»Ich hab keine Zeit«, antwortet er, und dann sieht er ihn. Er schießt aus der rechten Ecke zwischen zwei hohen Stapeln Getränkekästen hervor, wie aus einer schmalen, engen Gasse. Seine Hände liegen auf den Reifen seines Rollstuhls, als wären diese Teile seines Körpers. Am meisten verwundert ihn, dass er sich über den Ursprung der Stimme so geirrt hat. Oder der Kerl ist so verdammt geschickt und schnell, dass er ihn genarrt hat.

»Sie sind ein Krüppel«, sagt er anerkennend.

»Gut beobachtet.«

»Ich rede gern mit Krüppeln, aber heute habe ich keine Zeit.«

»Noch Termine?«

Der Rollstuhl berührt fast seine Knie. Seinem Fahrer scheint der Unterkörper zu fehlen. Eine Hose liegt auf der Sitzfläche, leer, ungefüllt, als hätte sie gerade jemand ausgezogen. Der Oberkörper des kleinen Mannes sieht kräftig aus, die Arme sind sehnig, die Hände sehr groß. Er trägt ein in Brauntönen kariertes Hemd, das sich über seinem spitzen Brustkorb spannt.

»Sie fragen sich, wie kann so einer wie ich in einem Getränkeladen arbeiten?«

»Darüber habe ich nicht nachgedacht. Ich denke an etwas ganz anderes. Es ist gut, dass es Krüppel wie Sie gibt. Ich bin gegen die Wissenschaft, die Leute wie Sie abschaffen will. Ich brauche den Anblick von Krüppeln. Würde es sie nicht mehr geben, müsste man sie neu erfinden.«

»Es tut wirklich gut, mit Ihnen zu reden. Schade, dass Sie keine Zeit haben.«

Er sieht dem Behinderten das erste Mal ins Gesicht. Er blickt auf eine flache Nase und in glänzende, große Augen. Er fragt sich, ob sich der Krüppel lustig über ihn macht. Dann dreht er sich um und verschwindet grußlos nach draußen.

Er fühlt sich gut. Beschwingt und zuversichtlich. Als das rote A auftaucht, muss er an die Rubbellose denken. Er selbst ist das Werkzeug, mit dem ein Loch in das Licht gekratzt wird. Das A verleiht ihm zusätzlichen Schwung. Er mag das Kantige dieses

Buchstabens und die kleine weiße Schale im Querstrich, die ihn aus irgendeinem Grund fröhlich stimmt. Er geht auf die Glastür der Apotheke zu, und gerade als er nach dem quadratischen Holzgriff fassen will, öffnet sie sich nach innen.

»Guten Abend, Lennart.«

»Guten Abend, Rosa.«

»Ich dachte schon, Sie kommen nicht mehr.«

»Ich bin aufgehalten worden, vorne im Getränkemarkt.«

Sie bleiben in der Tür stehen, als wollten sie diesen Moment hinauszögern. Sie genießen beide das Unentschiedene der Situation. Lennart steht noch nicht ganz in der Apotheke, und Rosa hat sie gerade nur einen Schritt verlassen. Ein Zwischenraum hat sich aufgetan, von dem man viel erwarten kann. Dabei könnten die Voraussetzungen nicht unterschiedlicher sein. Lennart kommen diese wöchentlichen Besuche bei Noras Mutter vor wie ein kleines kostbares Geschenk, dessen Wirklichkeit ihn jedes Mal aufs Neue überrascht. Etwas, das er nie auf der Rechnung hatte. Eine Unwahrscheinlichkeit, die ihm immer wieder den Schauder über den Rücken jagt. Auch weil er weiß, dass Rosa ihn als ihren einzigen Trost empfindet.

»Haben Sie mit dem Rollstuhlfahrer geredet? Er ist ein netter Kerl, er bringt mir jeden Vormittag zwei Flaschen Mineralwasser rüber. Ich rede ein paar Worte mit ihm, und während ich ihn anblicke, wie er da unten in seinem Rollstuhl hockt, sage ich mir, angesichts dieses Schicksals ist dein eigener Kummer gering. Aber es dauert nicht lange, und ich merke wie unverfroren dieser Trost ist.«

Sie sieht ihn nicht an, als sie spricht. Er spürt, wie ihn ihr

Blick knapp über der Schläfe streift, und zugleich riecht er ihren Atem, diesen gesunden, frischen Atem. Es muss gut sein, mit der Zunge darin zu blättern.

Er sagt: »Der Krüppel kam mir vor wie nicht richtig aufgeblasen.«

Er sagt es in diesem nüchternen Ton, von dem er selbst nicht weiß, ob er ihn sich angewöhnt hat oder ob es sein eigentlicher Ton ist. Dabei denkt er an einen Bergsee, ziemlich weit oben, unbewachsene Ufer, nur Felsen und Wasser, das kalt aussieht, beim Eintauchen sich aber als überraschend warm erweist.

Rosa lacht. Ihr Lachen überschlägt sich zweimal, es ist ihr peinlich, und sie hält die Hand vor den Mund.

Er sagt: »Als er mich angesprochen hat, habe ich zu ihm gesagt: ›Sie sind ein Krüppel.‹ Was spricht dagegen, die Wahrheit auszusprechen? Dieser Getränkemarktkrüppel jedenfalls nahm ohne Vorwurf zur Kenntnis, dass ich ihn als das bezeichnete, was er ist. Ist es nicht ein guter Einstieg in ein Gespräch, gleich zu Beginn die richtigen Worte zu verwenden? Was meinen Sie, Rosa?«

Sie kann nicht antworten. Sie lacht jetzt befreit, während sich, ohne dass sie es merkt, ihre rechte Hand auf dem Holzgriff der Tür verkrampft. Die Adern treten hervor, und die Knöchel färben sich weiß. Seit Januar kommt dieser Mann in ihre Apotheke, sie kann sich genau an den Tag erinnern, was auch nicht so schwer fällt, weil sich die Stunden mit Lennart sehr ähneln, sie sind so etwas wie ein Ritual, sehr leicht, doch ohne Verlust der Schwerkraft. Damals war die ganze Straße mit einer Schnee- und Eiskruste überzogen; wenn man auf den

Gehwegen ging, knackte es unentwegt trocken und hohl, und es klang genau so wie das Zerbrechen von Knäckebrot. Der Tag war hell, ein offener blauer Himmel, aber unten in der Straße herrschte das gleiche grelle Licht wie heute Abend. Es war kurz vor Mittag, als er ihre Apotheke betrat, und als er grüßte, schaukelte eine Atemwolke vor seinem Mund, obwohl er schon fast vor dem Verkaufstresen stand. Der Türschließer funktionierte bei diesen Temperaturen nicht richtig, und da Lennart keine Anstalten machte, die Tür zuzumachen, musste sie sich selbst darum kümmern. Er sah ihr dabei mit einer gesteigerten Aufmerksamkeit zu, die sie verwirrte. Er blickte ernst, und plötzlich sagte er, *Ich brauche eine Packung Bronchovetten*. Sie blieb vor dem Tresen stehen und sah ihn ungläubig an. Sie hätte heulen können. Seit Noras Verschwinden war es das erste Mal, dass sie atmete und es nicht als beschwerlich empfand. Für die Dauer dieser vier Silben war sie erleichtert: *Bronchovetten*. Es waren die gleichen Lutschpastillen, die ihre Tochter immer haben wollte, wenn sie Halsweh bekam. UFOs nannte Nora sie wegen ihrer extrem flachen, runden Form, *Gib mir 'ne Packung UFOs, Mama*, sagte sie, und einen Augenblick dachte Rosa daran, diesen Mann, der etwa in Noras Alter war, zu bitten, *Gib mir 'ne Packung UFOs, Mama* zu sagen.

»Rosa, wollen Sie mir nicht antworten?«

»Wie war die Frage?«

»Ich sagte zu dem Krüppel ...«

»Ach ja. Ich wundere mich übrigens, dass Sie ihm noch nicht früher begegnet sind.«

Lennart blickt sie fragend an. Aber sie reagiert nicht. Sie

kommt ihm abwesend vor. Er sieht auf ihre Hand, die immer noch auf dem quadratischen Türgriff liegt. Er besteht aus einem dunklen, fast strukturlosen Holz, in das reliefartig das Apotheken-A geschnitzt ist. Auf ihrem Handrücken tritt besonders deutlich eine quer zu den Sehnen verlaufende Ader hervor, die unterhalb des Zeigefingers in ein kurzes, schräg liegendes Stück einer anderen Ader mündet. Eine Sache für die Lippen, denkt er, ein nahezu unspürbarer Widerstand, den sie federnd ertasten könnten. Erregend wie die Adern in der Leistengegend. Und die Adern am Hals.

»Machen wir die Tür besser zu, sonst kommt noch die ganze Wärme mit herein.«

Sie schließt die Tür ab, und er folgt ihr langsam hinter den Tresen. Wie die meisten Geschäfte, die er betritt, kommt ihm auch diese Apotheke zum wiederholten Mal niedlich vor. Ein Eindruck, der sich nicht abnutzt. Die Ordnung und Sauberkeit hier drinnen und die Eindeutigkeit des Zwecks sind wie ein Spiel, das in kleiner, konzentrierter Gruppe gespielt wird. Von Kindern ebenso wie von Erwachsenen. Diesem Spiel entwächst man nie, das ist beruhigend. Aber man entkommt ihm auch nicht, was beunruhigend ist. Rechts befindet sich ein Regal, gefüllt mit den Artikeln für Mundhygiene, und davor, halb im Raum stehend, der Drehständer mit den Sidroga-Arzneitees. Entzückende Pappschachteln in Pastelltönen, jeweils zwanzig Filterbeutel mit Aromaschutz enthaltend, jeder Beutel gefüllt mit einskommafünf Gramm Tee, und dieser Angabe glaubt er unbedingt. Er blickt auf die Fächer mit den Magen- und Darmtees, und groß ist sein Wunsch, hinzugehen und über die

Schachteln zu streichen. Über das zarte Violett des Leber- und Gallentees oder das lichte Blau der Packung Schafgarbenkraut, weißfleckig wie ein ruhiger Sommerhimmel. Oder über das strahlende, aber nicht blendende Grün des Sennesblättertees, der voller Zuversicht Verstopfung bekämpft. In der gegenüberliegenden Wand stapeln sich die Packungen mit Schmerzmitteln für den täglichen Gebrauch, Aspirin und seine Konkurrenten. Die Stapel sehen leicht aus, leichter zum Einsturz zu bringen als ein Turm aus Bauklötzchen, der nicht besonders sorgsam errichtet wurde. Ja, er ist verflucht glücklich hier drinnen, in diesem stillen und gesunden Raum, und Rosa macht das Glück vollkommen, indem sie langsam vor ihm hergeht, als wollte sie ihm absichtlich Zeit lassen.

Doch sie ist nur in Gedanken. In unklaren Gedanken, die wie Schlammspuren in einem unbewegten Tümpel sind, die ein Karpfen aufgewirbelt hat. Sie spürt es nicht, als Lennarts Blick auf ihre Hüften trifft und abwärts gleitet auf ihren Hintern und wie er sich fragt, ob sie überhaupt etwas unter diesem weißen Kittel trägt. Er bewundert ihren Hintern, ein perfektes kräftiges *Teil*, mit Grübchen in den Arschbacken, die ihn glauben machen, dass Rosa ziemlich sportlich sein dürfte.

»Was wollen Sie trinken?«, sagt Rosa, dabei dreht sie sich um, was ihre Worte zu einem Heullaut verzerrt. Erst als er darüber nachdenkt, versteht er, was sie sagt.

Sie entscheidet für ihn. Er bekommt ein großes Glas Wasser und einen Whisky. Das Tantenhafte ihres Vorgehens amüsiert sie. Sie hat die Flasche *Auchentoshan* nur für ihn gekauft, sie steht in dem kleinen Hängeschrank in der Miniküche und wartet auf seinen nächsten Besuch. Achtzig Mark hat sie gekostet, der Getränkehändler hat sie auf seinen dünnen Beinchen herübergerollt und ihr augenzwinkernd überreicht.

Eine kleine mürrische Note ist in Lennarts Gesicht geklettert, als sie den Whisky einschenkt und das Glas auf den niedrigen Tisch stellt, der zwischen Sofa und Sessel steht. Aber er sieht sie auch irgendwie verwegen an, findet sie, als würde er etwas vorhaben oder über eine Idee nachdenken, die sie angenehm überraschen könnte. Sich selbst schenkt sie ein Glas Weißwein ein, dann nimmt sie in einer Ecke des Sofas Platz und hebt das Glas. Lennart prostet zurück, trinkt aber nicht. Er sitzt bereits. Der Sessel hat keine Seitenlehnen, und er weiß nicht, wo er seine Arme hinlegen soll. Erst lässt er sie herunterhängen, dann kreuzt er sie vor der Brust, dann dreht er den Oberkörper, legt den rechten Arm auf die Rückenlehne, während der linke auf den Oberschenkeln ruht.

Rosa sagt: »Sollen wir den Platz tauschen?«

»Es geht schon«, antwortet er und greift zum Wasserglas.

»Wie war Ihr Tag?«, sagt sie munter.

Er mag diesen Raum, der sich auf der Rückseite der Ausziehschränke befindet. Von hier aus kann er durch ein schmales Fenster in den Hof blicken, wo ein Auto vor einer fensterlosen Wand steht. Er kann in die Kochnische sehen und auf den Hängeschrank. Daneben gibt es ein Regal mit ein paar Büchern, pharmazeutische Nachschlagewerke und ein Band mit Erzählungen von Jane Bowles, auf dessen Umschlag eine Frau mit einem Sommerhut aus einem Haus tritt. Sie trägt ein weißes, durchscheinendes Kleid und stützt sich mit der Hand an einer

Säule ab. Besonders deutlich zeichnet sich ihr rechter Oberschenkel ab. Ihr Mund ist rot geschminkt, und ihre Augen sind schwarze dicke Punkte.

Er sagt: »Ich habe den Tresor heute zehnmal geöffnet und zehnmal wieder geschlossen. Seit fünf Jahren öffne und schließe ich diesen Tresor. Es dürften mittlerweile ein paar tausend Male gewesen sein. Und trotzdem muss ich jedes Mal wieder darüber nachdenken, ob die Kombination mit einer Linksdrehung oder mit einer Rechtsdrehung beginnt. Jedes Mal.«

Rosa schlägt die Beine übereinander. An ihrem Fuß schaukelt die Sandale, das Fußbett klappt ein paar Mal gegen ihre Sohle. Es macht ein Geräusch wie das Abziehen eines Klebebandes.

Er sagt: »Ich stehe vor der großen, mich überragenden Stahltür und blicke hinunter auf den schwarzen Drehknopf. Ich versuche, mich zu konzentrieren. Ich lege die Finger um den Knopf. Sofort fließt ein Strom durch mich. Es kommt mir vor, als würde nicht ich den Knopf berühren, sondern der Knopf mich. Ich mag Dinge dieser Art. Harter Kunststoff, mit weißen kurzen Strichen markiert, jeder zehnte Strich trägt eine Zahl. Gezählt wird von null bis sechzig. Wie bei einer Uhr. Ich möchte so stehen bleiben, ich will meine Hand nicht drehen. Ich möchte den Tresor gar nicht öffnen. Ich will vor ihm stehen und mich auf den Moment fixieren, bevor ich die Kombination eingebe. Warum muss sich das Leben bewegen? Bewegung gibt mir nichts. Ich will die einzelnen Momente meines Lebens bewahren vor jeder dieser elenden Verknüpfungen, die dann seinen Sinn ausmachen.«

Rosa denkt, er ist verrückt. Sie stellt sich vor, Lennart übers Haar zu streichen. Sie stellt sich vor, seinen Kopf zu spüren, den Schädel, unter dem sich sein Gehirn befindet, das sich das ausdenkt, was ihm gerade über die Lippen kommt. Und dann denkt sie: Wenn mich je jemand umbringen sollte, dann muss es Lennart sein. Vor Überraschung muss sie lächeln.

Es entgeht ihm nicht, und es entgeht ihm überdies nicht, dass ihr Lächeln nicht unmittelbar mit ihm zu tun hat. Ein perfekter Mund. Er sieht hin, und das Lächeln zieht sich zusammen.

Er hebt die linke Hand und sagt: »Ich weiß nicht, warum ich es tue, aber ich tu's. Ich drehe den Knopf, ich mache meine Arbeit. Ich gebe die Kombination ein. Wenn ich Glück habe, klappt es beim ersten Mal. Ein deutliches Klicken ist zu hören, und der Türgriff lässt sich umlegen. Dann öffne ich die Tür. Es ist ein schwerfälliger Vorgang, der mich jedes Mal entzückt. Die Tür ist dreizehnkommafünf Zentimeter dick. Man kann sie nicht schnell öffnen. Die Tresortür lässt sich grundsätzlich nur langsam öffnen. Wie in Zeitlupe. Diese Tür kann man nur öffnen, wenn man Zeit hat. Es kommt mir kurios vor. Obwohl ich die Tür lieber nicht geöffnet hätte, bin ich, wenn ich sie dann doch öffne, glücklich. Obwohl ich lieber gewartet hätte mit dem Öffnen, gibt mir das Öffnen selbst schließlich ein starkes Gefühl. Ich fühle, ich gehöre dazu.«

Rosa denkt, warum frage ich mich nicht, warum er mir das erzählt? Warum glaube ich ihm, was er sagt? Weshalb glaube ich, dass es wichtig ist, was er sagt?

Wirklich entzückend ihre Beine, denkt Lennart. Sie sind glatt und schön gebräunt. Ein inniges Verhältnis zu lupenreiner Epilation scheint in der Familie zu liegen. Vielleicht haben sie ihre Haare aber auch nur besonders gut dressiert, irgendwie dazu abgerichtet, nur an den wirklich wichtigen Stellen zu wachsen. An den Stellen, die noch keine Mode als unschön definiert hat.

»Wozu?«, sagt Rosa.

»Wozu was?«

»Sie sagten, Sie fühlen, Sie gehören dazu.« Rosa schlägt das andere Bein über. Der Saum ihres Kittels rutscht weiter nach oben. Unterhalb des Schoßes spaltet er sich. Der unterste Knopf steht deutlich unter Spannung. Noch kann Lennart kein weiteres Kleidungsstück erkennen.

»Zu den Lebendigen«, sagt er.

Rosa schenkt sich Wein nach. Sie trinkt, behält den Wein im Mund, wartet, bevor sie schluckt. Sie sieht Lennart nicht an. Plötzlich tut er ihr Leid. Sofort aber glaubt sie, dass sie nur deshalb so fühlt, weil sie sich irrt. Dann weiß sie überhaupt nicht mehr, was sie denken soll.

Es ist sehr still hier hinten. Wenn sie mittags die Apotheke für zwei Stunden schließt, legt sie sich aufs Sofa, nachdem sie ein bisschen was gegessen hat. Obst, einen Teller dünne Gemüsebrühe oder zwei Scheiben geschmacklose Putensülze. Eine Scheibe Vollkornbrot. Sie trinkt zwei Tassen Tee, dann schläft sie eine halbe Stunde. Sie zieht ihren Kittel aus und liegt in Unterwäsche oder, wenn es so heiß ist wie heute, nackt unter einer gelben Kaschmirdecke. Mit dem Daumen streicht sie über das Etikett mit der eingestanzten Schrift *Made in Germany* und über die fünf Pflegesymbole. Was, fragt sie sich schläfrig, bedeutet das P im Kreis oder das durchgeixte Dreieck? Dann denkt sie an ein Kind, das von seiner Mutter zugedeckt wird, an den seligen Ausdruck im Gesicht des Kindes und den gütigen im Gesicht der Mutter. Aber diese Szene bleibt abstrakt, und sie kann sich in keine der beiden Personen einfühlen, und dann weint sie einige Tränen, bevor sie erschöpft einschläft. Sie kann sich nicht mehr vorstellen, was sie sich vorstellen möchte, und manchmal lösen sich ihre Gefühle ab von ihr wie überflüssige Haut, die so leicht ist, dass sie der kleinste Wind mit sich forttträgt.

Sie gähnt. Ihr Mund ist weit geöffnet, und Lennart blickt auf die hervortretenden Kieferknochen unterhalb der Ohren. Beim zweiten Gähnen hält sich Rosa die Hand vor den Mund.

»Vielleicht sollten Sie Kunst draus machen«, sagt sie. »Das langsame Öffnen einer Tresortür.«

»Sie machen sich lustig über mich«, sagt er streng.

»Nein, ich mag Künstler.«

»Glauben Sie wirklich, dass ich mich für Kunst interessiere?«

»Nicht?«, sagt sie.

Er sagt: »Zur Zeit jedenfalls nicht.«

Er nippt an dem Whisky, spürt, wie sich eine heiße Säule in seiner Brust aufbaut, die in einer Art Wolke in seinem Bauch ihr Fundament findet.

»Ich bin«, sagt er, »viel zu vertrauenswürdig. Richtige Künstler sind doch eher Arschlöcher.«

Rosa lacht und wirft den Kopf nach hinten. Sie schüttelt erst die linke, dann die rechte Sandale vom Fuß, dann zieht sie die

Beine unter den Körper. Dabei öffnet sich der unterste Knopf ihres Kittels.

»Es gibt nicht einmal eine ernst zu nehmende Kontrolle. Man hält mich für absolut zuverlässig und rechtschaffen. Der Chef der Verwaltung ist der Meinung, auf mich kann man sich hundertprozentig verlassen. Würde ich mir eine Woche lang zehntausend ausleihen, niemand würde es bemerken. Ich erscheine immer pünktlich zur Arbeit und bin nie krank. Manchmal denke ich, es gibt nichts Demütigenderes für einen Menschen, als wenn ihm seine Umwelt vertraut.«

»Misstrauen kann ziemlich lästig sein«, sagt sie. »Die Menschen kommen herein und wollen ein bestimmtes Medikament, es muss exakt dieses Produkt sein, mit genau diesem Namen und in dieser violetten Packung mit den weißen Ecken, und manchmal blicken sie mich flehentlich dabei an. Habe ich zur Zeit nicht, sage ich, und sofort sehen sie mich vorwurfsvoll an und betrachten mich argwöhnisch, während ich ihnen ein Medikament der gleichen Zusammensetzung, aber von einer anderen Firma empfehle.«

Sie zieht die Beine an den Körper und umfasst sie mit den Armen. Wie ein Mädchen, findet er.

»Die Leute sind eben in jedem Scheiß religiös«, sagt er und leert sein Whiskyglas.

Er findet mich banal, denkt Rosa. Er ist jünger als ich, und trotzdem kann er es sich leisten, mich banal zu finden. Er kommt hierher, und ich warte, dass er kommt, und er sagt etwas, und ich komme mir dumm vor. Und ich nehme es hin, und ich glaube, ich mag es.

Er betrachtet die Sohle ihres linken Fußes und die nervöse Bewegung der Zehen. Als würden diese untersetzten Glieder am Fuß zerren, als würden sie sich losreißen wollen.

Komisch, denkt er, dass ich noch nichts Ekliges an ihr entdeckt habe. Rosa erscheint ihm ebenso sauber und geordnet, wie dieser kleine Nebenraum und wie die ganze Apotheke. Fleckenfrei. Wahrscheinlich kann jeder Ort so sein, übersichtlich organisiert, makellos, rein, fast heilig. Alles eine Frage des Blicks. Und er denkt, als Rosa das linke Bein plötzlich ausstreckt und das andere Bein auf den Boden rutschen lässt, es ist egal, was wir tun, diese Reinheit ist unzerstörbar. Es sieht gut aus, wie sie im Sofa lehnt, etwas müde, etwas müßig. Ein bisschen bequem und lässig lasziv. Es ist eine Frage seiner Einstellung, ob er Rosas Körperhaltung als erotisch auffasst. Er kann sich so oder so entscheiden.

Er sagt: »Eines Ihrer Beine ist schöner als die zwei Beine der meisten Frauen.«

»Was!«, ruft Rosa und dreht ihm den Kopf zu.

»Angenommen, Sie hätten nur ein Bein, es würde nichts ändern. Womöglich wären Sie noch schöner, noch perfekter. Ich kann es mir gut vorstellen. Ihr linkes Bein befindet sich in derselben Lage wie jetzt, Ihr rechtes Bein ist einfach nicht vorhanden. Der Eindruck ist überwältigend.«

»Ich würde vom Sofa fallen«, sagt sie.

Und nach einer Pause, in der sie sich aufsetzt und sich ganz ihm zuwendet: »Es ist schrecklich, Lennart, stellen Sie sich vor, mir würden beide Beine fehlen, oder selbst wenn Sie mir beide in Wirklichkeit abschlagen würden, ich würde mich nicht anders fühlen, ich wäre nicht verzweifelter, meine Verzweiflung ist vollkommen, kein weiterer Schmerz könnte sie vergrößern. Sie können mir nichts vormachen.«

Es ist überraschend, wie heftig sie spricht. Er sieht auf ihre Hände, die auf den Knien liegen und sich auf und ab bewegen, wenige Zentimeter, die gleiche dumme Bewegung. Sie sieht ihn an, tatsächlich verzweifelt, mindestens unglücklich. Er will diesem Blick widerstehen, unbedingt. Das ist entscheidend, sich nicht auf ihre Blicke einzulassen, dann nicht, wenn sie es ernst meint. Es strengt ihn immer noch an, diesem Schmerz etwas entgegenzusetzen.

»Ich sehe einen Waldrand«, sagt er mit seiner besten Stimme. »Ein Tag wie heute. Ein unnachgiebig heißer Tag. Die Luft über den Feldern flimmert, sie hat etwas Plasmaartiges, man glaubt, sie anfassen zu können. Jede Berührung gibt sie tausendfach weiter, die Luft ist homogener als Wasser, sie hat keine Oberfläche, die man berühren könnte, man ist mittendrin. Man berührt sie von innen. Fast ist es, als wäre man selbst Luft. Ich sehe einen Weg. Links und rechts Getreidefelder, die Ähren unbewegt, nur selten rollt ein Wind über sie hin, nachlässig, müde, ein Jucken im Halbschlaf, thermisches Necken. Das Korn folgt unwillig, bewegt sich träge kreisend, steht wieder still. Eine Entscheidung ist gefallen. Manche werden denken, durch ein furchtbares Ereignis. So vergeht der Tag. Aber Vergehen ist das falsche Wort. Jetzt ist es Abend. Die Sonne scheint tief hinein in den Wald, schiebt eine Lade aus orangenem Licht ins Unterholz. Die Stämme der Fichten werfen unendliche Schatten, und der Waldboden leuchtet wie frisch geputzt. Es ist ein schöner Abend, schön auch, weil niemand unterwegs ist. Und es ist still. Kein Vogellaut, der das Dunkelwerden punktiert, keine zirpende Grille stört, kein schaukelnder Mückenschwarm verwischt den Anblick. Es krabbelt nichts am Boden und auf den Blättern, und nirgendwo in der Ferne ist einsames Hundebellen zu vernehmen. Hier ist niemand. Nur der Wald, der Weg, die Luft und das Licht. Ich sehe einen großen Moment, sehr selten, vielleicht einzigartig. Keine Anteilnahme ist zu spüren, trotz seiner Größe ist es ein nüchterner Moment. Nüchtern wie die Walze, die an der Weggabelung auf einer dreieckigen Grasfläche steht, schwer und unbrauchbar ohne Zugmaschine. Dahinter ein paar Lärchen, deren untere Äste beschwichtigend schaukeln. Zwischen Walze und Lärchen liegt ein Körper. Er ist halb eingegraben in die Erde, das Gesicht ist bedeckt von Lärchennadeln vom letzten Jahr, eine sanfte Verkleidung, die die Züge des Gesichts nicht verbirgt, sondern deutlich nachzeichnet. Ein schönes Gesicht, zufrieden und voller Hoffnung. Die Kleider des Körpers sind zerrissen, einzelne Fransen hängen herunter und sind verflochten mit Grashalmen, eine zärtliche Verbindung, voller Freundschaft und Demut. Der Körper der jungen Frau ist leicht zur Seite geneigt, er wirkt entspannt, man kann glauben, sie hat es sich gemütlich gemacht. Ihr Nacken wird gestützt von einem Maulwurfshügel, und es sieht aus, als betrachte sie die Spitzen der Bäume. Ihr rechter Arm liegt leicht erhöht, und ein Finger der Hand ist gestreckt, er deutet hinüber zum Naturlehrpfad. Es ist ihr Mittelfinger, und zufällig wird er von einem Sonnenstrahl getroffen, und man bemerkt darauf zwei Sieben-Punkt-

Marienkäfer einen rührenden Akt der Fortpflanzung aufführen.«

Er macht eine Pause, dann sagt er und hat das Gefühl dabei, dass jedes seiner Worte, kaum nach draußen gelangt, sofort schmilzt:

»Kennen Sie das, Rosa? Zwei Marienkäfer, das Weibchen nimmt das Männchen Huckepack, von der Seite betrachtet sieht es aus wie zwei Halbkugeln, die ihre Schnittflächen suchen, aber noch weit davon entfernt sind, sie zu finden. Rosa?«

Sie ist halb aus dem Sofa gerutscht, die Beine stützen sie nach vorne ab. Ihre Knie berühren sich, knieabwärts sind die Beine gespreizt, die Füße nach innen gedreht. Ihr Kittel ist weit nach oben gerutscht, aber nicht weit genug, um sehen zu können, ob sie darunter etwas trägt. Ihr Kopf ist nach vorne geknickt, das Kinn berührt ihre Brust. Der Mund steht offen, die Unterlippe glänzt. Sie sieht aus wie ein Model in der *Vogue*, gequält, unglücklich, aber nicht besiegt. Irgendwie wirkt sie trotz ihrer verkrampften Haltung von einer unbegreiflichen Kraft durchströmt, vielleicht kommt sie von einem anderen Planeten. Aber dann befürchtet er, augenblicklich könnte bei ihr eine Geisteskrankheit ausgebrochen sein, denn ihr Gesicht ist bei aller Fassung, die es wahrt, auf unangenehme Weise zusammengestürzt, hat sich mit einem Mal geleert.

»Rosa«, sagt er noch einmal, aber sie reagiert nicht. Sie streckt nur die Arme weiter zur Seite, und ein Lächeln huscht dabei über ihre Lippen, es ist blöde und sanft. Er steht auf und knipst die Lampe neben dem Sofa an, nimmt sich ein Glas aus dem Hängeschrank und füllt es mit Leitungswasser. Er trinkt es in einem Zug leer, stellt es auf die Ablage aus Edelstahl und geht zurück zu seinem Platz. Man sieht ihr nicht an, wie alt sie ist, denkt er und versucht, ihren Blick einzufangen. Aber sie sieht stur an ihm vorbei, auf den Boden oder ins Leere. Er denkt darüber nach, ob sie ihm etwas vorspielt und ob es ihm möglich ist, das mit Sicherheit festzustellen. Es bleibt ihm nichts anderes übrig, als zu warten.

Rosa enttäuscht seine Geduld ein wenig, zugleich bewundert sie ihn. Wie er sich im Griff hat. Warum fasst er sie nicht an? Er hat doch Lust, sie anzufassen. Oder genügt es ihm, sie mit seiner kleinen, niederträchtigen Geschichte zu berühren? Sie kann es kaum glauben, aber in gewisser Weise erlöst sie dieser verrückte Kerl. Warum sonst könnte sie sich so gehen lassen, dass sie jetzt seit einer Viertelstunde wie erfroren in der gleichen unbequemen Stellung verharrt. Aber jetzt kann sie nicht mehr, ihr Hintern und ihre Schultern tun ihr weh, sie muss die Stellung verändern.

Sie sagt: »Erzählen Sie weiter, Lennart.«

Er sagt: »Geht es Ihnen gut, Rosa?«

»Sie sind abscheulich.«

»Sie wollen trotzdem wissen, wie es weitergeht?«

»Ich will es nicht wissen. Es ist mir egal. Aber ich möchte trotzdem, dass Sie weitererzählen.«

Er schüttelt den Kopf und lächelt. Sie hat ihm was vorgespielt. Und auch ihre Alterslosigkeit ist gespielt. Aber es macht nichts, soll sie ruhig spielen, so viel sie will. Solange sie die richtigen Rollen spielt, mag er es.

»Eine Leiche«, sagt er und findet wieder zu seiner besten

Stimme zurück. »Weiblich, Ende zwanzig. Ihr Oberkörper ist von einem Dutzend Stiche durchbohrt, die dunkelrote Flecken hinterlassen haben wie bei einer Kinderkrankheit. Ich sehe keinen Grund zur Unzufriedenheit. Unsere Trauer hängt zusammen mit der Größe des verstorbenen Wesens. Alles, was unter der Größe einer Taube liegt, rührt uns nicht. Die Taube mit eingeschlossen. Aber hier liegt der Fall anders. Auch hier, bei dieser schönen jungen Frau, sehe ich keine Anteilnahme. Nirgendwo Anteilnahme. Ich sehe den Naturlehrpfad, der unweit beginnt, und ich sehe die kleinen Blechschilder das Licht der untergehenden Sonne reflektieren. Dort oben kniet ein Mann und bindet in aller Ruhe seine Schnürsenkel. Sie haben sich kurz nacheinander gelöst. Es sind immer wieder die Schnürsenkel dieser schwarzen Lederschuhe. Er weiß nicht, was mit diesen Schnürsenkeln los ist, warum sie sich lösen, nachdem die Knoten zwei Stunden gehalten haben. So lange er es nicht weiß, glaubt er, hat es keinen Sinn, die Schnürsenkel auszutauschen. Und er mag das, sich die Schuhe binden. Er mag es, seit man es ihm beigebracht hat. Es ist eine beruhigende Tätigkeit. Am liebsten kniet er sich gleich dort hinunter, wo er sich gerade befindet, wenn sich ein Schnürsenkel löst. Dieses Augenblicksbewusstsein macht ihn geradezu närrisch vor Glück. Er verliert keine Zeit, er weiß sofort, was zu tun ist, aber er verfällt nicht in Hektik. Die Schlaufen seines Knotens sind gleichmäßig. Er bindet nicht zu fest und nicht zu locker. Sein Rist erhält genau die richtige Festigkeit im Schuh. Auch jetzt macht er es wie immer. Er lässt sich so viel Zeit, wie nötig ist, und er denkt dabei an nichts Besonderes. Er sieht seinen Fingern bei ihrer Arbeit zu, und was sie tun, kommt ihm so bewundernswert vor wie Klavierspielen. Sie binden den Schnürsenkel. Sie können das. Wie oft in seinem Leben haben sie es getan? Das Binden des Schnürsenkels kennt keine Moden. Es ist immer das gleiche Binden. Die gleiche Geschicklichkeit, mit der man alles tun können sollte, was man je tut. So denkt der Mann. Er bindet seine Schnürsenkel, und dann erhebt er sich. Er blickt auf eines der silbernen Schilder. Die schwarze, geprägte Schrift ist gut zu lesen, obwohl es schon dunkel ist. *Mehlbeere* steht auf dem Schild, *Sorbus aria,* und darunter: *in ganz Europa heimisch.* Er blickt auf den Baum, den das Schild bezeichnet, aber er ist weniger gut zu erkennen als die Schrift. Er macht sich auf den Heimweg.«

Rosa steht auf und streicht ihren Kittel glatt. Sie sieht Lennart ernst an und nickt. Ihr Gesicht ist wieder da. Sie leckt sich über die Lippen und sagt:

»Das mit der Taube ist falsch.«

Dann geht sie barfuß an ihm vorbei, und er hört sie die Schiebetür zur Toilette öffnen. Sie pinkelt sofort los, ausgiebig, erleichtert. Er schließt die Augen und hört zu. Nichts sonst ist zu hören, es ist genauso still hier drinnen wie in der Geschichte, die er eben erzählt hat. Es erstaunt ihn, wie weit er gehen kann. Solange er sich konzentriert, präzise vorgeht, sich nichts verbietet, aber auch nichts fordert und auf die gewöhnliche Überheblichkeit verzichtet, scheint es keine Grenze zu geben. Er will Rosa nicht in die Knie zwingen, und doch will er ein Bekenntnis von ihr, von dem er nicht weiß, wie es aussehen oder sich anhören soll. Es hat sowohl etwas zu tun mit ihrer

Geilheit wie mit ihrem Schmerz. Sonst will er nur begreifen, ob irgendeine Macht in seinen Händen liegt, aber dazu braucht es Zeit. Gerade in der Grausamkeit geht alles immer viel zu schnell.

Als er die Wasserspülung hört, öffnet er die Augen. Er setzt sich aufs Sofa, auf die Stelle, auf der Rosa zuletzt saß. Ihre Körperwärme berührt ihn sofort, sie strömt aus den Kissen, und er staunt, wie unglaublich fremd und zugleich vertraut sich so etwas anfühlen kann.

»Wie wird man so?«, sagt Rosa.

Er hebt die Schultern und öffnet die Hände.

Sie kommt zwei Schritte näher, und jetzt kann er ihr nicht mehr ins Gesicht sehen. Er blickt auf die Falte zwischen dem zweiten und dritten Knopf ihres Kittels. Der Eingang eines Tunnels, der sich mit ihrem Atem hebt und senkt.

Sie sagt: »Wie wird man so ein komplettes Arschloch?«

Vorhin auf dem Klo hat sie überlegt, dass sie endlich mutig sein muss. Mal etwas denken und sagen, das ihr normalerweise nicht in den Sinn kommen würde. *Arschloch*, sie kann sich nicht erinnern, ob sie dieses Wort überhaupt schon einmal benutzt hat. Kommt in ihrem Wortschatz eigentlich nicht vor. Vor zwei oder drei Jahren stand einmal ein Perverser in ihrer Apotheke, aber vielleicht war der Mann auch wirklich krank. Mit sehr leiser Stimme verlangte er nach einer Salbe. »Ich brauche eine Salbe«, sagte er. Sie fragte ihn, wofür. Er sagte: »Geben Sie mir die Salbe, ja, ich brauche sie unbedingt.« Sie fragte ihn noch einmal, wofür. Und er sagte nur und strahlte sie an dabei: »Fürs Arschloch.«

Dieses Wort gefällt ihr jetzt so gut, wie einem Kind ein neu gelerntes Wort gefällt. Und sie verspürt Lust, es ein paar Mal hintereinander zu wiederholen. Sie geht einen kleinen Schritt nach vorne und sagt laut: »Arschloch.« Und dann sagt sie es noch einmal und noch einmal. Sie bemerkt, wie es sich verändert, während sie es ausspricht. Beim dritten Mal klingt es wie ein Lob. Sie blickt nach unten, auf sein kurz geschnittenes dunkelbraunes Haar. Und auf seine geöffneten Hände. Ohne in sein Gesicht zu sehen, beugt sie sich hinunter und spuckt in seine linke Hand.

Sie sagt: »Sie tun mir gut. Ich habe große Lust, mich bei Ihnen zu bedanken. Aber wie kann ich mich bei Ihnen bedanken? Sie haben Recht, es kann sein, dass sie tot ist. Es ist sogar sehr wahrscheinlich, dass sie tot ist, sie würde mir so etwas nicht antun, verschwinden und kein Wort hinterlassen. Aber es kann trotzdem sein, es könnte irgendetwas vorgefallen sein, das sie dazu brachte, wortlos und grußlos den Kontakt zu mir abzubrechen, von einem Tag auf den anderen zu verschwinden. Jeden Tag verschwinden Menschen, und wir denken, sie hätten kein Recht dazu, weil wir so unendlich eitel sind und weil wir an unsere Gefühle der Zuneigung und Liebe genagelt sind, und wenn nur ein Nagel entfernt wird, geraten wir bereits in Panik.«

Jetzt wird sie poetisch, denkt er, das hält ihren Schmerz frisch und jung. Er blickt auf den Speichel in seiner Hand, die er vorsichtig dreht, damit die kleine Pfütze sich bewegt. Lautlos platzt ein Bläschen, womöglich ließe sich jetzt etwas über die Zukunft herauslesen, eine kleine Voraussage über die Vorgänge der nächsten Stunde.

Rosa sagt: »Ich möchte Ihnen etwas von ihr erzählen.«

»Von wem?«, antwortet er automatisch.

»Von Nora.«

Mit der rechten Hand öffnet er unterhalb des Tunnels einen Knopf ihres Kittels. Er blickt auf die Haut, die schwarz aussieht.

»Nora? Nora. Wer war das nochmal?«

3

November. Mittwoch. Elf Uhr abends. Ein Satz kann alles ruinieren.

»Guten Abend, Lennart«, sagt der Mann in der dunkelblauen Uniform, der seine Karte abreißt. Wie die meisten Kartenabreißer hält er sich nicht an die Perforation. Sonderbar, wo die Leute sich ihre Freiheit ergaunern. Forsch nimmt er ihm die Karte aus der Hand und fügt ihr ziemlich genau in der Mitte einen tiefen Riss zu. Er gibt sie ihm wieder und lächelt ihn väterlich an. Manchmal glaubt Lennart, dieser Mann, für den er eine milde Verachtung verspürt, ist wirklich sein Vater. Er ist etwas kleiner als er selbst, er hat dickere Finger und kräftigere Hände, die aussehen, als hätten sie schon einmal richtig gearbeitet, früher, bevor ihre Aufgabe das Zerreißen von Eintrittskarten und Drücken von Liftknöpfen wurde. Sein Haar ist ähnlich dicht wie sein eigenes, und der Blick des Mannes hat durchaus etwas Waches an sich, etwas eigentümlich Forschendes, das ihm irgendwie vertraut vorkommt.

Er steht noch im Windfang, auf der Schwelle vor der zweiten gläsernen Tür, als ihm plötzlich bewusst wird, dieser Mann *ist* sein Vater, und er hat es nur vergessen. Dieser Gedanke ist verblüffend und hat überhaupt nichts Beunruhigendes an sich, und auf einmal ist er davon überzeugt.

»Hast du deine neue Lohnsteuerkarte schon abgegeben?«, sagt er und blickt den Kartenabreißer streng an. Ein Blitz durchzuckt das Gesicht des Mannes in Uniform und löscht alle Wachheit aus. Übrig bleibt ein resignierter Gesichtsausdruck, etwas beleidigt und unglücklich. Und ein Schmerz, dem die Gewöhnung anzumerken ist.

»Hast du?«, sagt Lennart.

»Du. Sie. Nein. Noch nicht.«

»Kein Grund zu stammeln. Du bringst sie mir einfach diese oder nächste Woche ins Büro. Und lass sie im Kuvert, damit sie nicht schmutzig wird.«

Der Mann schenkt ihm einen letzten unterwürfigen Gesichtsausdruck, bevor er sich den nächsten Besuchern, die ihm ihre Karte hinhalten, zuwenden muss. Lennart stellt sich vor, wie dieser Mann, der sein Vater sein könnte, in einer nachmittäglichen Talkrunde auftritt. Das Thema: Mein Sohn zeigt keinen Respekt vor mir. Und dort würde er ein paar Sätze stammeln, nie länger als vier oder fünf Worte. *Manchmal schlägt mich mein Sohn*, würde er sagen. Oder: *Ich muss ihn siezen*. Oder: *Er ruft nie an*. Die dreißigjährige Moderatorin, groß gewachsen, sportliche Figur, aber mit dem Hang, sich beim Sprechen etwas zu weit vorzubeugen, wäre auf seiner Seite. *Das ist sicher sehr schlimm für dich,* würde sie sagen und die Hand auf seinen Unterarm legen. Er würde nicken und traurig, aber auch triumphierend blicken. *Wir haben natürlich versucht*, würde die Moderatorin sagen, *deinen Sohn einzuladen, aber er hat uns nur gesagt, er kennt seinen Vater nicht*. Der Mann würde mit den Schultern zucken, die Moderatorin würde noch etwas Tröstendes sagen, und dann würde das Publikum klatschen.

Es ist heiß hier drin. Es riecht nach Essen und Rauch. Es

ist laut, und die Leute reden so geräuschvoll miteinander, dass er die Gespräche von zehn Meter entfernt Stehenden gut verstehen kann. Auf seiner Oberlippe haben sich Schweißperlen gebildet, die er mit dem Zeigefinger abwischt. Der Lärm und die Gerüche überfallen ihn geradezu, und am liebsten würde er die Augen schließen, um diesen Unmengen an Bildmaterial, das sich seinem Blick darbietet, zu entgehen. Er sieht hinunter zu seinen Füßen. Schwarze Lederschuhe, frisch poliert. Und er blickt auf den Boden, die gleichen Pflastersteine wie außerhalb der Halle. Eine angenehme Verwirrung geht von dieser Übereinstimmung aus. Allein aus dem Blick auf den Boden lässt sich nicht bestimmen, ob er sich innen oder außen befindet. Das gefällt ihm und gibt ihm Kraft. Ein Stillleben, seine schwarzen Schuhe auf grauem, staubigem Untergrund. Die einzige ruhige Stelle. Er kann die Stille da unten bei seinen Füßen geradezu hören.

Dann blickt er wieder auf. Er sieht noch einmal zum Eingang hinüber. Der Kartenabreißer steht mit dem Rücken zu ihm, aber es ist deutlich zu erkennen, dass er die Karten ordentlich einmal an der Perforation nach hinten knickt, bevor er den kleineren Teil abreißt. Alles in einer flüssigen und fast lässigen Bewegung. Mit einem Nicken gibt er den Besuchern die entwertete Karte zurück.

Er weiß, wie dieser Mann heißt, aber er weiß auch, dass er seinen Namen nicht im Gedächtnis behalten will. Ein kleiner, irgendwie hübscher Trotz hat sich zwischen den Kartenabreißer und ihn geschoben, den er keinesfalls zur Seite stoßen möchte. Es ist eigenartig, aber dieser Mann, der vier Schichten die Woche den Lift des Olympiaturms bedient und sonst Karten abreißt oder irgendwelche einfachen Arbeiten verrichtet, kommt ihm mächtiger vor als die Männer, die im Allgemeinen als mächtig betrachtet werden. Wie viele subalterne Wesen ist er von seinem Arbeitgeber mit einem schier grenzenlosen Vertrauen ausgestattet. Er hat die Schlüsselgewalt, über die sonst nur der Vorsitzende der Parkgesellschaft verfügt. Er ist im Besitz des Generalschlüssels. Die Ähnlichkeit ist nicht zu leugnen. So wie man Lennart grenzenloses Vertrauen entgegenbringt, was die Verwaltung der Gelder betrifft, so vertraut man diesem uniformierten Mann den Zugang zu jeder Tür an.

Er spürt eine gewisse Rührung. Er fasst in die rechte Außentasche seines Jacketts, und als seine Finger zwischen dem Kleingeld auf den Schlüssel stoßen, schließt er für einen Augenblick die Augen und sendet dem Mann, der sein Vater sein könnte, einen stummen Gruß des Dankes.

Nora schließt die Augen.

»Was soll das?«, fragt Nick.

»Ein Spiel«, antwortet sie.

»Was für ein Spiel denn?«

»Du unterhältst dich mit jemandem. Ganz normal. Aber dann plötzlich schließt du die Augen. Du kneifst sie nicht zusammen oder so was. Du schließt sie einfach ganz ruhig und führst das Gespräch, das du eben mit offenen Augen geführt hast, mit geschlossenen Augen fort.«

»Hab ich noch nie gehört. Hast du dir das selbst ausgedacht?«

Nick steht ihr gegenüber, sein Gesicht einen halben Meter von ihrem entfernt. Sie kann seine Verwirrung spüren. Dieser große Mann ist beunruhigt. Er sorgt sich wirklich um sie, das ist rührend, denkt sie, aber ebenso überflüssig. Ihr erster Auftritt ist vorüber. Ob er gut oder schlecht war, weiß sie nicht. Sie hat sich bemüht, bei der Sache zu sein, aber trotzdem lief alles so automatisch ab. Die Leute haben geklatscht, also war ihr Auftritt gut. Aber die Leute klatschen immer, sie sind süchtig danach, Beifall zu spenden.

Sie ist nackt. Der kleine faltige Haufen hinter ihr auf dem Sofa sind die Kleidungsstücke, die sie eben ausgezogen hat. Auf ihrer Haut liegt eine dünne kühle Schicht, eine Art Glasur nach dem schweißtreibenden Tanzen draußen, die ihr immer wie etwas Lebendiges vorkommt. Wie ein Lob und wie ein Versprechen, das aber nur für einige angenehme Augenblicke Gültigkeit hat.

Sie sagt und lacht sofort auf: »Soll ich dir einen blasen, Nick?«

»Mann, hör auf, Nora!«

Aber Nick bewegt sich nicht von der Stelle. Sie hört, wie er atmet, und hört heraus, dass er auf etwas wartet. Obwohl sie die Augen immer noch geschlossen lässt, hat sie einen guten Überblick. Es liegt an diesen Pumps mit den hohen Absätzen, die sie in eine Region befördern, die etwas Majestätisches hat. Sie kommt sich vor wie der Kapitän eines Segelschiffes in einem Piratenfilm. Die Beine leicht gespreizt, steht sie auf der Brücke und verfolgt mit unbewegter Miene das Treiben der Mannschaft. Sie blickt hinaus aufs Meer. Sie ruft einen Befehl, der durch viele Kehlen weitergegeben wird. Herrschen, befehlen, oben sein, runter blicken, Erwartungen spüren.

»Du hättest es verdient«, sagt sie.

Nick antwortet nicht. Aber weiterhin ist sein Atem zu hören. Und sie kann ihn riechen. Er muss etwas Süßes gegessen haben, einen Müsliriegel oder vielleicht Früchtebrot.

»Als Dank für den Staubsauger«, sagt sie. Doch Nick bleibt beim Schweigen. Und Nora bleibt dabei, die Augen geschlossen zu halten. Sie denkt ans Blasen und bekommt wirklich ein bisschen Lust, Nick diesen Dienst zu erweisen. Es wäre das zweite Mal. Zur Überprüfung, welche Veränderungen er in letzter Zeit durchgemacht hat. Wenn du ihnen den Schwanz bläst, erkennst du ihren Charakter, der ganze Mann steckt in diesem wandelbaren Teil, das eines vor allem nicht kann, lügen. Sie hat es oft gemacht, hundertmal sind die Männer in ihrem Mund gekommen, und sie war hinterher mindestens ebenso befriedigt. Du verbringst einen Abend mit ihnen, irgendwo in einem Lokal, isst und trinkst etwas und redest und hörst zu und isst weiter und trinkst weiter und hörst weiter zu und redest weiter, und dann entdeckst du im Auge dieses Mannes diesen Wunsch. Er denkt daran, wie du ihn in den Mund nimmst, er stellt sich dein Gesicht vor und überlegt, ob du die Augen dabei die ganze Zeit geschlossen hältst oder zwischendurch zu ihm hochsiehst. Er stellt sich dein konzentriertes Gesicht vor und wie er hineinstößt in das Menschlichste und Schönste an dir. Dein Gesicht. Er fickt dein Gesicht. Das ist in Ordnung. Auch wenn es ein Privileg der Männer ist, auf das du neidisch sein könntest. Und manchmal denkst du, es ist die Vollendung des Gesprächs, wenn deine Lippen ihn dann berühren und wenn du spürst, wie schnell er hart wird.

»Zum Abschied«, sagt sie und ist selbst überrascht davon. Wieder spürt sie diese Sentimentalität, aber mit geschlossenen Augen fühlt sie sich anders an.

Nick schweigt. Obwohl sie ihn nicht sehen kann, glaubt sie, dass er in eine Art Starre gefallen ist, die sie sich nicht erklären kann. Nick war der einzige Mann, den sie überreden musste, sich ihr hinzugeben. Warum macht einer diesen Job? Nick ist ein Mann, der auf Frauen aufpasst, die sich vor anderen Männern ausziehen. Er organisiert die Veranstaltungen, er spielt den Chauffeur, er kümmert sich darum, wenn ein Absatz abgebrochen ist, und er kennt von jedem Mädchen die Kleidungsgröße, und wahrscheinlich weiß er genau, wann welche ihre Tage bekommt. Im *Lusty Lady*, wo sie ihn kennen gelernt hat, ist er Türsteher. Der aufmerksamste Türsteher, der ihr je begegnet ist. Höflich und bestimmt, nie aggressiv. Einmal hat sie mitbekommen, dass er sich mit einem Gast geschlagen hat, aber selbst in diesem kurzen Kampf benahm er sich einwandfrei. Er schlug zu, einmal, noch einmal, aber nicht so, wie er hätte zuschlagen können.

Damals, denkt Nora, und jetzt weiß sie, dass sie nicht wieder im *Lusty Lady* arbeiten wird.

»Zum Abschied«, sagt sie noch einmal, aber sofort kommen ihr Zweifel, ob sie sich auf ihre Intuition verlassen kann, die sich aber schon im nächsten Augenblick in eine absurde Gewissheit verwandeln. Ja, es ist heute das letzte Mal, dass sie sich vor Publikum auszieht; aber was die Zukunft bringen wird, kann sie trotz dieser Gewissheit nicht sagen, nicht einmal, was sie morgen tun wird, weiß sie, und sie hat keine Ahnung, wo sie morgen sein wird.

»Erinnerst du dich«, sagt sie, »als du mein Fahrrad repariert hast? Das war wirklich nett von dir. Du bist ein toller Bastler, obwohl du so große Hände hast. Wie hieß das, was kaputt war? Ich konnte nicht nur nach hinten durchtreten, sondern plötzlich auch nach vorne. Das war vielleicht ein irres Gefühl. Ich weiß noch genau, wie ich an der Tchibo-Filiale in der Nähe der Apotheke meiner Mutter vorbeigefahren bin, ich sah mich selbst im Schaufensterglas und fand, dass es gut aussah, wie ich auf meinem Fahrrad vorbeiflog, sportlich und gesund. Ich fand mich erregend, und beim Blick in die Auslage erkannte ich, dass Tchibo diese Woche Radlerhosen im Angebot hatte, diese Teile mit Polstern für die Arschknochen, diese Teile, die einfach pervers sind, ich weiß nicht, warum, aber die sind absolut pervers. Erst recht, wenn sie bei Tchibo verkauft werden.«

Von Nick kommt ein Laut, aber sie kann nicht entscheiden, ob es ein Seufzer ist oder ein kurzes Lachen.

»Plötzlich trat ich ins Leere. Es war kein billiges Fahrrad, und ich hab ihm immer vertraut. Das ist doch normal, einem einfachen, nützlichen Ding wie einem Fahrrad zu vertrauen, oder? Klar, irgendwas quietscht mal, oder die Bremsen gehen schlecht, oder das Licht funktioniert nicht mehr, das kannte ich bis zu diesem Tag, aber was dann geschah, war mir vollkommen fremd. Ich wusste nicht, dass so etwas passieren kann, ich dachte nicht, dass die grundlegende Funktion eines Fahrrades außer Kraft gesetzt werden könnte. Vielleicht ist das naiv von mir, und ein technisch so kluger Mensch wie du wird darüber nur den Kopf schütteln.«

Wieder kommt von Nick ein Geräusch, und sie glaubt, es hat damit zu tun, dass er das andere Bein jetzt mehr belastet. Sie hört ein Knarzen, das von einer Schuhsohle herrühren könnte.

»Gerade dachte ich, wie gut ich mich auf dem Fahrrad mache, und im nächsten Augenblick trete ich in einen Abgrund. Es blieb kaum Zeit, mich zu erschrecken. Eben war ein fester Widerstand unter meinem Fuß, den ich mein ganzes Bein hinauf spürte, bis in die Hüfte, und von dort verteilte er sich und zog gleichmäßig über meine Brust und meinen Rücken weiter hinauf in den Nacken, und ich spürte ihn sogar im Kopf, und es war verdammt geil, ihn zu treten, mit dem ganzen Körper hineinzutreten in dieses feste, aber auch nachgiebige Etwas, das mir so groß vorkam wie die ganze Straße. Und jeder Tritt bringt dich voran, hörst du, Nick, jeder Tritt, obwohl du keine Vorstellung hast, wen du da eigentlich trittst.«

Diesmal klingt es wie ein trockenes Schnippen, und im nächsten Augenblick weiß sie, was es war, und sie lächelt. Nick muss sich hingekniet haben, kurz hintereinander hat sie zweimal das gleiche Geräusch des Kniegelenks gehört, eines dieser unlebendigen Körpergeräusche.

»Und dann, nichts mehr. Kein Widerstand, nichts Schweres, überhaupt nichts. Mit einem Mal, alles weg, aus der Traum. So kam es mir vor, als wäre ich blitzartig aufgewacht, ein vollkommen rätselhafter Augenblick. Ich weiß nicht, warum ich nicht vom Fahrrad geflogen bin, ich war zu deprimiert, um darüber zu staunen. Das Einzige, was ich denken konnte, war, es ist vorbei, aus, Ende, das war's. Du kannst dir das nicht vorstellen, Nick, nicht wahr? Nick, Nicki, großer Bastler, und dann kamst du an die Reihe und hast mein Rad wieder geheilt. Und zum Dank ...«

Sie braucht den Satz nicht zu vollenden. Nick räuspert sich, das ist genug Gegenwehr. Sie begreift, er will nichts mehr von der Geschichte damals hören. Sie hat ihn vergewaltigt, denkt sie, sie hat sich ohne Umwege bei ihm bedankt, nachdem er ihr das reparierte Fahrrad zurückgebracht hatte, indem sie seine Hose geöffnet und ihm einen geblasen hat. Sie wusste, er wollte es nicht, aber er hat sich nicht gewehrt, nichts an ihm hat sich gewehrt. Das *Teil* reagierte, wie alle Teile vor ihm reagiert hatten. In blinder Mechanik, geradezu pflichtschuldig. Es war das erste Mal, dass ihr die Mechanik des Blasens bewusst wurde, und sie erinnert sich noch gut daran, wie sie hinterher ebenso traurig wie erleichtert war. Aber was sie damals nicht empfunden hat, empfindet sie jetzt: eine sonderbare Mischung aus Freude und Scham, diesen Mann verletzt zu haben.

Sie sagt: »Nick, ich möchte dir was sagen.«

»Nein«, sagt er, und sie hört seine Stimme von unten kommen, aus der Höhe ihrer Oberschenkel.

»Es war der Freilaufkörper«, sagt er, »hörst du, Mädchen, der Freilaufkörper war hinüber. Passiert manchmal, Materialschwäche. Der Freilaufkörper deines Rades war aus Stahl. Es gibt bessere und leichtere. Es gibt sie aus Titan, und die ganz teuren sind aus einer Alulegierung. Der Unterschied zwischen Stahl und Titan macht in deinem Fall fünfundvierzig Gramm aus. Hast du es gemerkt? Ich hab damals deinen Freilaufkörper aus Stahl gegen einen aus Titan ausgetauscht. Der Freilaufkörper ist eines der faszinierendsten Teile an einem Fahrrad. Bei dir war im Inneren des Freilaufkörpers wahrscheinlich eine Sperrklinke gebrochen, das lässt sich nicht reparieren, man kann Freilaufkörper nicht öffnen, ohne sie zu zerstören. Bevor du an den Freilaufkörper herankommst, musst du erst das Ritzelpaket abnehmen. Dazu brauchst du eine Kettenpeitsche, den Abzieher und einen Drehmomentschlüssel. Okay, Mädchen, es geht auch ohne Drehmomentschlüssel, aber nur Amateure arbeiten ohne Drehmomentschlüssel. Das Anzugsdrehmoment für den Sicherungsring, der das Ritzelpaket hält, liegt zwischen dreißig und fünfzig Newtonmeter. Hörst du, dreißig bis fünfzig Newtonmeter, das ist wichtig, wenn du das Ganze wieder zusammenbaust. Also, du nimmst das Ritzel ab, öffnest eine Kontermutter der Nabenachse und ziehst die Achse heraus, und jetzt kommen dir ein paar Kugeln des Lagers entgegen, und du musst aufpassen, dass du keine verlierst. Es fallen nie alle Kugeln auf einmal heraus, ein paar bleiben immer im Fett hängen, um dann, wenn du die Felge umdrehst, doch noch herauszufallen, dann, wenn du nicht hinsiehst und dich schon auf den nächsten Arbeitsschritt konzentrierst. Deswegen rate ich dir, hol alle Kugeln mit einem kleinen Schraubenzieher heraus oder mit einer Pinzette, damit du hinterher beim Zusammenbauen keine böse Überraschung erlebst.«

Nick räuspert sich, und Nora sagt:

»Das ist gut, das ist wirklich gut. Unglaublich, wie geschickt du bist und was du weißt, ich bewundere dich, Nicknicknicki. Erzähl weiter, Gott, ist das spannend.«

Als Nick weiterredet, tastet sie ihren Nabel mit dem Zeigefinger ab, und sie spürt die kleine Schlange, das Gold, das genauso warm ist wie ihre Haut.

»Jetzt brauchst du einen Zehn-Millimeter-Inbusschlüssel. Den steckst du tief in den Freilaufkörper, bis du die Kanten spürst. Jetzt kannst du die Nabengehäuseschraube lösen, die du übrigens beim Einbau mit fünfunddreißig bis fünfzig Newtonmeter wieder anziehen musst, merk dir das, Schätzchen. Und nun hast du ihn: deinen Freilaufkörper. Du kannst ihm nicht ansehen, dass er hinüber ist, aber du kannst den Finger von hinten in ihn reinstecken und dann das Gehäuse drehen, und du wirst merken, er lässt sich in beide Richtungen drehen, und du weißt, du musst dir einen neuen besorgen.«

»Was hast du mit meinem alten Freilaufkörper gemacht, Nick? Hast du ihn weggeworfen?«

Nora spürt, wie er überlegt, und augenblicklich will sie wissen, wie so ein Freilaufkörper aussieht, sie versucht, ihn sich vorzustellen, aber sie kann ihn sich nicht vorstellen, sie kann sich Zahnräder vorstellen und Schrauben und Schmierfett, das merkwürdig starr und durchsichtig daran klebt, Spuren einer bräunlichen Landschaft, erstaunlich echt wirkende Miniaturen eines Gebirges. Aber wie sieht ein Freilaufkörper aus? Und wieso Körper? Sie hat Lust, Nick zu treten, so von unten heraus mit dem Bein gegen seinen Kopf, wie bei einer Schlägerei in einem Western, ausholen und dem Gegner, der sich gerade aufrappeln will, die Fußspitze ans Kinn jagen.

»Ich hab ihn geputzt und aufgehoben«, antwortet Nick, und sie hört den Stolz in seiner Stimme. »Ich sehe solche Dinge gern an, ich fasse sie gern an, und es macht mir nichts aus, dass er kaputt ist. Ich hab ein Regal, in dem ich solche Dinge sammle. Dein alter Freilaufkörper, Schätzchen, ist bei mir in den besten Händen.«

Nora beugt sich nach vorne und sucht mit der rechten Hand nach seinem Kopf. Sie krallt sich in sein Haar und zieht ihn zu sich.

»Hier«, sagt sie, »ich möchte, dass du mich genau hier küsst, okay?«

Er gehorcht. Sein Kuss ist vorsichtig, trocken und respektvoll. Ein demütiger Kuss, findet sie, aber mit wenig Anteilnahme. Sie glaubt, es ist genau die richtige Stelle für einen Abschiedskuss. Denn sie wird Nick nicht wieder sehen, was sie nicht bedauert, sie aber dennoch traurig macht.

»Du kannst ihn behalten«, sagt sie, »behalt das Ding.«

Als Lennart seine Augen öffnet, steht er vor dem Stand eines lokalen Fernsehsenders. Sofort stellt sich ein Lächeln auf seinen Lippen ein. Er kann nicht glauben, dass er das ganze Stück vom Eingang hierher mit geschlossenen Augen gelaufen ist. Aber warum nicht, ein kleines Wunder, blinde Orientierung, schließlich ist ihm die Halle vertraut. Er beobachtet den Moderator, der eifrig und schnell in ein oranges Mikrofon spricht und dabei abwechselnd in die Kamera und zu den beiden Kandidaten blickt, die auf festmontierten Rädern einen Wettkampf um eine einwöchige Reise auf die Balearen austragen. Der Moderator ist ein bisschen zu schick angezogen, er trägt einen hellgrauen Anzug mit schmalem Revers und eine dunkelrote

Seidenkrawatte. Der Eifer, mit dem er spricht, und seine Mühe, die Zuschauer zu unterhalten und ihnen gute Stimmung und ein spannendes Programm zu vermitteln, wirkt deplatziert. Hier, außerhalb eines Fernsehstudios, inmitten einer riesigen Halle mit fünftausend lärmenden Menschen hat sein Bemühen etwas Idiotisches an sich. Aber Lennart bewundert den Mut und die Kraft, mit der dieser Mann seiner Arbeit nachgeht. Er tut etwas vollkommen Sinnloses, aber er tut es. Er hängt sich in eine Sache rein, die ihm selbst kaum interessant oder spannend vorkommen kann. Doch Lennart hat nicht den Eindruck, dass er es des Geldes wegen tut. Er macht es, weil hier sonst eine Lücke wäre, und hier darf keine Lücke sein, diese paar Quadratmeter Raum müssen ausgefüllt sein, und der Moderator ist der Richtige dafür, und er erfüllt seine Pflicht, wie man sie besser nicht erfüllen könnte. Ein Stück moderierte Langeweile. Zu sehen gibt es nichts. Zwei zufällig ausgewählte Männer, die in orangen T-Shirts mit dem aufgedruckten Logo des Senders stecken, die schwitzen vor Anstrengung und nicht wissen, wer von ihnen bisher die größere Distanz zurückgelegt hat, denn die Displays, die es anzeigen, kann nur der Moderator von seinem Standort aus ablesen. Und der verrät nichts, um keinen der beiden Kandidaten zu entmutigen. Es ist etwas heller an diesem Ort, das kommt von den zusätzlichen Scheinwerfern in diesem Ministudio, und es ist wärmer, noch wärmer, aber der Moderator scheint nicht zu schwitzen. Lennart ist einer von einer Handvoll Besuchern, die an diesem Stand stehen bleiben, für ein paar Minuten, bevor sie sich mit leeren Gesichtern wieder abwenden, um woanders eine Attraktion zu entdecken.

Auch er will gleich wieder gehen, aber dann ergreift ihn eine wilde Sehnsucht, er fixiert den Moderator, blickt ihm fast zornig ins Gesicht, sucht seine Augen und lässt nicht locker, bevor er einen Blick erntet. *Gleich nach der Werbung*, sagt der Moderator und bemerkt den Mann, der ihn nicht aus den Augen lässt. Er macht zwei Schritte auf Lennart zu und sagt übertrieben freundlich:

»Wollen Sie sich auch mal versuchen?«

Bala und Christine kehren von einer Lesbennummer zurück. Sie kichern überdreht, und Bala schreit: »Mein Gott, bin ich geil!« Ihre Stimme überschlägt sich, aber dann lacht sie auf einmal so tief und schwer, als hätte sie gerade den besten Witz der Welt gerissen. Die beiden Frauen gehen so dicht hintereinander her wie eben auf der Bühne. Sie bewegen sich synchron, ihre Schenkel bilden Parallelen und berühren sich gerade noch nicht. Sie drehen eine Runde durch den Raum, ohne auf Nora zu achten, die, nur mit einem schwarzen Rock aus Latex bekleidet, auf dem Sofa hockt. Schließlich machen sie Halt vor Nick, der mit verschränkten Armen vor dem Spiegel steht.

»Wer ist denn dieser gut aussehende Mann?«, ruft Christine.

Und Bala fügt an: »Könnte es sich bei diesem Wesen zufällig um unseren Aufpasser handeln?«

»Kann man das wissen, mein Schatz? Vielleicht hat er den Job gewechselt. Vielleicht ist er jetzt …«

»Nein, nein, so was macht unser großer Junge nicht. Ich glaube, er hat uns einfach vergessen. Er hat vor sich hin geträumt oder sich mit dieser entzückenden Frau hinter uns …«

»Beschäftigt?«

»Vergnügt?«

»Diskutiert?«

Nora sieht auf die beiden nackten Körper, die bedrohlich schwanken in ihren hohen Schuhen. Es sieht aus, als könnten sie jeden Moment nach vorne kippen, schlanke, hoch gewachsene Bäumchen, die aus einer Baumschule ausgebrochen sind, sich von diesem Pfosten, an den sie geknotet waren, losgerissen haben.

»Nick«, sagt Bala eindringlich, »wir waren so gut eben, das Publikum hat getobt, es hat uns geglaubt, dass wir die besten Lesben der Welt sind, dass wir den ganzen Tag an nichts anderes denken, als unsere Titten aneinander zu reiben und unsere saftigen, prächtigen Mösen zu schlecken, und dass wir uns jeden Morgen gegenseitig die Haare kämmen und beim Frühstück über nichts anderes reden, als was wir heute mit unseren gepflegten Fingern und gierigen Zungen vorhaben!«

»Nick«, sagt Christine, und sie klingt nicht weniger eindringlich, »und du hast uns nicht beschützt. Du hast nicht darauf geachtet, dass uns nichts geschieht. Du hättest uns nicht geholfen, wenn einer aus dem Publikum auf die Bühne gesprungen und aus Wut und Hass und Zorn und Liebe uns an die Gurgel gegangen wäre. Nick, wir sind sehr, sehr enttäuscht von dir.«

Es ist wirklich ein glücklicher Tag heute, denkt Nora. So vergnügt verrückt hat sie die beiden selten erlebt. Was für eine alberne Tändelei. Aber wie gekonnt sie ihr Theater aufführen, genauso gut wie draußen auf der Bühne. So gekonnt, dass sie glauben könnte, sie meinen es ernst.

»Erstens«, sagt Nick ruhig und ohne sich zu bewegen, »habe ich dem Typ, der die Platten auflegt, Bescheid gesagt.«

»Das heißt Discjockey, Nick«, unterbricht ihn Christine.

»Zweitens, von einem begeisterten Publikum geht keine Gefahr aus. Umso perfekter eure Show, umso mehr Ehrfurcht und Scheu bei den Zuschauern. Nur wer enttäuscht wird, verfällt der Gewalt, aber ihr habt noch nie jemanden enttäuscht.«

»Wow!«, ruft Bala. »Ich sage: Wow, wow, wow. Unser Mann ist ein Psychologe, vielleicht sogar ein Philosoph!«

»Ist das deine Erfahrung, Nick?«, sagt Christine und sticht ihn mit dem Zeigefinger in die Brust. Er verzieht keine Miene, auch nicht, als Bala es ihr nachmacht. Zwei gestreckte Zeigefinger mit tadellos gepflegten Nägeln deuten auf den Mann vor dem Spiegel, von dem die drei Frauen so wenig wissen. Was will ein Mann?, denkt Nora, angeregt von diesem kleinen halbernsten Disput dort drüben. Was will er? Wer ist Nick oder all die anderen, die draußen warten, bis wieder eine von ihnen auf die Bühne kommt und sich voller gespieltem Elan die Kleider vom Körper reißt, was sie mit Johlen und Staunen quittieren, mit Pfiffen und Hüftbewegungen, die lächerliche Kopien ihrer eigenen Hüftschwünge sind?

»Er antwortet uns nicht«, sagt Christine.

»Das scheint er nicht zu tun«, ergänzt Bala, »vielleicht muss er noch ein Weilchen nachdenken, bevor seine verzwickten Gedanken den Weg zu seiner Zunge finden.«

»Ja, er denkt nach. Jetzt seh ich es auch. Unser Nick denkt nach. Wir wussten gar nicht, dass er das kann. Doch, wir wussten es immer.«

Tändeln, das ist das Leben. Nora ist überzeugt davon. Und im selben Moment denkt sie: Tändeln, das *war* das Leben. Sie spürt eine leichte Erschütterung wie einen dieser seltenen Erdstöße, die alle paar Jahre in unseren Gegenden vorkommen. Ein umwerfendes Gefühl, obwohl du im Bett liegst oder sicher auf deinem liebsten Sofa sitzt. Ein Erzittern, das du schon im nächsten Moment in Zweifel ziehst. Und doch weißt du es hundertprozentig: Die Erde hat gebebt. Du bist erschrocken und warst glücklich. Nur *ein* Beben, eine kurze, unerwartete Bewegung. Für diese Zeit bist du aller Sicherheit beraubt, was ein gutes Gefühl ist. Sie spürt, wie sie wieder sentimental wird. Aus einem verschließbaren Plastiktütchen zieht sie einen der goldenen dünnen Ringe und setzt ihn sich an die Brustwarze. Es sieht aus wie ein Piercing, und das gefällt den Leuten, sie glauben deshalb, diese Frau meint es ernst, auf diese Frau kann man sich in erotischen Dingen verlassen. Was der Wahrheit entspricht. Sie meint es ernst, doch diese Tanzerei ist ihr noch lange nicht ernst genug. Alles könnte noch viel, viel ernster sein. Die Tändelei ist hübsch, ein Zeitvertreib, von dem sie nun aber genug hat. Bald, in dieser Nacht, wird es anders. Bald wird ihr Leben ernst. Da ist sie sicher.

»Was wollen Männer«, sagt sie.

Es dauert eine Zeit, bis sie Antwort erhält. Es ist so, als wäre sie nicht da gewesen, als wäre sie gerade eben in diesen Raum gekommen und mitten in ein Gespräch geplatzt. Du bist ja auch da, scheinen Balas und Christines Blicke zu sagen, und nach einigen Sekunden, in denen sie ihre Ungläubigkeit abschütteln, antworten sie unisono:

»Was Männer wollen? Können wir das wissen?«

Damals im *Lusty Lady* kam es Nora oft so vor, als wären die Männer dort eine Schar Gläubige auf einer Pilgerreise. Sie verkaufen ihr Hab und Gut, um zu den Mösen zu pilgern. Sie beten Mösen an. Von Angesicht zu Angesicht. Sie sind aufmerksam und gierig, saugen jedes Wort, das die Möse zu ihnen spricht, auf und denken Jahre darüber nach. Sie staunen, sie sind verblüfft und verstehen nichts. Dann wieder verstehen sie alles, und fühlen sich geborgen und ohne Rand. Ihre Augen glänzen, und ihre Herzen schlagen schneller. Aber dieser Glaube ist kurz und vergänglich. Kaum haben sie das *Lusty Lady* verlassen, schon denken sie wieder an andere Dinge.

»Männern fehlt die Ausdauer«, sagt Nora, »Männer sind ungeeignet für Religion und Glaube. Wir geben uns die größte Mühe, und doch vergessen sie uns wieder.«

Bala sagt: »Ach Schätzchen, meinst du das ernst? Du bist heute ein bisschen seltsam. Fehlt dir etwas? Ist was mit deiner Mutter?«

Christine sagt: »Macht es dir keinen Spaß mehr? Du hast vorhin so gut getanzt, noch besser als sonst. Sie haben dich angebetet, glaub mir, Frauen wie Männer haben dich angebetet, du hast keinen Grund, unzufrieden zu sein. Also sei nicht undankbar, Liebes.«

Nora sagt: »Ich weiß auch nicht.«

Nick sagt drei Dinge:

»Nicht alle Männer sind so.«

Dann sagt er an Nora gewandt: »Du musst wieder.«

Und schließlich sagt er etwas sehr Erstaunliches:

»Euer Unglück ist dem meinen gleich; beklagt ihr euer Los, lehrt ihr mich die Größe meines Leids.«

Nora setzt einen weiteren Ring an ihren zweiten Nippel. Sie drückt ihn zusammen und überlegt, woher ihr dieses Zwicken bekannt vorkommt.

Lennarts Hemd ist von Kandisman. Es hat hundertvierzig gekostet, und er trägt es heute das erste Mal. Es ist weiß. Vielleicht ein bisschen zu weiß und deshalb zu hell. Ein liturgisches Weiß für hohe Festtage. Heute ist ein Festtag, denkt er, und dann fällt ihm ein, dass er das, was er vorhat, im Zustand der Unschuld vollziehen will. Vielleicht wird es ihm nicht ganz gelingen, aber er will es versuchen. Seit er diese wunderschöne Frau das erste Mal im *Lusty Lady* gesehen hat, weiß er, dass er sich ihr nur als Unschuldiger würde nähern können. Mit der gleichen Unschuld, mit der sie damals das Kunststück mit der Zucchini vorgeführt hat. Er weiß nicht, wie sie es gemacht hat, aber er erinnert sich gut an den verblüfften Ausdruck auf dem Gesicht des Mannes, dem sie fast die Hand gebrochen hätte. Er begriff sofort, sie war die Richtige. Er sah auf ihren Unterkörper, der die Zucchini festhielt, er sah auf dieses intensive Grün des Gemüses, um dessen anderes Ende sich eine kräftige Männerhand krampfte, und er erinnert sich genau daran, dass er lächeln musste. Ein Lächeln aus Zustimmung und Zuversicht.

Gewalt ausüben und dabei unschuldig bleiben – diese Vorstellung berauscht ihn. Es war viel Arbeit, alles vorzubereiten, und es war ein großes Glück, dass er diese Frau unter den Tänzerinnen entdeckt hat. Vor einem halben Jahr bemerkte er den Prospekt der Agentur auf dem Schreibtisch seines Kollegen, und als er ihn durchblätterte, war er entzückt über so viel simple Fügung. Man muss nur warten können.

Er nimmt einen Schluck von seinem kleinen Weißbier, das Glas hinterlässt feuchte, sich überschneidende Ringe auf einer runden Serviette. Er prostet sich zu, und dabei fällt ihm ein, dass er es jetzt genauso gut sein lassen könnte. Alles ist vorbereitet, er hat genug Mut angesammelt, jetzt muss er sie nur noch zwingen, den Bunker zu betreten. Den Bunker, so nennt er diesen abgeschiedenen Raum bei sich. Aber er könnte es auch sein lassen, so lautet die geradezu ekelhafte Freiheit, die sich nun, da er fast am Ziel ist, angeschlichen hat. Womöglich muss er sich selbst mehr zu seiner Tat zwingen als diese Frau?

»Sie wollen wirklich nicht?«, sagt jemand. Eine Frage wie ein Ruck. Er wird wieder in die Halle zurückgestoßen. Er steht vor einem hohen, schmalen Tresen und erkennt, dass Leute um ihn herum sind. Er befindet sich mitten im Geschehen, und er macht das gleiche wie die anderen. Er trinkt etwas und unterhält sich mit jemandem. Es ist der Fernsehmann von vorhin.

»Na, keine Lust? Vier-Sterne-Hotel, Flug und ein extra Taschengeld! Sie hätten gute Chancen. Zwanzig Minuten Radfahren, mehr müssen Sie nicht tun. Ich wette, Sie haben Lust dazu, ich hab es Ihnen vorhin angesehen. Also, kommen Sie mit rüber?«

Es ist wahr. Er hätte Lust, ein wenig in die Pedale zu treten und sich körperlich zu verausgaben. Eine kleine Anstrengung vor der großen Anstrengung. Noch mehr Lust hätte er allerdings, den Fernsehmann daran zu hindern, seine Sendung weiter zu moderieren. Fernsehen macht ihn manchmal aggressiv. Wenn er unterwegs ist und unerwartet in eine Straße gerät, in der ein Filmteam lieferwagenweise technisches Material auslädt, um eine Folge einer Krimiserie zu drehen, oder wenn er einem dieser zahllosen Straßenjournalisten begegnet, die den Menschen mit einem Mikrofon auflauern, dann möchte er diese Leute am liebsten vernichten.

Lennart sagt: »Mir kommt Fernsehen immer vor wie ein uraltes Medium, hoffnungslos veraltet, grotesk überlebt. Irgendetwas aus den Urzeiten des Daseins. Erinnern Sie sich an das Gefühl, mit dem Sie als Kind einfach so ein Spielzeug zerstört haben?«

Der Fernsehmann nimmt ein Glas Pfirsichsaft entgegen, das ihm eine Frau in einer rot und weiß gestreiften Bluse über den Tresen reicht.

»In ein paar Minuten geht's weiter. Wenn Sie wollen, nehm ich Sie dran«, sagt er und nippt an seinem Saft.

»Ich will ganz ehrlich sein«, sagt Lennart, »wenn ich den Fernseher anschalte, bin ich sofort davon überzeugt, dass das, was da gezeigt wird, uraltes Zeug ist, das schon mindestens tausendmal gesendet wurde. Das gesamte Personal des Fernsehens ist tot, ich bin mir hundertprozentig sicher, Fernsehen ist das größte Totenreich dieses Universums. Was halten Sie davon?«

»Wie gesagt«, antwortet der Moderator, »wenn Sie wollen, in zwei Minuten geht's los. Und ich muss auch wieder rüber. Machen Sie mit, es ist ganz leicht.«

Lennart fühlt, dass ihm dieses Gespräch gut getan hat. Er

geht ein paar Schritte und denkt darüber nach, ob das, was er eben gesagt hat, wahr ist. Am liebsten sieht er fern ohne Ton. Er sieht gern zu, wenn sich die Leute im Fernsehen abmühen, zu reden und zu reden, aber nichts davon nach draußen dringt. Die kleine weiche Taste auf der Fernbedienung zum Stummschalten muss sich ein schlauer Kopf ausgedacht haben. Dieser Kopf wäre er gerne gewesen. Dann fällt ihm ein, dass er nie darüber nachgedacht hat, im Bunker einen Fernseher aufzustellen. Unmöglich, dass er sich den ganzen Tag um diese Frau kümmert. Wird sie fernsehen wollen? Wäre das nicht zu deprimierend für sie? Wäre dort unten überhaupt ein Empfang möglich?

Während er darüber nachdenkt, geht er langsam weiter. Es ist gut, über solche Kleinigkeiten nachzudenken. Irgendetwas aber irritiert ihn. Es hat mit dem neuen Hemd zu tun. Ein komisches Gefühl auf seiner Brust. Seine Brustwarzen scheuern am Stoff, ein eigenartiger Schmerz, ein schwacher, aber nerviger Schmerz, von dem er nicht weiß, woran er ihn erinnert.

Er blickt auf die Uhr und beschließt, endlich einen Blick auf die Rennbahn zu werfen und dann ganz langsam allmählich tiefer zu gehen.

4 Juli.
»Sie könnten mir etwas von sich erzählen. Etwas, das mich überrascht. Von dem ich nicht glauben kann, es ist wahr.«

Ein Kichern in der Dunkelheit. Eine frei schwebende Stimme, die von irgendwo da drüben herkommt. Mal mehr aus der linken Sofaecke, mal mehr aus der rechten. Kein Licht mehr im Raum, und das Trapez aus bläulichem Licht im kleinen Fenster nach hinten raus macht die Dunkelheit noch dunkler, noch schmerzvoller, noch sehnsüchtiger.

»Es gab eine Phase in meinem Leben, da habe ich die Frauen auf dem Titelbild der Fernsehzeitschrift meiner Mutter geküsst.«

Seine Stimme hat einen festen Ort. Sie entfernt sich nicht von ihm, sie verharrt auf der Höhe seiner Kieferknochen, einundzwanzig, zweiundzwanzig, dann ist sie verklungen.

»Wie alt waren Sie?«

»Acht Jahre.«

»Warum küsst ein achtjähriger Junge ein Blatt bedrucktes Papier? Hat es denn geschmeckt?«

Wieder dieses Kichern, ungemein präzise, das seine Runde dreht, bevor es hinter ihm, beim vordersten der Ausziehschränke erstirbt. Er denkt an ihre Beine, diese glatten, superepilierten Beine, und er denkt an ihre mysteriöse Verwandtschaft mit den Ausziehschränken, die so geräuschlos und leicht herausgleiten. Er denkt an die kleine Trittleiter für die obersten Fächer und den Fuß, der sie betritt, und die Wade, die sich spannt.

»Geschmacklos wie eine Oblate. Es war mein erstes Jahr, in dem ich zur Kommunion durfte, und ich ging gern hin. Der Leib Christi bedeutete mir nichts. Das Symbolische der Handlung bestand in der Fütterung. Ein Mann in einem Kleid, der gut singen konnte, fütterte mich mit einer runden, nahezu geschmacklosen Scheibe, die er mir sanft, aber deutlich auf die ausgestreckte Zunge legte. Ein ungewöhnlicher Augenblick auf den Knien.«

»Sieht man überhaupt nicht mehr, dass jemand kniet«, sagt sie belustigt. Und dann, etwas ernster: »*HörZu*?«

»Woher wissen Sie das?«

Sie antwortet nicht. Aber er will jetzt ihre Stimme hören, augenblicklich, und er sagt: »Irgendetwas, los, sagen Sie irgendetwas.«

Sie lässt sich Zeit. Manchmal denkt sie, jetzt hab ich ihn. Und anschließend sofort: Wozu? Sie hat ihren Kittel aufgeknöpft, längs ihres Körpers steht er eine Handbreit offen, was ihr angenehme Kühlung verschafft. Ein Streifen Nacktheit, den er, glaubt sie, nicht sehen kann. Sonst trägt sie nur noch einen Slip, der aus den Unmengen von Unterwäsche ihrer Tochter stammt. *Angel* steht auf dem weißen Stückchen Stoff, das knapp auf ihrem Schoß sitzt und ihr ein eigenartiges Gemisch an Gefühlen verschafft. Verwegen kommt sie sich vor und sehr jung, und sie spürt eine zärtliche Berührung dort unten, und das macht sie sentimental. So viele Slips, Strümpfe, Strapse, BHs und Tops fand sie in Noras Wohnung, dass eine Vermutung nahe lag, welcher Beschäftigung ihre Tochter außerhalb des Studiums nachging. Aber als sie das sexy Zeug entdeckte, war sie nicht überrascht, nicht schockiert, nur ein wenig verblüfft, und etwas schämte sie sich, doch nur, weil sie etwas in Noras Abwesenheit herausgefunden hatte, das ihre Tochter offensichtlich für sich behalten wollte. Vor kurzem hat sie sich entschlossen, die Unterwäsche zu tragen. Und sie hat festgestellt, sie steht ihr gut, und es tut ihr gut, diese Dinge am Körper zu spüren.

»Ich hätte Lust«, sagt sie, »jetzt eine Wolke zu sehen, so eine große, fette Wolke. Und das Überblenden von Licht und Schatten auf den blattlosen Bäumen eines kleinen Parks, für das sie verantwortlich ist.«

»Ich möchte auch ein Glas Weißwein«, sagt er zur Dunkelheit.

Er hört die Geräusche: das Plopp des Korkens, das Gluckern des Weins beim Ausgießen, wie Glas an Glas stößt und gleich danach den Schlag eines Fingernagels an das Glas. Alles klingt langsamer und echter als bei Licht.

»Es steht vor Ihnen«, sagt sie.

Er trinkt und denkt, sie ist gar nicht da. Ich bin auch nicht in einer Apotheke. Ich bin in meiner Wohnung, bin betrunken und übernächtigt. Ich unterhalte mich mit der Dunkelheit, und weil die Dunkelheit es gut mit mir meint, antwortet sie. Es gibt keine Rosa. Aber es wäre schön, wenn es sie gäbe. Es ist leicht, sich mit der Dunkelheit zu unterhalten, nein, es ist sehr schwer.

»Rosa?«

»Was gibt's, Lennart?«

»Könnten Sie mal irgendwas zu mir rüberwerfen?«

Etwas nicht besonders Hartes trifft ihn, begleitet von einem Lachen, an der Stirn.

»Gut so?«, fragt sie.

»Danke. Sehr gut.«

»Wir waren beim Küssen von Fernsehzeitschriften stehen geblieben. Oder war die Geschichte schon zu Ende?«

Seit sie das Licht abgedreht hat, ist sie etwas im Vorteil. Es geht ihr besser. Er weiß nicht, ob er will, dass es ihr besser geht. Aus irgendeinem Grund fühlt er sich dem Leiden verpflichtet. Und er möchte, dass die Menschen, mit denen er zu tun hat, sich genauso dem Leiden verpflichtet fühlen. Das Langweiligste ist ein Mensch, der nicht leidet. Ein Mensch, der nicht leidet, ist so gut wie tot.

Er lacht auf und sagt: »Geschichte? Da gibt's keine Geschichte dazu. Ein Junge küsst die Fernsehzeitschrift seiner Mutter. Die *HörZu*. Jede Woche ein neues Titelbild, aber ich weiß nicht, ob er jede geküsst hat. Ich glaube, er hat nach einem bestimmten Ausdruck im Gesicht gesucht. Nach dieser umwerfenden, unbedingten Freundlichkeit. Die Macht der Frauen findet sich komplett in ihrem Gesicht.«

»Der Junge war nicht dumm«, sagt Rosa belustigt, aber in den Ton ihrer Stimme ist etwas eingeflochten, ein blasser Klang, ein wenig furchtsam.

»Sie haben keine Ahnung, wie einsam ein Mann ist. Als Junge ist seine Einsamkeit am größten. Der Kuss einer Fernsehzeitschrift verschafft Linderung. Er ist kühl und trocken.«

»Gute Erfindung, die *HörZu*.«

»Ziemlich gut«, sagt er. Zwischen seinem Unterarm und seinem Bauch liegt der Gegenstand, den sie vorhin auf ihn geworfen hat. Ein Korken. Er dreht ihn in den Fingern und drückt den Daumennagel in den Kork.

»Ohne die *HörZu* hätte er vielleicht ein Problem gehabt. Ein Junge von acht Jahren, ein Meter zehn Mensch mit absolut reiner Haut. Ist es nicht verwunderlich, wie viele Kinder überleben?«

Wieder denkt sie: Er ist verrückt. Und wieder möchte sie ihm über den Kopf streichen. Manchmal glaubt sie, ihn zu sehen. Einen Schatten, dunkler als die Dunkelheit, der mal nach links, mal nach rechts rückt. Aber dann löst sich der Schatten auf in diesem allgemeinen Schwarz, das ihr seltsamerweise vertraut vorkommt. Sie weiß, dieses Schwarz hier ist ihre Apotheke, sie weiß, wo sie sich befindet, und das macht sie glücklich. Und sie ist die Apothekerin, und das findet sie komisch, als sie daran denkt, wie lasziv sie im Sofa liegt. Sie kichert und berührt sich zart mit der Hand. Sie streift sich über den Bauch und hinunter zum Schoß. Der weiche Stoff unter den Fingerkuppen und das leichte Federn, als sie ihn drückt, lassen sie für einen Augenblick zweifeln, ob sie sich selbst berührt. Es ist die Dunkelheit, sagt sie sich, und dann sagt sie laut:

»Ich bin Apothekerin geworden.«

»Tatsächlich«, sagt er, »das Überleben hat sich gelohnt.«

Ich bin die Apothekerin, denkt sie mit ein wenig Unglauben. Ihre Eltern waren auch Apotheker. Und ihre Tochter hätte ebenfalls Apothekerin werden sollen. Soweit sie wusste, mochte Nora das Studium, und die Vorstellung, eines Tages mit ihrer Mutter hinter dem Tresen zu stehen, schien ihr auch zu gefallen. Auch ihr gefiel diese Vorstellung. Aber nun erscheint sie ihr leer und naiv. Eine stupide Kontinuität, die sie mit Glück verwechselt hat. Ich bin dumm, denkt sie verblüfft, aber das ist normal.

»Sie haben also die Frauen auf der Fernsehzeitschrift Ihrer Mutter geküsst, und das hat Ihr Überleben garantiert. Gab es sonst noch etwas?«

»Nein«, antwortet er ohne zu überlegen, »das war alles. Meine Kindheit dauerte etwa eine Stunde, höchstens einen Nachmittag. Großzügig viel Zeit für einen so unnötigen Lebensabschnitt. Ich küsste diese Frauen, deren Mund größer war als mein eigener. Dann blätterte ich in der *HörZu* zu den Seiten, mit denen ich was anfangen konnte. Ich löste das Kreuzworträtsel.«

»Mit acht Jahren haben Sie das Kreuzworträtsel gelöst? War es so leicht?«

Er dreht den Korken zwischen Daumen und Zeigefinger und sagt:

»Vielleicht war der Junge auch zehn Jahre alt. Oder elf. Man altert schnell an einem Nachmittag. Oft fand er das Lösungswort, obwohl er nicht einmal die Hälfte der Kästchen ausgefüllt hatte. Danach nahm er zwei Postkarten, eine für seine Mutter und eine für sich. Er schrieb ordentlich und in Druckbuchstaben. Auf dem Weg zum Briefkasten begegnete er einer Ente. Sie sah sehr mitgenommen aus. Ihr Gefieder war zerrupft, im Nacken hatte sie überhaupt kein Federn mehr. Sie hinkte. Als er weiterging, fiel ein halbes Dutzend Erpel über sie her, jeder zupfte und zwickte sie, einer saß auf ihrem Rücken, zwei andere bissen ihr zugleich ins Genick. Er ging weiter. Die Ente befreite sich, flog fünfzig Meter, hinkte im Kreis und atmete hörbar. Die Erpel kamen hinterher und fielen wieder über die Ente her. Der Junge hielt seine Postkarten in der Hand, er war auf dem Weg zum Briefkasten. Er lief den Stadtbach entlang auf dem schmalen Grünstreifen, er blickte auf die blühenden Forsythien und die aufplatzenden Knospen der Bäume. Er mochte diese Zeit, sie war zauberhaft, über alles wurde ein Schleier geworfen, und das Licht war wie ausgewechselt. Bevor er abbog, begegnete dem Jungen die Ente noch einmal. Ihr Hinken war schlimmer geworden. Sie schleifte mit der Brust über den Weg, und die Töne, die sie von sich gab, klangen furchtbar. Aber diese Töne, das war das Merkwürdigste, schienen, obwohl sie zweifellos aus ihr kamen, nicht wirklich zu dieser Ente zu gehören. Der Junge wunderte sich. Dann langweilte es ihn. Er lief zum Briefkasten und warf seine Post ein. Als er sich auf den Rückweg machte, wusste er schon nicht mehr, warum er zum Briefkasten gegangen war. Er wählte einen anderen Weg. Er sah auf seine Füße und zählte die Schritte.«

Sie bemerkt, dass sie sich an sich festhält. Sie spürt den Druck auf dem Schambein, und für einen Augenblick glaubt sie, das Wort *Angel* auf ihrer Handfläche zu spüren. Sie sucht vorsichtig ihr Glas, nimmt einen großen Schluck und atmet tief ein.

Sie sagt: »Wie hieß das Lösungswort?«

Er drückt den Korken zusammen. Er strengt sich an, aber

er gibt kaum nach. Wie in einer Schraubzwinge klemmt er zwischen seinen Fingern, und allmählich fängt sein Arm zu zittern an. Der Korken lässt sich nicht zerdrücken, genauso wenig wie ein Ei. Er kennt diese Vorstellung, etwas zerdrücken zu wollen. Etwas so sehr zu zerdrücken, dass nichts mehr davon übrig bleibt. Wie weit ist er davon entfernt.

»Das Lösungswort«, sagt er.

»Ja, das Lösungswort.«

»Rosa, ich kann es Ihnen nicht sagen. Beim besten Willen nicht.«

Sie atmet auf. Und lacht. Und findet sich blödsinnig. Und freut sich.

»Mein Gott, Lennart«, sagt sie, »Sie werden sich doch an das Lösungswort erinnern!«

Er hat sich fest vorgenommen, Tochter und Mutter nicht zu vergleichen. Doch die beiden vergleichen sich wie von selbst. Für einen Moment dachte er, das eben war Noras Stimme. Es war das gleiche Lachen, so ein kurzes übermütiges Lachen. So ein zarter Vorwurf in der Stimme und der völlige Mangel an Bösartigkeit. Nicht ein Hauch von Bösartigkeit. Wie kann das sein, fragt er sich, und im gleichen Gedanken lobt er sich für seine gute Wahl.

Er sagt: »War zum Überleben nicht notwendig, sich das Lösungswort zu merken. Überhaupt vergaß der Junge ziemlich schnell. Etwas tun, es zum Abschluss bringen und dann das Ganze vergessen. So einer war der Junge.«

Wieder dieses flatternde Kichern. Und sie sagt:

»Völlig in Vergessenheit geraten diese Eigenschaft.«

Er schleudert den Korken nach rechts. Er prallt auf das kleine Fenster, dann streift er irgendetwas mit einem dumpfen Schlag, es klingt wie ein Paukenschlag, der sofort gedämpft wird. Er schließt die Augen, um noch konzentrierter lauschen zu können, ob Rosa erschrocken ist. Aber es ist schon wieder so lange her, dass er den Korken geworfen hat. Es ist eine Ewigkeit her, und jetzt sitzt er auch schon wieder eine Ewigkeit mit geschlossenen Augen und lauscht. Nichts zu hören. Rosa könnte gegangen sein und ihn allein hier sitzen gelassen haben, und wenn er die Augen wieder öffnet, wird es helllichter Tag sein, er wird auf einem Stuhl sitzen und einen Bleistift in den Fingern drehen. Dann wird er eine Zahl aufschreiben. Und er wird etwas sagen und resigniert lächeln.

»Was haben Sie gemacht«, sagt Rosa sanft.

Er öffnet die Augen, und in einem kurzen, phantastischen Augenblick sieht er sie auf dem Sofa sitzen, mit zwei Fingern streicht sie sich über die Lippen, dann ist es wieder dunkel.

»Der Korken«, antwortet er, »ich hab den Korken irgendwohin geworfen.«

Er ist froh. Es ist ein einfaches Gefühl in der Nähe der Dankbarkeit. Vielleicht ist er erschöpft, weil er Mutter und Tochter niemals unüberlegt begegnen möchte. Er schuldet ihnen ungeteilte Aufmerksamkeit, sogar wenn ihm eine Situation belanglos und überflüssig erscheint. Belanglos und überflüssig gibt es nicht, denkt er; wenn etwas belanglos und überflüssig ist, so liegt es an mir, an meiner Schwäche.

»Haben Sie gewonnen?«, fragt sie, wieder so sanft.

»Gewonnen?«

»Beim Kreuzworträtsel.«

»Nein«, sagt er, »der Junge hat nie etwas gewonnen. Aber einmal hat seine Mutter etwas gewonnen. Ein Paket voller Lebensmittel. Ganz normale Sachen wie ein halbes Pfund Butter und ein Päckchen Reis. Kein großer Gewinn, und doch war es etwas Besonderes. Der Gewinn kam mit der Post. Unerwartet und überraschend. Der Junge und seine Mutter sahen sich an. Sie waren verblüfft und lachten sich ins Gesicht. Sie sahen sich weiter an, und so etwas wie Liebe war in beider Augen. Bevor sie sich schämten, wandten sie die Blicke ab. Das Paket stand auf einem Stuhl in der Küche. Sie öffneten es und blickten hinein. Sie hoben den Inhalt heraus und besprachen jedes Stück. Sie gaben ihm einen Platz in den Küchenschränken. Der Gewinn gehörte ihnen beiden, obwohl nur die Mutter gewonnen hatte. Nachdem sie alles ausgepackt hatten, stellten sie fest, dass die Überraschung vorbei war. Sie gewöhnten sich schnell an ihren Gewinn. Schon bald war er von den anderen Dingen in den Schränken nicht mehr zu unterscheiden. Am Donnerstag holte der Junge die neue *HörZu* vom Kiosk. Er hatte nicht so viel Lust wie sonst, das Kreuzworträtsel zu lösen. Aber er hatte Lust, die Frau auf dem Titelbild abzulecken. Er leckte und leckte, bis das Papier sich wellte. Seine Mutter stellte diesbezüglich keine Frage. Oder sie stellte eine, die er nicht beantwortete.«

Es geht ihm gut. Dieses Reden mit Rosa gibt ihm ein Gefühl von Sicherheit, wie ihm die Dunkelheit hier drinnen Geborgenheit spendet. Er weiß, er darf sich nicht zu sicher fühlen, aber sonderbarerweise glaubt er, nun einen Zustand erreicht zu haben, in dem er von solch einem Gefühl der Selbstüberschätzung sich nicht mehr wird überwältigen lassen. Er öffnet einen Knopf seines Hemdes und fährt sich mit der Hand über die Brust. Eine Hand, die ein leichtes Kleben auf der Haut spürt, die aber nicht ganz zu ihm gehört. Eine gute Hand.

»Ich glaube, Sie mochten Ihre Mutter«, sagt Rosa, hebt den Saum ihres Slips an und lässt ihn schnalzen.

»Wie kommen Sie da drauf«, sagt er ruhig und horcht in die Dunkelheit.

Sie wiederholt ein paar Mal, was sie eben gemacht hat, es ist, als würde ihr Daumen eine Saite anschlagen. Der Ton ist platt oder flach, eine Art Peitschen mit einer kurzen, leichten Reitgerte. Aufmunternd.

»Meine Mutter«, sagt er und versucht sich etwas Passendes zu dem Geräusch vorzustellen, »meine Mutter ist übrigens tot.«

»Sie mochten sie«, wiederholt Rosa, »sehr sogar.«

Er überlegt, ob er aufstehen und ihr ins Gesicht schlagen soll. Ein Schlag aus der Dunkelheit, nicht zu fest, aber auch nicht schmerzlos.

»Ich habe ihr beim Sterben assistiert«, sagt er, trinkt einen Schluck und lehnt sich zurück. Er blickt auf das bläuliche Trapez im kleinen Fenster nach hinten raus. Es kommt ihm vor wie eine gemalte Fläche, die auf das Schwarz aufgeklebt ist. Keine Dunkelheit, aber auch kein Licht. Es ist schwer zu sagen, wie weit diese Fläche von ihm entfernt ist.

»Ich hielt ihre Hand und sah zu, wie ihr Leben verlosch. Mein erster Gedanke war: Endlich. Meine Gefühllosigkeit war vollkommen wie ein windloses Land, klar wie eine einfache Rechnung. Eins und eins ist zwei: Endlich! Ich strich meiner Mutter eine blonde Locke aus dem nahezu faltenlosen Gesicht, und ich berührte ihre weiche, empfindliche Haut. Eine angenehme Wärme ging von meiner Mutter aus, wie von einem Brot oder Kuchen, der gerade aus dem Ofen kommt. Sie hatte die Lider selbst geschlossen, sie war eine gute Mutter. Ich sah in ihr Gesicht, in dem ich keine harte Linie erkennen konnte. Noch wölbte der sanfte Druck ihrer Augen die dünne Haut der Lider, aber bald, wußte ich, bald würden die beiden Sehbällchen nach hinten durch ihre Höhlen und noch tiefer fallen, mit einem unendlich zarten Geräusch. Ich drückte noch einmal ihre Hand, dann löste ich mich.«

Er glaubt, dass Rosa weint, obwohl er, nach einigen Augenblicken vollkommener Stille, nur ihren ruhigen Atem hört. Er glaubt, Tränen laufen über ihre Wangen, und noch einmal hat er Lust, etwas mit ihrem Gesicht zu machen. Ihr auf die Wange zu schnippen oder aufs Auge. Bei dieser Vorstellung lacht er auf und sagt:

»Ich betrachtete den von einem hellvioletten Nachthemd umhüllten Körper meiner Mutter, der so nie wieder bestehen würde. Ich hatte Lust, sie zu loben, ein kleines, leises Lob, nichts Großes, fast wortlos, drei, vier Worte vielleicht. Und dann lösten sich unmerklich ein paar Tränen aus meinen Augen und fielen auf den Handrücken ihrer Linken, auf die hellen, pigmentlosen Stellen. Erst begriff ich nicht, woher die Tropfen stammten, und dann dachte ich voller Rührung, wie sentimental einen der Anblick eines Leichnams doch machen konnte.«

Rosa verbirgt etwas. Sie gibt unterdrückte Geräusche von sich. Es können die Vorboten eines Gelächters sein oder der Beginn eines Wutanfalls.

Er sagt: »Bevor ich meine Mutter verließ, kniff ich sie anerkennend in die Wange. Nicht zu fest, nicht zu leicht. Die Haut reagierte weder mit Blässe noch mit Rötung. Nun, ja, sie war tot, Rosa, das war nicht rückgängig zu machen. Wenn man jemanden zwicken kann, ohne dass er reagiert, kann man ziemlich sicher sein, dass man es mit einem Toten zu tun hat.«

Mit diesen Worten steht er auf und tastet sich zur Toilette. Er schließt die Schiebetür und pinkelt im Sitzen. Die Dunkelheit hier drinnen ist enger und kälter. Sie kommt ihm kompletter vor, es muss daran liegen, dass nur er in diesem kleinen Raum ist. Er bleibt noch eine Weile sitzen und starrt in die Dunkelheit. Dann hört er auf zu starren und beginnt, die Dunkelheit anzusehen. Sie ist hübsch. Und sie ist glatt. Glatt wie, und dann überlegt er, ob Rosa sich die Mösе rasiert. Ob sie sich mit der gleichen Perfektion dort unten rasiert wie ihre Tochter. Generationen übergreifendes Rasieren. Gleiche Vorlieben. Die Liebe zum Glatten ist vererbbar. Wie schön diese Dunkelheit ist. Sie ist klein und unendlich groß. Sie ist mehr als sanft. Weicher als weich. Er steht auf, bringt sein Ohr näher an die Tür und horcht. Ein Laut wie das Quietschen eines Ferkels. Dann ein Lachen, gefolgt von einem dumpfen Ton. Er will wieder nach draußen, aber als er die Schiebetür zu öffnen versucht, gibt sie nicht nach. Er unternimmt keinen zweiten Versuch. Er ist zugleich erstaunt und erfreut. Und er hat Angst. Er freut sich über diese Angst, und er ist verblüfft über seine Freude. Was für eine Möglichkeit, hier nicht mehr rauszukommen. Nicht auszudenken, vollkommen unerwartet. Es wäre eine echte Überraschung. Aber dann hört er ihre Stimme und ist sich bei der ersten Silbe im Klaren.

Sie spricht sanft und langsam:

»Alles in Ordnung, Lennart? Geht es Ihnen gut? Soll ich das Licht anmachen?«

»Nein, kein Licht. Ich kann die Tür nicht öffnen.«

»Da ist so ein kleiner Hebel im Griff, den müssen Sie drücken.«

»Ich kann ihn nicht finden.«

»Im Griff, in der Mulde, ein ganz kleiner Hebel. Soll ich nicht doch das Licht anmachen?«

Er findet den Hebel, drückt ihn und schiebt die Tür zur Seite. Langsam geht er ins Zimmer, und dabei streift er sie mit der Schulter. Er streckt die Hand aus, findet ihren Arm und dann ihre Hand. Dankbar drückt er sie. Er spürt ihren Atem im Gesicht, und als sie etwas sagt, merkt er, wie nah sie bei ihm steht. Jedes ihrer Worte kommt mit einem anderen Luftstoß aus ihrem Mund und berührt warm und feucht seine Haut. Er dreht seinen Kopf und öffnet den Mund, um ihn so in Position zu bringen, dass Rosa ihm genau in den Mund atmet und spricht.

»Mir ist die Weinflasche umgefallen«, sagt sie, »aber es ist nichts passiert. Es ist komisch so im Dunkeln, finden Sie nicht? Ich hätte Lust, etwas zu spielen, irgend so ein Kinderspiel. Gab es nicht einige Spiele, die man nur im Dunkeln spielte?«

Sie macht eine Pause und denkt nach. Sie spürt, wie nah er

bei ihr steht, und sie ist sich sicher, dass er sie küssen möchte, es aber nicht tun wird, weiß der Teufel, warum. Schon vorhin einmal verspürte sie den Wunsch nach seinem Mund. Sie erwartete ihn aus einer unbestimmten Richtung. Sie dachte, gleich drückt er seine Lippen hart auf die ihren, und seine Zähne schlagen gegen ihre Zähne. Dann würgt er sie, drückt kurz ihren Kehlkopf. Oder er greift in ihre Haare und lenkt ihren Kopf damit in seinen Schoß. Der *Dreckskerl*. Sie mag ihn, und noch einmal denkt sie: Dreckskerl. Bisher glaubte sie zu wissen, was Gewalt ist. Jetzt denkt sie, nichts weiß ich, ich bin so dumm. Keiner, dem sie je erlaubt hätte, ihr diesen Gedanken zu verursachen. Mit Lennart ist es wie in der Schule. Sie lernt etwas zu verstehen, von dem sie bisher gar nicht wusste, dass es das gibt. Sie sagt, und dabei liegt ihre rechte Hand auf ihrem Bauch:

»*Bärchens Abenteuer auf dem Weg nach Hause*. So was in der Art. Ich glaube, aber nein, oder ist das ein Brettspiel?«

»Nie gehört«, antwortet er, »ich weiß nur, dass man Brettspiele nicht im Dunkeln spielt.«

»Sie haben Recht, also wir wollen das ausprobieren, ja, Lennart, wir probieren das aus? Aber dazu setzen wir uns wieder hin, ja?«

»Ich sitze bereits«, sagt er.

»Okay, Sie sitzen schon. Wo sitzen Sie?«

»Auf dem Sofa. In der rechten Ecke, Rosa. Ich sitze in der rechten Ecke und warte, dass das Spiel losgeht.«

»Ich setze mich auch aufs Sofa. In die andere Ecke, einen Moment noch.«

Sie landet auf seinem Schoß. Er stützt sie mit den Händen an ihrer Hüfte ab, als hätte er erwartet, dass sie sich in die falsche Ecke setzt. So verharren sie eine Weile, und Rosa denkt, jetzt macht er was. Aber er macht nichts. Er legt die Hände nach einiger Zeit auf ihre Oberschenkel, aber das ist schon alles. Sie liegen da einfach, sie könnten genauso gut sonst wo liegen. Seine Hände sind ruhig, so ruhige Hände hat sie noch nie erlebt. Das erregt sie. Dass er nichts mit seinen Händen unternimmt. Keinen Druck ausübt, dieser Dreckskerl an Beherrschung. In ihrem Mund hat sich Speichel gesammelt. Sie schluckt ein paar Mal hintereinander, dabei ruckt ihr Körper jedes Mal ein kleines Stück nach vorne. Aber seine Hände bleiben ruhig. Dann löst sich seine Rechte und legt sich auf ihren Busen. Dort bleibt sie liegen, ganz ruhig, ganz sachlich. Wieder vergeht einige Zeit, und wieder muss sie ihren Speichel schlucken. Er sagt, und dabei drückt er leicht ihre Brust:

»Wann beginnt das Spiel?«

»Ich muss mich erst setzen«, sagt sie und schmatzt dabei.

Er hindert sie nicht, hält sie nicht fest. Sie muss über seine Beine steigen, er rückt keinen Millimeter zur Seite. Sie atmet heftig, und Tränen steigen ihr in die Augen. Aber sie will nicht weinen. Sie presst die Zähne aufeinander und lässt sich in die andere Sofaecke fallen. Als wäre es ein Naturgesetz, rutscht sie sofort tiefer in die Polster, wieder in so eine lässige, laszive Körperhaltung. Sofort geht es ihr besser.

»Gibt es noch Wein?«, sagt er.

»Ich weiß nicht, wo die Flasche hingerollt ist. Ich glaube, sie war leer.«

»Wir brauchen eine neue.«

»Im Kühlschrank«, sagt sie.

Und als er nichts erwidert, fügt sie selbstverständlich hinzu: »Keine Sorge, das Lämpchen im Kühlschrank ist kaputt.«

Während er den Wein holt, sucht sie die Gläser und den Korkenzieher. Sie findet sich gut zurecht im Dunkeln. Womöglich wird es nie wieder hell, denkt sie, ich bin vorbereitet. Als die Flasche geöffnet und ihre Gläser gefüllt sind, als sie wieder tief in ihre Ecke gerutscht ist und zwei intensive Schlucke getrunken hat, sagt sie:

»*Bärchens Abenteuer auf dem Weg nach Hause*. Ein Brettspiel. Du brauchst einen Mitspieler, zwei Spielfiguren und einen Würfel. Und einen Spielplan mit, sagen wir, sechzig Feldern. Sie dürfen anfangen.«

»Ich wähle die rote Spielfigur und würfle. Eine Vier.«

Rosa wiederholt langsam: »Eine Vier. Ich lese Ihnen vor, was da steht. *Das Bärchen weiß, dass Fliegenpilze giftig sind, und geht schnell weiter. Rücke zwei Felder vor!*« Sie lacht.

Lennart sagt: »Klugheit macht schnell. Ich gehe also nochmal zwei Felder vor und bleibe auf einem dreieckigen Feld stehen. Vor mir eine mächtige Tanne, in die jemand ein Herz geritzt hat. Und drei Buchstaben: ein R, ein A und ein O. Sie sind dran.«

»Ich würfle. Moment. Eine Sechs.«

»Können Sie mich schlagen?«

»Nein, schlagen gibt's nicht.«

»Darf man nach einer Sechs nochmal?«

»Jeder darf nur einmal. Sie sind dran.«

Lennart würfelt eine Drei, Rosa eine Vier, Lennart eine Eins, Rosa eine Fünf, Lennart wieder eine Vier.

Rosa sagt: »*Frau Fuchs kommt plötzlich hinter einem Busch hervor. Bärchen erschrickt. Gehe zwei Felder zurück!* Tut mir Leid, Lennart.«

Lennart sagt: »Erschrecken macht langsam. Ich gehe zurück auf ein quadratisches Feld. Neben mir ein Loch. Ein unglaublich tiefes Loch. Ich werfe einen Tannenzapfen hinein, ich höre nicht, wie er aufschlägt. Überhaupt ist in diesem Wald nicht viel zu hören. Aber jetzt höre ich Schritte. Dort hinten, eine Gestalt zwischen den Bäumen. Sie taucht auf, verschwindet, taucht wieder auf, verschwindet wieder und so fort. Ein Junge. Er hat einen Brief in der Hand. Als der Junge mich endlich erreicht hat, sage ich: Hier im Wald wirst du vergeblich einen Briefkasten suchen. Im Wald gibt's keine Briefkästen. Woher wollen Sie das wissen, antwortet der Junge. Du kleiner Hosenscheißer, sage ich, so was weiß man in meinem Alter. Wenn man in meinem Alter nicht weiß, dass es im Wald keinen Briefkasten gibt, dann, dann ist man ganz schön … Der Junge merkt, ich finde das richtige Wort nicht. Frech sagt er: Was dann, was ist dann, heh! Ich sage: Was steht überhaupt drin in deinem Brief? Er sagt: Woher wollen Sie denn wissen, dass das ein Brief ist? Der Junge hat es faustdick hinter den Ohren.«

Lennart knöpft sein Hemd auf, weil ihm auf einmal furchtbar heiß ist. Er trinkt einen Schluck, dann zieht er das Hemd aus und wirft es in Richtung Sessel.

Rosa atmet tief ein, es klingt nach wohliger Zufriedenheit.

Mit dem Mittelfinger sucht sie ihren Nabel. Sie spürt die Feuchtigkeit und das Dampfige in diesem kleinen, engen Loch. Der Nabel, denkt sie, ist nach einem Gedanken gestaltet, einem sehr verzwickten Gedanken, den man aber gerne denkt, ohne ihn wirklich zu verstehen. Ja, es ist sogar ausgeschlossen, ihn zu verstehen, absolut.

»Und dann«, sagt sie eifrig, »was passiert dann?«

»Erst mal passiert überhaupt nichts. Wie das so oft im Leben ist. Irgendetwas beginnt, es sieht aus, als würde es weitergehen, aber dann geht nichts weiter. Stillstand. Hier an dieser Stelle ist der Wald ziemlich licht. Wenn mich nicht alles täuscht, ist dieser kolossale Baum, neben dem wir uns befinden, eine Kirsche. Ein gut und gern dreißig Meter hoher Kirschbaum. Ich kümmere mich nicht mehr um den Jungen mit seinem Brief, sondern bewundere diesen Baum. Ich blicke in seine Krone, die irgendwie das Licht anzuziehen scheint. Eine blendende Aura umgibt diesen Baum dort oben, aber während ich so hinaufstarre und zu erkennen versuche, ob er blüht, wird mir auf einmal schwindlig. Ich wende den Blick ab, sehe auf den Boden, in den Wald, wieder auf den Boden. Mein Blick muss erst wieder zur Ruhe kommen. Erst dann fällt mir der Junge wieder ein. Ich suche nach ihm in der nahen Umgebung, aber er ist weg. Ich könnte weitergehen.«

Rosa streckt die Arme über den Kopf und dreht den Kopf nach links und rechts. Sie atmet schwer und genussvoll und sagt:

»Ich würfle eine Sechs. Sie würfeln eine Eins. Dann würfle ich noch einmal eine Sechs. Sie bleiben bei der Eins.«

Rosa kichert. Ihre Stimme ist gut zu orten. Sie scheint jetzt von unten zu kommen, sich über den Boden zu bewegen, langsam, ein Wort folgt exakt dem anderen, ihre Stimme ist ein Reptil, das einen Ast entlangklettert. Dann bleibt es stehen und wartet. Lennart beugt sich nach vorne und streckt den Arm aus. Mit der flachen Hand tastet er die Dunkelheit zu seinen Füßen ab. Die Dunkelheit federt, sie ist ein Verpackungsmaterial, in dem nichts zu Bruch gehen kann. Zufrieden lehnt er sich wieder zurück.

Rosa sagt, und dabei hat er die eigenartige Vorstellung, dass sich das Reptil nach unten fallen lässt und jetzt kopfüber an seinem Ast hängt:

»Ein Einser hübsch nach dem anderen, so wie Sie es gerne haben. Nur nichts überstürzen, sogar beim Würfeln. Ich bin längst im Ziel, denn ich habe eine Fünf, zwei Vieren, zwei Sechsen und eine Drei gewürfelt. Aber Sie. Eine Eins. Und nochmal. Und dann steht da: *Der freundliche Zauberer begegnet dem Bärchen vor der großen, alten Tanne. Ein Zauberspruch hilft ihm weiter. Du darfst noch einmal würfeln*. Sie würfeln noch einmal. Noch einmal eine Eins.«

Gibt sie auf?, überlegt er. Meint sie, es ist so einfach, sich zu ergeben? Jetzt ist sie ein bisschen betrunken, und wahrscheinlich ist ihr gerade ihre Tochter eingefallen, und sie glaubt, da gibt es jemanden, der sie trösten kann. Aber mein Trost ist, dass ich ihn verwehre. Und es ist noch viel zu früh. Der richtige Zeitpunkt ist dann, wenn es taut.

»Tatsächlich«, sagt er und versucht es wieder mit seiner besten Stimme, »befinde ich mich bei einer Tanne. Aber groß und alt kommt sie mir nicht vor. Tannen sind blöde Bäume. Sie haben zu viel vom Dreieck abbekommen. Und kein sehr geglücktes dunkles Grün. Jedenfalls steht tatsächlich ein Zauberer an der Tanne. Er trägt einen langen gelben Mantel mit weißem Pelzrand, und den trägt er noch nicht lange, denke ich, wahrscheinlich hat er ihn erst neulich erworben, nachdem er gemerkt hat, dass er mit dem alten, unauffälligen nicht mehr landen konnte bei den Leuten. Wie dem auch sei, das Erste, was ich tun muss, ist: Ich reiße ihm den Mantel vom Leib, da mir bekannt ist, dass die überwiegende Zahl der Zauberer nichts unter ihrem Mantel trägt. Meine Überraschung ist nicht sehr groß, doch überrascht bin ich schon. Der Zauberer ist eine Zauberin. Kecke Brüste, die durch ihren langen weißen Bart linsen, ein tadellos gewölbter Bauch wie aus einem Stück, alles weitere schamlos und ein Bein bestrumpft. Ich frage das Mädchen, wie alt es ist. Es erwidert: ›Sieben acht neun zehn elf zwölf.‹ ›Also was jetzt‹, sage ich und reiße ihr den Bart aus dem Gesicht. Sie sagt: ›Dreizehn vierzehn fünfzehn sechzehn siebzehn.‹ Ich höre gar nicht mehr zu. Lieber betrachte ich ihre Brüste, perfekte und spitze, langweilige Brüste, aber dennoch lassen sie mich nicht kalt. Ich bemerke den Zauberstab in der rechten Hand des Mädchens, er ist eher ein Stäbchen, nicht größer als die Stäbchen eines Mikadospiels. Ich fordere das Mädchen auf, mir etwas vorzuzaubern, aber es sagt nur: ›Achtzehn neunzehn zwanzig einundzwanzig zweiundzwanzig.‹ Ihre Stimme, fällt mir auf, hat einen silbernen Klang, der mein Gehör blendet. Tatsächlich spüre ich einen Schmerz im Ohr, von dem ich nicht weiß, ob ich mich daran gewöhnen könnte.

Silbern ist nicht nur ihre Stimme, sondern ihre gesamte Erscheinung. Auf ihrer Haut, die vielleicht gut gebräunt ist, liegt ein silberner Schimmer, der es nicht ganz einfach macht, diese Person zu betrachten. Ihr Haar ist in Wirklichkeit bestimmt blond, doch je länger ich hinsehe, umso silberner wird es, ich bestaune ein unglaublich weiches, kräftiges, silbernes Haar, das großen Eindruck auf mich macht und mich auf die Idee bringt, dass es sich womöglich nicht abschneiden lässt. Ich sehe in ihr Gesicht, sehe auf ihre Zähne, deren Biss mich interessieren könnte, und dann sage ich: ›Also, was ist jetzt mit Zaubern?‹ Sie wirft mir einen unverschämten Blick zu und erwidert: ›Dreiundzwanzig hast vierundzwanzig du Lust fünfundzwanzig mich sechsundzwanzig siebenundzwanzig zu vergewaltigen?‹«

»Ich kann nicht mehr!«, schreit Rosa. Und nachdem sie einen langen, variantenreichen Schrei ausgestoßen hat, der wie ein mit aller Kraft geworfener Hartgummiball durch den Raum schießt, fügt sie erstaunlich ruhig hinzu:

»Sie sind ein Dreckskerl, was sind Sie für ein großartiger Dreckskerl.«

Er denkt darüber nach. Sie nennt mich Dreckskerl, aber sie duzt mich nicht. Das ist respektvoll. Das ist wirklich sehr respektvoll.

Er sagt: »Ein Piercing gerät mir ins Auge, das sich das Mädchen durch die Brustwarze hat schießen lassen, nicht sehr hübsch finde ich es und ein wenig brutal. Es ist die Brust auf der anderen Körperseite, links das Bein bestrumpft, rechts die Brust gepierct. Ein Bolzen mit konisch verdickten Enden, reines Silber, das mich anstrahlt, dass es kaum auszuhalten ist. Ich fasse hin. Ich nehme ihren Nippel zwischen die Finger und drücke ihn zusammen. Ich fasse ihre Brust an und drücke sie. Meine Berührung ist gnadenlos und unsensibel. Ich denke nicht daran, was ich berühre, ich fasse einfach hin, drücke die Brust, drücke den Nippel wie irgendwas. Ich bin grob und ungebildet. Von mir geht keine Zärtlichkeit aus. Ich bin primitiv, so ein richtig primitiver Mensch. Ich drücke ihren Nippel fester und ziehe sie an ihm zu mir her, um zu sehen, wie sie riecht. Sie sagt: ›Achtundzwanzig neunundzwanzig‹, das ist das Letzte, was sie zu mir sagt. Ich atme tief ein, es ist ein atemberaubender Silbergeruch, der mich kurz zum Würgen bringt, aber nur aus Unglauben, denn ich mochte nicht glauben, dass alles an ihr Silber ist. Dieses Mädchen hat mich wahrlich verzaubert. Noch nie war ich so gefühllos, wie ich jetzt gefühllos bin, keine Spur eines Gefühls verliert sich in mir, während ich da ihren kräftigen Nippel halte und in ihre vollkommen silbernen Augen blicke, von denen ich nicht sagen kann, ob sie blind sind. ›Ja‹, sage ich, ›ich muss weiter, kleine Zauberin, ich muss wieder einen Schritt weitergehen, ein Schritt nach dem anderen, auch nach dir geht es weiter.‹ Und ich bedanke mich sehr ordentlich und drücke noch einmal hart ihren Nippel, bis ich den Bolzen spüre. Dann drehe ich mich um und gehe.«

Rosa sagt etwas, aber es ist nicht verständlich. Eine Zeit lang ist es ruhig. Dann ist ein Geräusch zu hören, ein fernes Brummen wie von einem Mofa, das allmählich näher kommt. Lennart dreht dem Geräusch sein rechtes Ohr zu, es wird lauter, kommt ganz nah und erstirbt abrupt. Kurz darauf spürt er den Stich am Hals.

»Mich hat etwas gestochen«, ruft er.

»Ach!«, erwidert Rosa und dann weinerlich und hingebungsvoll: »Ich bin so müde. Mir ist so warm. Meine Nippel sind so hart. Sie tun mir weh. Ich nenne sie nie Nippel. Ich weiß nicht, wie ich sie nenne. Ich rede nie über sie. Sie sind Lennart. Es hat Sie etwas gestochen. Ich habe eine Tochter. Ob meine Tochter Sie mögen würde?«

Er kratzt sich. Er spürt eine kleine Beule. Ich weiß, wo deine Tochter steckt, denkt er, ich weiß es. Ich weiß es, und du weißt es nicht.

Er sagt: »Ich habe Hunger.«

»Hunger«, erwidert Rosa im gleichen Tonfall, »Sie haben Hunger. Sie wollen etwas essen. Tut der Stich weh? Manches tut weh, manches nicht. Wir essen etwas. Wir machen Licht. Ein kleines Licht. Meine Nippel tun so weh. Lennart.«

Er ist glücklich. Vielleicht wird Rosa in seiner Gegenwart verrückt. Wem widerfährt schon die Gnade, dabei sein zu dürfen, wenn jemand verrückt wird? Das macht ihn glücklich, wie sein Wissen um den Verbleib ihrer Tochter. Er freut sich, und diese Freude kommt ihm so verblüffend echt vor.

Sie sagt, und ihre Stimme ist wieder so sanft, so irre sanft:

»Wir essen etwas. Wir zünden ein Licht an. Ich hole etwas aus dem Kühlschrank. Ich lege es auf einen Teller. Wir essen mit den Fingern. Ich bin so geil. Ich sage nie geil. Ich rede nie davon. Ich bin so müde.«

Er spürt eine Bewegung direkt neben sich und greift zielsicher hinunter. Es ist ihr Fuß. Er zieht ihn auf seinen Schoß. Mit der einen Hand fasst er ihr Fußgelenk an. Die Finger der anderen steckt er zwischen ihre Zehen.

Sie sagt: »Sie sind noch nicht am Ziel. Da steht noch etwas. *Das Bärchen möchte noch mit seinem Freund, dem Reh, spielen und verspätet sich. Gehe ein Feld zurück!*«

5

November.

»Überhaupt nicht«, sagt irgendjemand. Und ein anderer gibt einen Laut der Zustimmung von sich. Auch Lennart nickt. Seit einiger Zeit sitzt er im Block V und hängt seinen Gedanken nach. Von seinem Platz aus hat er einen guten Überblick auf das Oval, und er kann fast die gesamte Rennbahn einsehen. Die Radfahrer sind in einem höllischen Tempo unterwegs. Vor sich her schieben sie eine sich erstaunlich massig anfühlende Front Luft, und bei jeder Durchfahrt der Westkurve drängt sie sich an Lennarts Gesicht. Es ist ein angenehm kühlender Wind, aber es kommt ihm vor, er könnte ebenso von diesem Wind zerquetscht werden. Bei der nächsten Runde jedoch geht der Wind durch ihn hindurch und weht hinauf zu den oberen Rängen und in die Budenstraße, wo ein paar Fahnen kurz flattern. Für einen Moment überrascht ihn der Gedanke, dass der Wind der Radfahrer das einzig Lebendige in der Halle ist.

Die Plätze um ihn herum sind unbesetzt. Überhaupt sind wenige Plätze besetzt, ein Zehntel oder ein bisschen mehr, schätzt er. Die Leute gehen zum Sechstagerennen, aber dann hängen sie den ganzen Abend an einer Theke und trinken Bier und Sekt, oder sie sitzen in einem der albernen, zusammengezimmerten volkstümlichen Lokale, oder, wenn mehr Geld im Spiel ist, findet man sie inmitten des Ovals der Rennbahn in einer der teuren Boxen, von denen aus man die Rennfahrer berühren könnte. Oder sie sind unten in der Diskothek. Diskothek – bei diesem Wort zieht sich schnell etwas in ihm zusammen, wie eine Plastikfolie, die über ein Feuer gehalten wird. Dort unten tanzt sie, und er fragt sich, ob sie ihn spürt, ob sie spürt, dass er da ist, nur wegen ihr, und dass er ihr bald ganz nah sein wird. Er lächelt. Wenn ihn jetzt eine der Kameras einfinge und das Bild seines Gesichts auf jeder Seite des Videowürfels, der unter dem Zeltdach hängt, zeigen würde, er würde sofort rot werden. Sein großes, vierfaches Gesicht, gedimmt zu tief leuchtender Röte, ach, so ein unschuldiger und schüchterner Mensch, wie man ihn selten findet. Statt seiner sieht man den übergroßen Kopf eines langhaarigen Schweizers, der für sein Team gerade eine Runde gewonnen hat. Jedenfalls behauptet dies der Hallensprecher, und unterhalb des Bildes springen zwei Zahlenkolonnen um, und kurz plätschert wohlwollender Beifall auf.

Lennart fühlt sich wohl. Es gefällt ihm, dass die Leute dem, was der Anlass ihres Kommens war, keine große Beachtung schenken. Die Rennfahrer drehen ihre Runden gegen den Uhrzeigersinn, das ist ihr Job, nicht aufregender als ein Scheinwerfer, der Licht gibt. Dieser Tross aus dreißig Fahrern ist ein Laufwerk aus sechzig Beinen, das unaufgeregt seine Pflicht erfüllt. Zu welchem Zweck? Irgendetwas wird ihr Strampeln bewirken, vielleicht würde das Hallendach einfallen, wenn sie nicht Rad fahren würden. Aus unerfindlichem Grund hält ihr wenig beachtetes Tun diese ganze Veranstaltung zusammen, diese ganze langweilige Veranstaltung, bei der es angeblich um Sport geht. Die Leute reden sich ein, Sport sei spannend, aber in Wahrheit ist Sport langweilig. Die Leute besuchen ein Fußballspiel und reden tagelang davor und tagelang danach über dieses Spiel, in dem überhaupt nichts passiert ist, was nur im Geringsten spannend genannt werden dürfte. So ist das mit dem Sport, denkt Lennart, ich hab's kapiert. Sport ist superlangweilig, und das ist es, warum er die Massen fasziniert.

Er fühlt sich immer wohler. Es ist gerade so, als hätte jemand eine Decke über ihn geworfen und erzählte ihm nun eine schöne, schläfrig machende Geschichte. So geht es: Du siehst einer Gruppe Weltklassefahrer zu, und das befreit dich von allem. Deine Gedanken und Empfindungen streunen herum, während Bruno Risi und Kurt Betschart schon wieder eine Runde gewinnen. Was da geschieht, geht dich ja nichts an. Oder wenn du willst, geht es dich schon was an. Und im nächsten Moment ist es schon wieder scheißegal.

In solchen Momenten empfindet Lennart die ganze Zärtlichkeit des Lebens. Es hält so viel bereit für dich, aber du musst es nicht einmal ablehnen, damit es dich in Ruhe lässt. Das ist zart und feinsinnig und fürsorglich, ohne im Geringsten aufdringlich zu sein. Bruno Risis lange blonde Locken fliegen dahin, während er aus dem Sattel steigt, um das Tempo weiter zu erhöhen, während er tritt, was das Zeug hält, und so etwas wie Stimmung im Publikum aufkommt. Dieser verwegene Kerl, da jagt er dem Feld hinterher, von dem man nicht genau weiß, wo eigentlich vorne und wo hinten ist, und du sitzt hier oben und hast vergessen, weshalb du gekommen bist. Ja, weshalb bist du da, Lennart?

»Was tust du?«, fragt ihre Mutter.

Nora ist allein. Sie liegt auf dem Sofa, die Beine über die Lehne gestreckt. An ihren Füßen befinden sich die silbernen Stilettos mit dem winzigen Schloss über den Knöcheln. Ein süßes Detail. Ein Schloss, höchstens halb so groß wie jenes, das einst ihr Tagebuch vor fremdem Zugriff schützen sollte. Ein moralisches Schloss für eine gute Welt. Ein Schlösschen am Riemchen.

»Nichts Besonderes«, antwortet sie.

Eben noch spielte sie *snake* mit dem Handy. Sie ließ die Schlange übers Display laufen und führte sie zielsicher zu ihrem Fressen. Sie spielte auf der mittleren Ebene. Nicht zu schnell, nicht zu langsam. Trotz ihrer langen Fingernägel tippt sie sehr geschickt auf der kleinen Tastatur. Die Schlange ist fast so groß wie der Rahmen des Spielfelds, als das Handy in ihrer Hand vibriert. Erst denkt sie, es hat damit zu tun, dass sie so schnell so viel Fressen eingesammelt hat, und sie freut sich. Dann wird ihr klar, jemand ruft an, und sofort stößt die Schlange gegen die Seitenwand, und das Spiel ist beendet.

»Ich mach grade eine Pause«, fügt sie hinzu.

»Was hast du getan?«, fragt ihre Mutter.

»Gelernt«, antwortet Nora, »ich hab den ganzen Abend gelernt.«

Und nach einer Pause:

»Es kommt mir vor, als hätte ich heute Abend besonders viel gelernt. Zehnmal so viel wie an anderen Abenden. Nein, hundertmal so viel. Man sollte nur an diesen besonderen Abenden lernen, an denen es so gut geht mit dem Lernen. Meinst du, es gibt solche besonderen Abende? So wie es nur ein paar besondere Sommerabende gibt. Gibt es Lernabende und Lernnächte, in denen man so viel begreift wie an hundert anderen Abenden zusammen nicht?«

Ihre Mutter antwortet nicht. Aber sie hört, wie sie nachdenkt. Wie sie überlegt, ob sie das, was sie fragen will, aussprechen soll. Nora sieht auf ihre Beine, über die glitzernden Spitzen der Stilettos hinaus. Sie kneift die Augen etwas zusammen, und jetzt sieht es aus, als würden ihre Beine bis zur Tür reichen. Gott, hab ich schöne Beine.

»Was ist los mit dir«, sagt ihre Mutter. Es klingt mehr wie eine Feststellung als wie eine Frage. Sorgt sich ihre Mutter, oder ist sie bloß neugierig? Sie will sie nicht belügen, aber sie will ihr auch nichts von dem erzählen, was sie hier unten tut.

Sie sagt: »Warum rufst du so spät an?«

»Ist es schon so spät?«, antwortet ihre Mutter. Und dann, freundlich und offen, mit einer Stimme, hinter der man keine geheime Absicht vermuten kann: »Ich hab eben an dich gedacht. Zuerst rief ich bei dir zu Hause an. Dann wählte ich die Nummer deines Handys. Ich wollte schon wieder auflegen, aber plötzlich hörte ich deine Stimme. Stör ich dich wirklich nicht?«

Sie mag ihre Mutter. Obwohl sie nicht weiß, was das bedeutet. Es ist vielleicht gar kein richtiges Mögen, sondern mehr etwas wie ein Schmerz. Etwas Enges, Festes, das nicht zu verhindern und nicht auszulöschen ist. Ich mag meine Mutter – es ist banal wie die Tatsache, dass jeden Morgen die Sonne aufgeht. Aber es ist nicht banal. Es ist nicht banal, obwohl es banal ist. Scheiße, warum hat sie bloß den Anruf entgegengenommen?

»Nein, du störst nicht«, sagt sie, »ich hab grade ein bisschen Zeit.«

Das ist nicht gelogen. Bisher hat sie nichts gesagt, was gelogen gewesen wäre. Warum hat sie nicht gesagt: Hör zu, Mutter, ich bin hier unten in den Katakomben der Olympiahalle, und ich bin fast nackt, und gleich werde ich wieder rausgehen auf die Bühne, und ich ziehe mich ganz aus und zeige jedem, der es sehen will, alles, hörst du, alles, Arsch und Titten und Möse inklusive, ich verberge nicht das Geringste, und es geht mir sehr, *sehr* gut dabei, ich nehme das ernst, mich so zu zeigen, weißt du, das Nacktsein ist eine viel ernstere Angelegenheit, als ich bisher gedacht habe, da hast du etwas, das ich heute Abend gelernt habe.

Ihre Mutter sagt und lacht: »Ich hab auch grade ein bisschen Zeit.«

Nora hebt ihr rechtes Bein und streckt es senkrecht in die Höhe. Langsam sieht sie das Bein entlang, dann streift sie sich mit der Hand über den Oberschenkel Richtung Knie und wieder zurück an der Innenseite des Schenkels. Da ist eine kleine Unebenheit in der Haut.

Nora sagt: »Warst du schon mal bei einem Radrennen?«

»Nein, war ich noch nie. Warum fragst du?«

»Ich könnte dir eine Freikarte fürs Sechstagerennen besorgen.«

»Das ist nett von dir, aber ich glaube, das interessiert mich nicht. Weißt du, ich hab mich nie für Sportveranstaltungen begeistert. Ich fand das Zusehen schon in der Schule langweilig. Warum soll man jemandem zusehen, wie er seinem Bewegungsdrang nachgibt?«

»Ja«, sagt Nora, »ja, da ist was dran.«

Und nach einer Pause: »Andererseits kann es spannend sein, einen fremden Körper zu beobachten, wie er alles gibt, wie er versucht, sich alles abzuverlangen, um eine besondere Bewegung auszuführen, die irgendeinen Gewinn bringt, weil sie besser, schneller und eleganter ist als die eines anderen Körpers. Körper sind erst schön, wenn sie sich schön bewegen, meinst du nicht?«

Ihre Mutter überlegt. Oder vielleicht hat sie aufgelegt. Dieses Gespräch kommt ihr ein wenig verkrampft vor, doch möglicherweise liegt es nur an ihr, weil sie sich heute so merkwürdig fühlt, verwirrt, gleichzeitig zuversichtlich, sentimental und auch froh. Meine Mutter, denkt sie, und stellt sie sich vor, ihre Hand, die den Hörer hält, und das Gesicht, das nachdenkt und hört. In den vergangenen Wochen gab es manche Augenblicke, in denen es ihr unangenehm war, eine Mutter zu haben. Die Leute haben Angst vor Überwachungskameras, aber eine Überwachungskamera ist nichts gegen eine Mutter. Sie hat nichts gegen Kameras, ihretwegen dürften überall Kameras sein, soll man sie nur beobachten, alles an ihr, wenn irgendwer daran Freude hat. Aber etwas anderes ist eine Mutter. Ihre Mutter beobachtet sie nicht, und nie wird sie von ihr gedrängt, und doch ist sie viel dichter bei ihr als jedes andere Wesen, sie ist dieser dauerhafte Schmerz, dem sie womöglich nur entkommen kann, wenn sie selbst Schmerzen zufügt.

Ihre Mutter schweigt weiterhin, deshalb sagt sie:

»Die Geschichte meiner Hand. Angenommen, alles, was meine Hand tut, würde gefilmt, mein ganzes bisheriges Leben lang, jede Regung von Anfang an, kontrolliert oder unwillkürlich, jede Geste, jedes Winken, jedes Verabschieden, jedes Aufstützen, jede Zärtlichkeit, jede Faust und jedes Fingerspreizen, einfach alles, und das ohne Unterbrechung. Bloß meine Hand.«

»Welche Hand?«, sagt ihre Mutter.

Es dauert einen Moment, bis Nora die Frage versteht.

»Das ist egal«, antwortet sie, »oder nein, am besten die rechte Hand, bei einer Rechtshänderin wird es am besten sein, die rechte Hand zu beobachten. Es müsste eine sehr kleine Kamera sein, die wie ein Insekt meine Hand umfliegt, die jede Perspektive einnehmen kann und die sich manchmal auf meine Hand setzt und scharf an meiner Hand entlangblickt, die am besten auch noch durch die Poren der Haut ins Innere meiner Hand eindringen kann und so das Zusammenwirken von Sehnen und Knochen und Blutgefäßen beobachtet. Verrückte Vorstellung, was?«

»Du machst mir Angst«, sagt ihre Mutter.

Sofort antwortet sie: »Du machst mir auch manchmal Angst.«

Plötzlich ist eine merkwürdige, kahle Ebene erreicht. Aber kaum hat Nora das Wort Angst ausgesprochen, schon spürt sie, dass sie die Unwahrheit gesagt hat. Sie hat überhaupt keine Angst. Oder doch, aber nur ein klein wenig. Womöglich hat ihr Ton ihre Mutter verstört, denn sie spricht so außerordentlich ruhig und klar. Sie spricht so, als würden keine Unterschiede gelten. Als wäre der Tod das Leben und die Liebe, wenn nicht der Hass, so doch dasselbe wie das Ausbleiben der Liebe.

Und es macht ihr Freude zu sagen:

»Weißt du, Mama, eine Hand hat keine Mutter.«

Sie nimmt das Handy vom Ohr und streckt beide Arme nach hinten. Sie sieht, wie ihre Brüste sich heben und scheinbar näher kommen. Ihre Mutter sagt irgendetwas, ein Knistern, das kurz laut wird, um sogleich wieder zu verstummen, wie ein Papier, das verbrannt wird. So bleibt sie liegen und sieht, wie ihr linker Nippel steif wird, während der rechte in Deckung bleibt. Diese Asymmetrie gefällt ihr nicht, und sie behebt sie, indem sie mit dem Telefon nicht ganz sanft über ihre Brust streicht. Wieder hört sie die Stimme ihrer Mutter knistern, und zugleich erhebt sich ihr Nippel, so schnell wie im Zeitraffer. Mit einem triumphierenden Gefühl führt sie das Handy zum Ohr und sagt:

»Was hast du gerade gesagt?«

Lennart erinnert sich, dass er schon einmal hier war. Schon einmal sah er einer Sportveranstaltung zu, und er weiß, er war nicht allein. Es war zur Zeit der Olympischen Spiele, es war das Jahr neunzehnhundertzweiundsiebzig, und er war ein kleiner Junge. Er war acht Jahre alt und kam in die dritte Klasse. Diese Erinnerung überschüttet ihn auf einmal mit kühler Rührung, und für einen Moment japst er nach Luft, und er gibt ein Geräusch von sich, den einsamen Ruf eines Käuzchens.

»Ich war da«, sagt er halblaut und noch einmal: »Ich war schon mal hier!«

Er stößt einen Fluch aus und reibt sich die Tränen aus den Augen.

Unten auf der Rennbahn wechseln gerade die beiden Schweizer. Kurt Betschart lässt sich vom äußeren Rand der Bahn geschickt nach innen fallen, sucht die Hand von Bruno Risi, findet sie, und dann geschieht in Perfektion und Harmonie und doch so beiläufig das, was Lennart gleich wieder zu Tränen rührt. Risi schleudert Betschart nach vorne und überlässt ihm seinen Platz im Fahrerfeld, während er selbst gleichsam nach oben schwebt, während er die Trittfrequenz verringert und das Feld unter ihm vorbeirauscht.

Wieder reibt er sich erschüttert die Augen und schüttelt den Kopf, weil er es nicht glauben kann. Die netten Jungs da unten in diesem in den Kurven wie eine Damenbinde verbreiterten und nach oben gezogenen Oval, die ein so freudschaftliches, vertrauensvolles Teamwork pflegen, und er hier oben, allein, ein plötzlich kraftloser Mensch mit seiner Erinnerung. Wer war damals dabei? Zweifellos ein Mann, aber er kann seine Identität nur vermuten. Das Sehfeld seiner Erinnerung ist eingeschränkt, schwarze Stellwände auf beiden Seiten, dahinter verbirgt sich dieser Mann, der ihm die hübsche Eintrittskarte gekauft hat. Diese Karte sieht er ganz genau, er hat sie jahrelang in einem Buch aufbewahrt, und er ist sich sicher, dass dieses Buch mit der Karte drin sich immer noch in seiner Wohnung befindet. Eine sehr hübsche Karte, er spürt sie zwischen den Fingern, und er kann nicht anders, als sie gegen das Licht zu halten und ihr Wasserzeichen zu studieren. Er sieht die Olympischen Ringe im Papier erscheinen und die Zahl 1972, beides in regelmäßigen Abständen dort hineingehaucht, und er sieht hin und versteht nicht, wie das geht, und sein Mund öffnet sich vor Faszination und Ehrfurcht. Es sind die Dinge, ein einzelnes Ding, das seine Anteilnahme fordert. Die fünf Ringe berühren, aber überschneiden sich nicht. Wie Waben liegen sie aneinander, und er lässt die Hand sinken, und sie verschwinden wieder. Er atmet durch und sieht sich um. Da ist niemand, ganz allein sitzt er in der riesigen Halle, und es ist still, nichts ist zu hören, nicht einmal sein Atem und Herzschlag. Block V, Platz 35, liest er beiläufig von der Eintrittskarte ab. Einen Augenblick später springt er auf und sucht an seinem Sitz das Schildchen mit der Nummer. Er findet es und stößt einen Schrei aus, der sich sofort in der Halle verliert, irgendwo dort hinten beim Eingang, wo vorhin der Kartenabreißer stand. Das ist gut, sagt er sich, also jetzt erinnere dich. Und wieder hält er die Karte gegen das Licht und staunt über das zweite Wasserzeichen, diese verblüffende Jahreszahl 1972. Ich erinnere mich an das Jahr 1972, sagt er laut, ich erinnere mich an dieses supermoderne Jahr, nie habe ich ein moderneres Jahr erlebt, es war ein Jahr von unübertreffbar Gegenwart gewordener Zukunft. Alle reden jahrelang über dieses Jahr, jeder freut sich darauf, dann kommt das Jahr endlich, und es ist so modern, so frisch, so voller Zuversicht. All die Jahre, die ihm gefolgt sind, konnten sich nicht messen mit diesem einen Jahr, sie sind ihm gefolgt, aber sie sind nie an seine Stelle gerückt, haben es nie übertroffen. So denkt Lennart darüber, oder ist es der kleine Lennart, der so darüber denkt, der seine Eintrittskarte fest in der Hand hält, mit einem Stolz, den nur ein kleiner Junge kennt? Und er ist stolz auf sich und seine Karte und auf dieses Jahr und die Olympiahalle und den ganzen Park, und der Stolz füllt ihn ganz und gar aus wie eine Flasche, die in einem See versenkt wird, sich ganz und gar mit Wasser füllt. Nie wieder ist es ihm möglich, diesen Stolz zu empfinden, der ihm eine so gesunde Gesichtsfarbe verleiht. Und wieder hebt er die Karte gegen das Licht, sonderbar, obwohl er allein ist, haben sie alle Lichter angelassen, das sieht man nur manchmal in der Werbung, ein Mann allein in einem Sportstadion, ein Mann in seiner ganzen Größe und Pracht auf der Tribüne, und versonnen und wissend nickt er sich zu, und dann wird schwarz überblendet, und eine Schrift erscheint, irgendeiner dieser heiligen Sprüche der Werbung: *Das Leben. Nichts sonst.*

Er stöhnt. Er weiß, heute ist nichts so wie an den anderen Tagen, es gibt eine Unordnung, aber sie ist kleiner, harmloser, als es auf den ersten Blick scheint. Gerne gibt er sich dieser Unordnung hin, er hat keine Angst, und er hat noch so viel Zeit, *so viel Zeit*, bis er ganz nach unten geht und endlich das tut, weshalb er gekommen ist. Die Halle ist immer noch ganz leer, und als er auf seine Hand blickt, entdeckt er tatsächlich die Eintrittskarte von damals. Er tastet das Papier ab, es fühlt sich kühl an. Es ist ein dickes Papier, und als er damit wedelt, gibt es ein blechernes Geräusch von sich. Er blickt sich um, ob dieses Geräusch jemanden herbeilockt, aber es ist immer noch leer und ruhig in der Halle, er ist allein, nur die Eintrittskarte und er. Der Karte fehlt die linke Ecke. Sie ist sauber abgetrennt, die kleinen runden Zähnchen der Perforation sind alle erhalten. Also gut, sagt er sich, ich versuche, mich zu erinnern. Ein Mann,

auf den geeigneten Augenblick. Also warte ich, bin ganz ruhig und hingegeben.

Tatsächlich fühlt sich Lennart ganz ruhig, sein Herz schlägt gleichmäßig, und ihm ist nicht zu warm. Er hört diffuse Geräusche, weit entfernt, es klingt, als würden etliche Türen zwischen ihm und den Stimmen und der Musik liegen. Er lehnt sich zurück und sieht nach oben auf den schwarzen Würfel der Anzeigetafeln. Und endlich fällt ihm ein, dass er damals, in diesem großartigen Jahr neunzehnhundertzweiundsiebzig eine großartige Idee hatte. In diesem Moment erscheint mit dem Ton, den eine schlecht gespannte Saite von sich gibt, auf der Anzeigetafel ein Bild. Bruno Risi hält die Faust in die Höhe und schlägt ein paar Mal in die Luft. Der Beifall, der diese Geste begleitet, ist sanft wie die Brandung an einer fernen, glücklichen Insel.

»Erinnerst du dich an unseren letzten Urlaub?«

Nora macht ein paar Schritte auf den Spiegel zu. Obwohl sie sich langsam bewegt, sieht es forsch und kraftvoll aus, wie ihr Spiegelbild näher kommt. Eine körperliche Zuversicht und Macht strahlt sie an, wie auf einem Foto von Helmut Newton. *Sie kommen* aus den Achtzigern. Vier bis auf die Schuhe nackte Frauen, in der Vorwärtsbewegung, sie kommen dem Betrachter immer näher, sie werden über ihn hinweggehen, doch sie werden ihn am Leben lassen.

»Ja«, antwortet sie auf die Frage ihrer Mutter und dreht den Kopf etwas zur Seite. »Ich erinnere mich, wieso fragst du?«

Wieso fragt sie danach? Wenn man einem ehemals vertrauten

Menschen entrückt ist, versucht er einen manchmal mit einer starken gemeinsamen Erinnerung wieder einzufangen. Es wird dir nichts nützen, denkt sie und ist im gleichen Moment erstaunt darüber, als hätte diesen Gedanken eine fremde Person in ihr gedacht.

»Es ist fünf Jahre her«, sagt ihre Mutter, »es war der Urlaub in der Bretagne. Wir hatten dieses geräumige weiße Haus mit Garten gemietet, zu Fuß zwanzig Minuten vom Meer entfernt. Manchmal, wenn wir vom Baden zurückkehrten, konnten wir unser Haus erst erkennen, als wir schon fast vor der Haustür standen. Du erinnerst dich an diesen ruhigen September, das Licht war weiß und blendend, es schien, als wäre es eine Art Flüssigkeit, in die alles getaucht war. Als Kind stellte ich mir oft vor, wie es wäre, sich unter Wasser genauso verhalten zu können wie an Land. Genauso reden und atmen zu können, genauso gut zu hören und zu sehen. Nur jede Bewegung wäre leichter und runder, ein Schweben, doch ohne davonzutreiben. So fühlte ich mich manchmal in der Bretagne, es waren sehr leichte Tage, unsere Schritte federten und waren kaum zu hören, und unsere Stimmen waren zarte silberne Fäden, die sich sanft umschlangen, und ein feines Gewebe unserer Gespräche und Gedanken entstand, das mich sehr glücklich machte. Und du warst so schön. Ich hab dich angesehen, und ich war stolz auf diese schöne Frau, die meine Tochter war.«

»Ja«, sagt Nora. Sie sieht, wie ihr Spiegelbild den Mund öffnet und wie sich dann die Haut über ihrem Kinn verkrampft. Sie schluckt.

»Du bist so schön. Es war das Motto, das unsichtbar über

unserem Urlaub hing. Du bist meine schöne Tochter. Ich habe das sehr oft gedacht. Ich habe es gedacht und mich gelobt dabei, als könnte ich viel dafür. Und es kam mir ganz natürlich vor, dass ich mich in dich verliebte. Ich habe mich in dich verliebt, und das ging nur, weil du mir in den Jahren zuvor so weit entrückt bist. Wir mochten uns, aber wir gingen uns nicht auf die Nerven mit unseren Sorgen und Empfindungen, jeder war für sich, und wir wussten, das bliebe auch so, wenn du anfangen würdest, in der Apotheke mitzuarbeiten. Wir waren weder Freundinnen noch Mutter und Tochter, obwohl wir das natürlicherweise waren. Damals wurde mir das bewusst, ein Zwischenraum tat sich auf, weißt du, so ein Raum, von dem man manchmal träumt, ein Raum, der so viel enthält, dass es für viele Leben reicht.«

Ihre Mutter gibt einen dünnen, resignierten Laut von sich. Nora will sich nicht in die Augen sehen, sie starrt auf ihren Hals und nimmt sich vor, gleich noch eine Kette umzulegen. Seltsames Zeug, das ihre Mutter von sich gibt, oder versteht sie nur nicht richtig, wovon sie spricht?

»Du weißt nicht«, fährt sie fort, »wie das ist, eine Tochter zu haben. Es ist etwas Dauerhaftes, dauerhafter als das eigene Leben. Du kannst es nicht abschütteln, was du natürlich auch nicht willst, aber zumindest stellst du es dir manchmal vor, und dann bemerkst du diese Unmöglichkeit, und es kommt dir vor wie eine Krankheit. Es ist chronisch, ja, Nora, es ist wie eine Krankheit, eine Tochter zu haben.«

Nora stutzt. Sie sieht sich wieder an und bemerkt ein ungläubiges Lächeln auf ihren Lippen, das ihrem Gesicht eine vornehme Ironie verleiht. So hat ihre Mutter noch nie mit ihr geredet. Ihre Mutter war immer ausnehmend zuverlässig in den Gedanken, die sie ihr gegenüber äußerte. Überhaupt war das Verhältnis zu ihrer Mutter ein feines, distanziertes und respektvolles. Das war die Voraussetzung dafür, dass sie sich vorstellen konnte, eines Tages in der Apotheke mitzuarbeiten und sie später zu übernehmen. Während sie darüber nachdenkt, bleibt der Ausdruck auf ihrem Gesicht unverändert.

Ihre Mutter sagt: »Damals in der Bretagne dachte ich, wenn ich dich in diesem anmutigen weißen Kleidchen von Strenesse sah, es könnte gut sein, dass du hinten aus der Küche die zwei Stufen zum Garten hinaustrittst, bis zum Ende des Gartens läufst und für immer verschwindest. Ich stellte es mir vor. Ich stehe in der Küche beim Kochen. Ich brate ein Entrecote, ein herrliches Stück Fleisch, das wir bei einem gut aussehenden Metzger gekauft haben. Ich koche grüne Bohnen und Kartoffeln. Ich habe mir einen Schluck Wein eingeschenkt. Du kommst aus dem Badezimmer in diesem neuen Kleid. Niemand kann so gut ein Kleid von Strenesse tragen wie du. Du hast die idealen Schultern für diese dünnen Träger, die so leicht und spannungslos aufliegen, als würden sie nichts halten. Mädchen und junge Frau und erwachsene Frau in einem, das macht dieses Kleid aus dir, es macht dich kühl, aber nicht vollständig unnahbar, im Gegenteil, es macht, dass eine schwer zu greifende, doch milde Wärme von dir ausgeht, weißt du, wie einen manchmal an kalten Tagen unerwartet ein warmer Lufthauch anweht.«

In der Pause, die ihre Mutter macht, wirft Nora einen bangen Blick zur Tür. Sie weiß nicht, wie viel Zeit sie noch hat, jeden Moment kann Nick hereinstürmen und sie zum nächsten Auftritt drängen. Sie verspürt Lust, noch etwas zu rauchen, nur ein, zwei tiefe Züge von diesem guten Gras, das ihre Brust so angenehm weich füttert, wie der Schaumstoff ein Stofftier. Plötzlich ist sie überzeugt, dass sie noch genügend Zeit hat, mit ihrer Mutter zu telefonieren, dass sie ab heute immer genügend Zeit hat für das, was sie gerade tun will. Sie sieht wieder auf ihr Spiegelbild und findet ein zuversichtliches Lächeln.

Ihre Mutter spricht weiter: »Du bist so unwirklich schön, dachte ich, aber ohne die Sterilität eines Models. Ich stand in der Küche in diesem fremden Haus, das keinen wirklich bewohnten Eindruck machte, und dachte darüber nach, dass, wer dich zu Gesicht bekommt, sofort mit dir schlafen will. Es war ein rasender Gedanke, er hatte etwas eigenartig Unerträgliches, das mir schien wie die Vorwegnahme der Unerträglichkeit zukünftiger Gedanken. Ich blickte in die Pfanne, in der die Schalotten im Rotwein kochten, ich sah hunderte kleiner Bläschen platzen und sich neu bilden mit gleichmäßig schnellem Knistern, bis der Wein fast verkocht war und ich die Soße mit Kalbsfond aufgießen konnte. Weißt du, ich konzentrierte mich auf das Kochen und dachte doch nur nach, wie abstrakt es ist, wenn ein Mann nur mit seiner Geliebten schlafen möchte. Dich, dachte ich, brauchte kein Mann zu lieben, du ersparst jedem, der dich sieht, die Mühe, dich lieben zu müssen. So bleibt viel mehr dafür übrig, dich zu begehren.«

Nora denkt, ich telefoniere in Wirklichkeit nicht mit meiner Mutter, ich bin eingeschlafen und träume einen kurzen Traum, der mir unendlich lang erscheint. Das Zeug, das meine Mutter redet, habe ich selbst mir ausgedacht, weil ich ein wenig traurig bin, weil ich weiß, dass ich mich von ihr verabschieden muss.

Aber dieser Gedanke beruhigt sie nicht, und sie verwirft ihn sofort als kleine, törichte Albernheit. Es ist ihre Mutter, unzweifelhaft, auch wenn sie Dinge sagt, die ihr, soweit sie sie verstanden hat, vollkommen unglaubwürdig vorkommen, aber auch diesem Eindruck kann sie nicht trauen. Denn es ist ihre Mutter, wirklich ihre Mutter, und was sie sagt, ist ganz vernünftig, und sie sagt es, weil sie endlich einmal mutig ist und weil ihre Mutter sie liebt. Gerührt blickt sie auf ihr Spiegelbild, und einen Moment lang überlegt sie, ihrer Mutter zu erzählen, was sie hier unten tut und wie sie sich fühlt und dass das einzige Gefühl, das heute Nacht immer wiederkehrt, ein sentimentales ist, sanft und samtig.

Nora sagt: »Ich kann mich sehr gut erinnern, wie du dich jeden Tag übertroffen hast beim Kochen, und ich kann mich ebenso gut an das Licht erinnern, ich fand es aber nicht mild oder gutmütig, sondern bedrohlich. Sonst kann ich mich an nichts erinnern, außer an einen oder zwei Vorfälle.«

»Vorfälle?«, sagt ihre Mutter, und es klingt erschrocken.

»Vorfälle«, wiederholt Nora, »du musst dich daran erinnern. So was vergisst man nicht.« Sie spricht langsam und mit großer Nüchternheit. Im Spiegel erkennt sie, dass sie die Augen zusammenkneift und einen entschlossenen Eindruck macht. Sie wechselt das Handy in die andere Hand und sagt:

»Wir waren ein paar Mal baden, meist in derselben Bucht. Ich habe die Straße, die von unserem Haus Richtung Meer führte, sehr gut vor Augen. Ich sehe uns sie langsam entlanggehen, sie verläuft schnurgerade, wir reden nicht viel, wir sehen nach vorne und können uns kaum vorstellen, dass dort hinten das Meer liegen soll. Dieses sonderbare Licht dämpft alle Geräusche und manchmal auch die Empfindungen. Ein eisiges Gefühl entsteht in mir, während wir dahin gehen, obwohl ich nicht friere, obwohl nichts auf Kälte hindeutet, aber ich habe diesen Eindruck, und er ist sehr stark. Es ist so, als würde ich etwas Neues empfinden, etwas, das ich diesem Licht verdanke, oder ich entdecke etwas Neues an diesem Licht, eine neue Eigenschaft, eisig, ich weiß nicht, wie ich es anders sagen soll. Je näher wir dem unsichtbaren Meer kommen, umso schweigsamer werden wir. Man kann sich so schlecht an vergangene Gespräche erinnern, ich versuche es immer wieder, aber nicht ein einziger Satz bleibt so im Gedächtnis hängen, wie er wirklich gesagt wurde. Das ist ein wenig beunruhigend, als wäre das Reden etwas genauso Automatisches wie das Atmen. Man muss reden, wie man atmen muss, aber man möchte, dass das, was man sagt, wichtig und wenigstens ein wenig denkwürdig ist, deshalb strengt man sich an, und wenn man kein Idiot ist, strengt man sich ehrlich und mit den besten Vorsatzen an, strengt sich immer wieder aufs Neue an. Es macht mich traurig, dass das ganze Reden so flüchtig ist, kaum ausgesprochen, schon vergessen. Beim besten Willen, ich kann mir nicht vorstellen, was wir zueinander sagen, während wir diese gerade Straße Richtung Meer entlanglaufen, es ist, als wären das überhaupt nicht wir beide, nicht du, meine Mutter, und nicht ich, deine Tochter.«

Nora nimmt das Handy kurz vom Ohr und atmet hörbar aus. Es kommt ihr gut vor, was sie eben gesagt hat, ein bisschen feierlich und salbungsvoll vielleicht, aber so meint sie es gar nicht. Ein Blick in den Spiegel bestätigt es: Sie lächelt, nicht überheblich, es ist eher ein listiges Lächeln, das ihre Mundwinkel nur ganz wenig anhebt, und als sie einmal mit der Zunge über die Lippen leckt und sie damit für ein paar Augenblicke auf Hochglanz bringt, denkt sie, ich glaube, ich bin ein kluges Mädchen. Bevor sie fortfährt, lässt sie ihrer Mutter noch Zeit, etwas zu erwidern, doch es kommt nichts. Wieder könnte es sein, dass sie aufgelegt hat oder still weint oder sich ängstigt oder beleidigt ist. Sie kann fühlen, wie sie will, denkt Nora, und bei diesem Gedanken sieht sie hinüber zu dem dunkelblauen Sechserkasten Mineralwasser, der links neben der Tür zur Disco steht. Eine Flasche fehlt, die mittlere in der zweiten Reihe. Sie hinterlässt ein Loch, das ihr brutal vorkommt.

»Irgendwann«, fährt sie fort, »treffen wir unser Meer. Der Rest des Weges führt über hartes kurzes Gras, vergilbt und bürstenartig. Da liegt das Meer. Eine riesige Fläche, silbern, blind, fast unbewegt. Manchmal sehe ich eine Veränderung, es bildet sich ein langer Riss, eine Furche oder ein dünner Wellenkamm, dem bald ein weiterer folgt, aber trotzdem kommt mir dieses Meer krank vor. Es sieht so fest aus, und es regt mich auf, dass ich nicht genau weiß, ob seine Veränderung wirklich ist oder ob ich sie mir einbilde. Wir steigen die Klippen nach unten, ich gehe voran, du folgst mir mit einigem Abstand. Du sagst irgendetwas in meinem Rücken, das ich nicht verstehen kann. Ich frage nicht nach, und du wiederholst nicht, was du eben gesagt hast, und auch später kommst du nicht drauf zurück. Vom Strand aus wirkt das Meer weniger steif, es gibt sogar ein Geräusch von sich, ein banales Spritzen, wie wenn ein Fuß mehrmals in eine Pfütze tritt. Der Horizont ist nicht zu sehen, Himmel, Meer und Luft sind eins, hier in dieser einsamen Bucht gibt es keine Unterschiede, aber als wir unseren Platz gefunden haben, mag ich das plötzlich. Wir sind zweitausend Kilometer gefahren, um das Meer nicht mehr von der Luft und dem Himmel und dem Strand unterscheiden zu können. Wir sind am Ende der Welt angekommen und bemerken es beide, aber wir sprechen es nicht aus, weil wir eine kleine Ehrfurcht vor dieser Erkenntnis verspüren, die jedes Wort platzen lassen würde.«

Nora geht zu dem Mineralwasserkasten und zieht die Flasche über der Lücke heraus.

»Du übertreibst ein bisschen, so hässlich war das Meer gar nicht«, sagt ihre Mutter. Vielleicht nur, um irgendetwas zu sagen. Jedenfalls bemerkt Nora eine Aufregung in der Stimme ihrer Mutter, und als sie die Flasche zwischen die Oberschenkel klemmt und den Verschluss aufdreht und die Kohlensäure fauchend entweicht, gibt sie einen erschrockenen Laut von sich. Nora trinkt fast die halbe Flasche leer, und ihre ersten Worte spricht sie in die Flasche hinein, was einen merkwürdig eingeschlossenen Hall erzeugt. Auch damals am Meer entfernten sich ihre Stimmen nicht weit von ihnen, und es gab einen ähnlichen Widerhall, als säßen sie in einem Zimmer ohne Möbel.

»Es war nicht hässlich«, fährt Nora fort, »du hast Recht. Es war, fällt mir ein, geruchlos. Es hatte überhaupt keinen Geruch. Nichts Fischiges, nichts Herbes, kein Gestank von an Land geschwemmten Meerespflanzen oder von verwesenden Quallen wehte zu uns herüber. Nichts. Ich sehe uns an einem Meer liegen, das nach nichts riecht.«

»Ein Meer, das nach nichts riecht, ist wie Wein ohne Alkohol«, sagt ihre Mutter, und Nora fragt sich, was ist das für eine Mutter?

»Wir ziehen uns aus. Wir sehen uns kurz an, dann ziehen wir uns ganz aus. Hier ist niemand. Hierher kommt auch niemand. Dein nackter Körper liegt neben meinem. Dein Körper ist schöner als meiner. Er ist perfekt, und ich weiß, ich werde ihn nie übertreffen können, weil du älter bist. Dein älterer Körper ist schöner als mein junger Körper. Meine Schönheit ist lächerlich im Vergleich zu deiner. So kommt es mir vor, als ich dich von der Seite betrachte und als ich dir zusehe, wie du zum Meer gehst und dich kurz abkühlst. Das tut mir weh. Nie hat mir etwas mehr wehgetan als dein schöner Körper. Mit diesem Körper wirst du mir immer voraus sein.«

Als sie das sagt, fühlt sie etwas ihren Rücken hinaufkriechen und sich wie eine Kapuze um ihren Kopf legen. Sie trinkt wieder von ihrer Wasserflasche und muss aufstoßen. In ihren eigenen Ohren klingt sie betrunken, als sie weiter spricht.

»Wir liegen nebeneinander, und ich spüre, wie weh mir dein verfluchter Vorsprung in Schönheitsdingen tut, da passiert es. Zuerst rieselt von der Klippe herunter Sand und Erde auf uns beide, dann, bevor wir reagieren können, fällt mit einem dumpfen Schlag etwas auf deinen glatten Bauch, der nicht die geringsten Spuren einer Geburt zeigt. Du gibst einen Schrei von dir, aber du klingst nicht wirklich erschrocken. Du bist verblüfft, und danach lachst du. Du bist nicht angeekelt, als die Ratte sich von deinem Bauch rollt und sich hinkend aus dem Staub macht. Wir sehen ihr hinterher, wie sie in einer Höhle verschwindet. Diese Ratte hat nicht einen Pieps von sich gegeben. Und du lachst und lachst mich an, als hätte ich irgendwas mit diesem Vorfall zu tun.«

Die Flasche ist leer. Sie lässt sie zu Boden fallen, die Flasche springt einmal auf und kullert unter das Sofa. Kein Atmen ist am anderen Ende der Leitung zu hören. Nora läuft wieder zum Spiegel hinüber. Sie stellt sich ganz dicht vors Glas, sodass es beschlägt, als sie die zweite Sache erzählt. Sie konzentriert sich auf ihren Atemfleck, der wächst und wieder schrumpf, wieder wächst und wieder schrumpft.

»Nicht lang nach diesem Vorfall taucht oben auf der Klippe der Mann auf. Wir sehen ihn dort oben stehen, aber wir wissen nicht, wie lang er dort schon steht. Eine Zeit lang hatten wir die Augen geschlossen, für einige Augenblicke waren wir eingeschlafen. Dann sehen wir ihn. Erst reagieren wir überhaupt nicht. Wir wundern uns nicht, wie gut wir ihn erkennen können. Wir können sein Gesicht sehen, diese geifernde, blöde, geile Fresse, die gemein zu uns heruntergrinst, wir können das Flattern seiner Zunge sehen, wir können sehen, wie er das Kreuz biegt und dabei den Kopf aufrecht hält, und wir können sehr gut erkennen, was er in seiner Faust hält und wie schnell und brutal er es sich macht. Und wir können erkennen, dass er sich mehr dir zuwendet, und wir spüren, dass du seinen Blick suchst, dass du ihm unbedingt in die Augen sehen willst, aber vielleicht bilden wir uns das auch ein.«

Nora dreht sich den Rücken zu. Sie atmet aus, erschöpft und erleichtert. Der Spiegel auf der Haut fühlt sich kalt an, und sie schließt die Augen. Sie sagt:

»Meinst du, der eine Vorfall steht mit dem anderen in Zusammenhang?«

»Welcher Vorfall?«

Es ist Nicks Stimme.

»Sag mal, Mädchen. Ich glaub es nicht. Telefonierst du etwa? Sag bloß, du hast Empfang hier unten!«

Lennart beobachtet mit viel Vergnügen, wie die Radfahrer nach dieser Rennstunde von treu sorgenden Gehilfen gepflegt werden. Er sieht, wie Bruno Risi von einem älteren Mann mit einem Waschlappen die Brust gewaschen wird. Beide sitzen in einer der kleinen weißen Kabinen, die unterhalb der Rennbahn in der Westkurve wie eine artige Kolonie aus Campingwagen stehen. Der Rennfahrer lässt sich waschen, wie ein kleiner zufriedener Junge, ohne Widerstreben, willig und duldsam. So werde ich auch mal sein, denkt Lennart zuversichtlich. Genau so. Als Nächstes wird Bruno Risi massiert. Er legt sich auf die Liege, und der Masseur macht sich routiniert über seine Oberschenkel her. Was für ein Glanz bald auf den Beinen des Radfahrers liegt. So ein unglaublicher Glanz, wie man ihn sonst nur bei Frauen sieht. Diese superepilierten Beine entzücken Lennart. Was für ein glückliches Zusammentreffen! Die glatten, glänzenden Beine der Rennfahrer oben, und ein paar Meter tiefer die glatten, glänzenden Beine der Tänzerinnen. Aber was Lennart eigentlich so guter Stimmung sein lässt, hat seinen

Grund darin, dass ihm vorhin diese großartige Idee aus dem Jahr neunzehnhundertzweiundsiebzig wieder einfiel. Damals schon dachte er daran, was er heute Nacht erst auszuführen vorhat. Damals hatte er die Idee, aber er wusste nichts anzufangen mit ihr. Er begriff sie nicht einmal. Sein halbes Leben musste vergehen, bis er diese Idee verstehen konnte. Ist das nicht bezaubernd? Und hat er nicht allen Grund, glücklich und zuversichtlich zu sein?

Als der Gehilfe des Rennfahrers einen grauen kurzen Vorhang zuzieht und damit Lennart um weitere Einsichten in das Leben eines Sportlers bringt, erhebt er sich und macht sich auf den Weg weiter nach unten.

6

Juli.

Ein bisschen Schlaf liegt hinter ihnen. Als Lennart die Augen aufschlägt, sieht er einen kleinen weißen, glasigen Punkt inmitten der Dunkelheit. Der Punkt schwebt irgendwo dort drüben bei den Ausziehschränken, und er scheint sich mit einer gewissen Neugier zu bewegen. Als würde er etwas suchen, kreist er in der Vertikalen, sehr langsam und mit einer wippenden Bewegung. Während Lennart ihn beobachtet, fühlt er Rosas warmen Fuß in seiner Hand. Er befühlt die Sohle, die weich ist wie bei einem Kind. Sanft streicht er über die runde Ferse. Auch hierbei findet er nichts zu bemäkeln, keine Hornhaut trübt den Eindruck eines perfekten Fußes. Und als er die Zehen untersucht, bestätigt sich sein Urteil. Rosas Fuß ist appetitlich und wie unbenutzt. Wie von selbst gerät der Zeh neben dem großen Zeh in seinen Mund, nachdenklich saugt er daran, um ihn anschließend sorgfältig Biss für Biss mit den Zähnen entlang zu wandern. Der Fuß riecht sehr gut, er atmet eine Mischung aus Rosen und Minze und darüber den Geruch von kalter Milch. Auch in seinem Mund schmeckt er Milch und etwas Minze. Er küsst den Spann des Fußes, danach leckt er in zwei breiten Bahnen über seine Sohle. Rosas Fuß ist so leicht und beweglich und willig, dass er auf die Idee verfällt, der Fuß könnte abgeschlagen sein, er könnte nur den Fuß in Händen halten und ihn drehen und wenden in jede Richtung, wie einen überaus kostbaren Gegenstand, den er gerade erworben hat. Er überlegt, sich zu versichern, dass dem nicht so ist, indem er das Bein hinaufgleitet, aber er lässt es bleiben. Vorerst genügt ihm der Fuß, und die Vorstellung, allein mit Rosas Fuß in ihrer Apotheke zu sitzen, gefällt ihm. Er lehnt sich zurück in seine Sofaecke, und ohne seine Hand von ihrem Fuß zu nehmen, sieht er wieder hinüber zu dem weißen, glasigen Punkt bei den Ausziehschränken. Der Punkt steht still. Aber es ist kein Punkt mehr, er hat sich in einen dünnen, kurzen Strich verwandelt, der wie angenagelt wirkt. Auch beim Fenster zum Hof hinaus ist eine Veränderung zu bemerken. Das Trapez aus bläulicher Schwärze flimmert an den Rändern, und Lennart hat den Eindruck, dass die Fläche körnig wird, freilich ohne an Räumlichkeit zu gewinnen.

»Sie könnten mir etwas vorlesen«, sagt er, und es klingt unfreundlich. Er dreht Rosas Fuß mit einer abrupten Bewegung von sich weg, doch seine Grobheit kommt ihm selbst nicht ganz ehrlich vor.

»Kennen Sie das, Rosa«, sagt er, »Sie tun oder sagen etwas, und schon während Sie es tun oder sagen, kommt es Ihnen unglaubwürdig vor. Sie hätten genauso gut etwas anderes tun oder sagen können, als wäre unser Tun und Sagen nichts anderes als der Griff in eine Lostrommel. Ist das eher beunruhigend oder beruhigend? Was meinen Sie?«

Er dreht den Fuß wieder zu sich her, noch einmal von sich weg und bewegt ihn wieder zurück. Wieder mit der gleichen unwirklichen Grobheit, nur wenig gemildert durch die Wiederholung.

»Sie kennen das sicher, Rosa. Sie tun oder sagen etwas, es kommt Ihnen unglaubwürdig vor, das finden Sie nun seinerseits unbefriedigend, weshalb Sie, was Sie eben getan oder gesagt haben, noch einmal tun oder sagen. Wie immer bei Wiederholungen verliert das, was man wiederholt hat, an Kraft, gleichzeitig aber leuchtet ein neuer Aspekt auf. Sie halten inne und denken nach. Sie bemerken, dass das, was Sie tun oder sagen, gerade durch seine Unglaubwürdigkeit in diesen Augenblicken besonders passend ist, ja es geht Ihnen auf, dass Sie gerade durch die Zufälligkeit Ihres Tuns oder Sagens etwas ungeheuer Präzises vollbracht haben, das Ihnen noch einiges an Erkenntnis verspricht.«

Als Lennart dies sagt, merkt er gleich, wie gut es ihm gefällt. Schade, dass niemand da ist, der ihn lobt, der ihm auf die Schulter klopft und ermunternd zulächelt. Auf Rosa kann er nicht zählen, denn Rosa scheint in einen komaartigen Schlaf gefallen zu sein, oder sie hat sich aus dem Staub gemacht und hat ihm nur ihren Fuß oder eine Fußattrappe hinterlassen, um ihn eine Zeit lang zu beschäftigen. Ein schönes Ding hält er da in den Händen.

»Sie wissen, Sie müssen nichts erwidern, ich bin kein Typ, der unbedingt eine Antwort braucht. Sie können schweigen, Rosa, oder sich Ihren Teil denken. Ich fühle mich gerade so beschwingt, so gut aufgelegt zum Reden, nehmen Sie es mir nicht übel. Folgendes: Es ist Nacht. Jedoch nicht eine von der Sorte, mit der wir beide es gerade zu tun haben. Die Nacht, von der ich rede, ist nicht so beruhigend und ausdauernd dunkel und schwarz wie unsere Nacht. Meine Nacht ist wie ein Kleidungsstück, an dem die Motten genagt haben, hier ein Lichtlein, da ein Lichtlein, hier eine große Laterne, da ein Funkeln und so weiter. Es ist eine verschmutzte und irgendwie lächerliche, städtische Nacht, nicht ohne Zauber, nicht reizlos, man muss diese Nächte nicht verachten, aber sie sind auch nicht sehr liebenswert. Sagen wir, es ist drei Uhr früh. Sagen wir, es war vor ein oder zwei Jahren, doch wen kümmern Jahre?«

Lennart wiederholt noch einmal das letzte Wort, schmeckt nachdenklich seinen Klang, dann fährt er fort.

»Ohne ein besonderes Gefühl verlässt ein Mann seine Wohnung und tritt auf die Straße. Die Luft ist gut. Sie ist frisch, und er atmet tief ein. Es hat geregnet, und die Straße ist überzogen mit einem schwarzen, hoch glänzenden Lack, den ein schnell heranschießender Wagen mit einem langen Zischen aufreißt. Hinter diesem Geräusch hört der Mann *Bravo*-Rufe aus mehreren Kehlen, die, obwohl das Auto nicht mehr zu hören ist, noch eine Weile nachklingen. Dann verstummen sie plötzlich. Ich sehe diesen Mann innehalten, und ich sehe, wie sich seine Schultern heben. Sein Seufzer klingt durchaus optimistisch, was seiner Verzweiflung keinen Abbruch tut. Ja, Rosa, dieser Mann ist verzweifelt, aber was soll ein Mann sonst schon sein? Verzeihen Sie mir diesen kleinen, blöden Allgemeinplatz, doch glauben Sie nicht auch, dass alle Männer verzweifelt sind?«

Lennart überlegt, und dabei streift er mit dem Daumen über den Nagel von Rosas großem Zeh. Keine Rille, kein Riss, keine Kerbe, perfekt, schön gerundet, glatt wie Marmor.

»Nein, ich nehme es zurück. Nur dieser Mann ist verzweifelt, nur er weiß, was Verzweiflung ist. Und auch das nehme ich sofort zurück, halten Sie mich ruhig für einen Narren. Konzentrieren wir uns lieber. Dieser Mann steht also an dieser vierspurigen Straße, mit den Straßenbahngleisen in der Mitte, und überlegt, wohin er sich wenden soll. Er blickt nach Norden, dort leuchtet blau und hoffnungsfroh eine Tankstelle. Er kann die Schrift gut lesen. Aral. Alles wird gut, liest er, wird jedoch sofort gewahr, dass er sich irrt. Ein unangenehmer Irrtum, und ein Irrtum, für den er sich schämt. Er schämt sich für diese kleine fröhliche Botschaft, die er sich eingebildet hat und deren verlockendem Ruf er fast gefolgt wäre. Nicht das erste Mal übrigens, denn unser Mann befindet sich nicht selten um diese Zeit draußen auf der Straße und irrt herum. Das muss ich ebenfalls sofort wieder zurücknehmen, denn er irrt herum und irrt doch nicht herum, glauben Sie mir, er weiß ganz genau, wohin er gehen will, aber es dauert jedes Mal einige Zeit, bis er sein Ziel erreicht, weiß der Teufel, weshalb. Noch also steht er wie unschlüssig auf der Höhe der Straßenbahnhaltestelle und blickt die Straße hinunter zur Tankstelle. Die Straße verläuft so gerade, dass es ihm brutal vorkommt. Manchmal geht er sie entlang, nur um diese Brutalität zu genießen. Er saugt sie mit den Füßen auf, indem er genau so gerade, unbeirrbar und unausweichlich einen Fuß vor den anderen setzt. Was für ein Charakter wird dieser Mensch wohl sein, Rosa, was meinen Sie?«

Er erwartet nicht ernsthaft eine Antwort, auch wenn er eben dachte, sie könnte aufgewacht sein, als er eine Bewegung der Zehen zu spüren meinte. Eine Täuschung. Er legt noch einmal den kleinen Zeh über den danebenliegenden, und wieder rutscht er nach einer kurzen Zeit des Verharrens ab, und er spürt ein Vibrieren in der Hand. Es fühlt sich lebendig an, wie der kleine Zeh vom Rücken des großen lautlos hinunterschnippt, und Lennart probiert es auch mit den anderen Zehen, indem er sie auf die Nachbarzehen legt. Seine Stimme hat immer noch diesen eigenartig groben Klang, als er fortfährt.

»Gut. Unser Mann geht also manchmal geradewegs zu dieser Tankstelle, und wir sehen ihm zu dabei. Wie immer um diese Zeit steht kein einziger Wagen an einer der Zapfsäulen, und außer Goran befindet sich niemand im Verkaufsraum. Goran ist das, was man früher als Tankwart bezeichnet hat, hören Sie, Rosa, aber Goran ist kein Tankwart, das ist jetzt vielleicht wichtig. Goran hält ein Bündel Geldscheine in der Hand, als unser Mann durch die Automatiktür tritt. ›Glück gehabt‹, ruft Goran, ›wieder mal nicht halbiert worden.‹ Der Eingetretene stutzt. Er sieht Goran fragend an, als würde er nicht verstehen, wovon dieser redet. Und Goran seinerseits sieht den Mann mit einem Blick an, der zu sagen scheint, du brauchst dich nicht zu verstellen, du brauchst nicht den Begriffsstutzigen zu spielen. Unser Mann achtet nicht auf Goran, er sieht sich im Laden um, als wollte er ernsthaft etwas kaufen. Er schiebt den Deckel der Eisbox zur Seite und hält die Hand über die herausdampfende Kälte. Er studiert die Titelbilder der Zeitschriften, dreht sich ruckartig um, wie aufgeschreckt von einem Geräusch, zeigt aber keine Überraschung im Gesicht. Er nimmt ein eingeschweißtes Tramezzino in die Hand, hält es sich vor den Mund und tut so, als wollte er hineinbeißen. Danach wühlt er in einem Metallkorb mit DIN-A4 großen Wundertüten und spricht dabei. Er sagt: ›Du zahlst drei Mark, und dann darfst du diese Tüte mit den Beulen und Geschwüren und Tumoren operieren, wie du willst, und jede Beule und jedes Geschwür und jeder Tumor entpuppt sich als kleines, buntes, sinnloses Spielzeug. Hey, Goran, ich kauf dir so eine verfluchte Tüte ab und noch eine Cola dazu.‹ Was halten Sie von unserem Mann, Rosa? Man wird nicht recht schlau aus ihm, kommt mir vor.«

Lennart legt die Wange an Rosas Fuß, und so verharrt er eine Weile. Die Haut ist so warm und weich, und es fühlt sich an, als würde er seine Wange an eine andere Wange legen. Für einen Moment glaubt er, dieser Fuß ist ein Gesicht, und dann denkt er darüber nach, dass der ganze Mensch im Fuß steckt, was er jedoch sofort als einen larmoyanten Gedanken abtut. Er küsst den Fuß zart und sagt:

»Goran erwidert und wirft dabei die Haare nach hinten: ›Das macht vierfünfzig. Geht's dir gut?‹ Der Mann sagt: ›Verdammter Yugo, du und dein Instinkt. Stellst mir sofort eine intime Frage und triffst mich dabei mitten ins Herz. Ich weiß nichts zu antworten. Ich bin ratlos. Deshalb frage ich dich nun: Was für ein Yugo bist du eigentlich? Bist du ein Kroate, ein Serbe? Oder bist du Bosnier? Mazedonier? Oder bist du am Ende aus Slawonien? Da fällt mir ein, hab ich dich das je zuvor gefragt? Hab ich dich je gefragt, was für eine Sorte Yugo du bist?‹ Goran lächelt nicht ganz ungefährlich, aber unser Mann weiß, er hat nichts zu befürchten. Gorans Lächeln ist nur Angeberei, als er nickt und erwidert: ›Schon oft, du fragst es mich jedes Mal, weil du ein bisschen blöd im Kopf bist.‹

›Ich bin mir nicht sicher, ob du Recht hast‹, erwidert der Mann und blickt Goran nachdenklich ins Gesicht, legt den

Kopf schräg und wippt leicht mit dem Oberkörper. So geht es eine Zeit lang weiter, Rosa, diese zwei Männer treffen manchmal nachts aufeinander und führen ein albernes Spielchen auf, und irgendwann bemerkt Goran: ›Scheiß Weiber‹, und unser Mann sagt: ›Na ja, die Sache mit den Frauen ist wirklich nicht ideal gelöst.‹«

Lennart sieht zum Fenster hinüber, dann zu den Ausziehschränken. Er verspürt Lust, einen der Schränke herauszuziehen, nach irgendeinem Medikament zu greifen und eine Pille zu schlucken. Aber er verschiebt es vorerst auf später.

»Vielleicht sollten wir unserem Mann einen Namen geben, was meinen Sie, Rosa, nur vorübergehend, irgendeinen hübschen Namen, was halten Sie von August? Ich kenne niemanden dieses Namens, ist es nicht ein sehr charmanter Name, unschuldig, witzig und garantiert ungefährlich? Gut, er heißt August. Er steht Goran gegenüber, und wir können sicher sein, die zwei werden nichts Vernünftiges miteinander bereden. Es ist sehr hell in der Tankstelle, und August bezahlt seine Wundertüte und die Cola, Goran wirft ihm das Wechselgeld auf den Tresen, genau getimt und mit genau der richtigen Mischung aus Verachtung und Lässigkeit. Dann schlägt er sich mit einem Bündel Hunderter in die Handfläche und fordert August auf, die Endziffer des obersten Scheins zu raten. Ist sie gerade oder ungerade, mehr muss er nicht erraten, rät er richtig, gewinnt er das ganze Bündel, rät er falsch, muss er fünfzig zahlen. Ich sehe August nachdenken. Er wird nicht das erste Mal aufgefordert, dieses Spiel zu spielen. Sein Gesicht ist ernst und ruhig. Er versucht herauszufinden, worin der Witz dieses Spiels stecken könnte. Er mustert die Pappaufsteller mit den Süßigkeiten, und von dort blickt er auf Gorans linke Hand, die auf dem Glasschälchen fürs Wechselgeld aufliegt, die Finger geknickt. Wie ein kopfloses, fünffüßiges Insekt in der Vorwärtsbewegung kommt ihm diese Hand vor, und die schwarzen Härchen auf den Fingerrücken wirken pelzig weich und doch abstoßend. Auf einmal kommt es August wie ein Wunder vor, dass Goran sprechen kann, verstehen Sie, Rosa, solchen Anwandlungen ist unser Mann ausgesetzt auf seinen nächtlichen Wanderungen, die er übrigens erst nach dem Tod seiner Mutter aufgenommen hat. Ist es nicht seltsam, dass jemand mit so einer Hand sprechen kann, denkt August, dass überhaupt irgendjemand reden kann, das ist doch das Seltsamste überhaupt. Und er hebt den Kopf und will eben seinen Tipp abgeben, aber da öffnet sich die Tür, und Goran lässt das Bündel Geldscheine elegant in der Kassenschublade verschwinden. Hören Sie noch zu, Rosa?«

Rosa, das ist der Fuß in seiner Hand, und der hört zu. Er ist so warm wie ein erhitztes Gesicht und schwitzt ein bisschen. Mit einem feinen Strahl bläst er dem Fuß Luft zu. Dann legt er ihn in seinen Schoß, und streckt die Hände in die Luft. Er spürt das Gewicht des Fußes auf die Innenseite seines Oberschenkels drücken. Das macht ihn glücklich. Es ist ein schwerer, plumper Druck, den er sehr ansprechend und heimelig findet.

»Rosa«, sagt er und fasst den Fuß wieder an, denn er kann nicht erzählen, ohne ihn zu berühren, »es ist nicht wichtig, aber wir sind nun mal an dieser Stelle angelangt, also kann ruhig berichtet werden, wer zur Tür hereinkommt. Beide Männer blicken in ihre Richtung und beobachten ihren Weg von der Tür zum Tresen. Es ist eine elegant gekleidete Frau in einem dunkelblauen Kostüm. Sie blickt streng, aber es ist keine Strenge aus Angst oder Unsicherheit. Sie ist sehr schön, das ist augenfällig, auch wenn Sie, Rosa, hier einwenden könnten, einzelne Frauen, dazu noch nachts, werden schnell als sehr schön bezeichnet. Nein, sie ist wirklich schön, und August, der ihr ohne Umwege ernst in die Augen blickt, fühlt sich ihr sofort nah und vertraut, geradezu brüderlich verbunden, was ihm sogleich einen kalten Stich versetzt, denn er weiß, er ist dieser Frau überhaupt nicht verbunden, er begegnet ihr das erste Mal, und seine Verbundenheit ist bloß etwas Hyperreales. Wie bei großem Reichtum ist das, man sieht ihn in Gestalt eines Luxuswagens oder einer Villa oder eines Porträts eines Milliardärs im Fernsehen, und in einem selbst bildet sich die Vorstellung heraus, man könnte auch superreich sein, man könnte ebenso leben, und es wäre tatsächlich möglich, reich zu sein, man glaubt an den Reichtum, als wäre er etwas für alle. Bei dieser unbekannten Frau ist es noch schlimmer, und während August sie ansieht und sie seinem Blick standhält, ihn weder ablehnt noch zu sich bittet, nüchtern und keineswegs kokett, verfällt er in trübes Sinnen, spürt etwas wie Wut und Hass, ein Gemenge aus zahlreichen erstickten Gefühlen, und er glaubt, nicht viel mehr zu sein als die Wundertüte, die er die ganze Zeit in der Hand hält und deren Papier allmählich von seinem Schweiß aufweicht. Ganz kurz überlegt er, die Wundertüte der Frau ins Gesicht zu schlagen, etwas richtig Blödes zu tun, um sich jäh zu erniedrigen, aber so ein Schwächling ist unser Mann dann doch nicht. Nein, er bleibt stehen, tritt sogar einen Schritt zurück, während die Frau zwei Flaschen Mineralwasser, eine Flasche Sekt und zwei Päckchen Zigaretten kauft. Goran bedient sie höflich und ohne Anzüglichkeit im Blick, die Frau zahlt aus einem sehr großen Geldbeutel, und dabei sieht August auf ihre langen, breiten Fingernägel, die ihn an etwas erinnern, auf das er gerade nicht kommt. Er sieht auf seine eigenen Fingernägel, sehr gut gepflegte Nägel übrigens, er gehört nicht zur großen Familie der Nägelbeißer, seine Nägel und das Nagelbett sind unverstümmelt, er hat noble Fingernägel und noble Hände, an seinen Händen lässt sich wirklich überhaupt nichts Primitives entdecken.«

Lennart atmet schwer durch. Er merkt, wie fest er Rosas Fuß hält und dass er den Daumennagel in die höchste Stelle ihres Fußgewölbes drückt. Nach kurzer Zeit spürt er einen kalten Punkt an der Fingerspitze und einen Tropfen langsam den Finger hinabrollen. Er lächelt und legt sich den Tropfen auf die Lippen. Es macht ihn glücklich, dass er nicht entscheiden kann, ob es Blut oder Schweiß ist.

»Die Frau geht zurück zu ihrem Wagen, ein dunkelgrüner Golf V6 4 Motion. Goran und August beobachten ihren Gang. Sie geht weder auffällig langsam noch übertrieben schnell. Sie geht in einem gleichmäßigen Tempo, man hört es auch an dem regelmäßigen Klacken ihrer Absätze. Dieser Gang ist voller Selbstbewusstsein und außerhalb jedes Versprechens. Sie öffnet die Tür ihres Wagens, steigt ein, legt die Zigaretten und die Flaschen auf den Beifahrersitz und fährt zügig aus der Tankstelle. August blickt versonnen auf das Heck des Golfs. Ihm fällt auf, dass der Golf einen großen Arsch hat, dass überhaupt die gegenwärtige Autogeneration große Ärsche hat, grade so, als wollten diese Fahrzeuge alle von hinten genommen werden.

›Nutte‹, sagt Goran, als sich die beiden Männer wieder ansehen. August zuckt mit den Schultern. ›Du glaubst es nicht‹, fährt Goran fort, ›aber es ist wahr. Dieses hübsche Frau ist eine Nutte. Zehn Minuten von hier hat sie ihr Apartment. Sie kommt zwei-, dreimal die Woche nachts bei mir vorbei, ich bin die nächste offene Tankstelle. Sieht sie nicht zauberhaft aus? Ich sehe sie und will sie sofort heiraten. Aber sie beachtet mich nicht, nie sagt sie ein Wort zu mir. Ich sage dir, ich verehre diese Frau. Sie ist eine Heilige, glaub mir, und dass sie eine Nutte ist, macht sie noch heiliger. Wenn sie mich heiraten würde, könnte sie ruhig Nutte bleiben. Ich wäre nicht eifersüchtig, ich würde sie weder hassen noch verachten. Wäre sie nicht bei mir, würde ich an sie denken. Meine über alles geliebte Nutte, würde ich denken, du tust so viel Gutes. Und ich würde heulen vor Glück.‹ August sieht Goran an und glaubt ihm. Schon fast an der Tür, dreht er sich noch einmal um und sagt: ›Macht sie's auch mit Yugos?‹«

Lennart legt eine Pause ein. Eben hat er an Rosas Tochter gedacht. Zwischen zwei Wörtern fiel sie ihm ein, eine Lücke brach auf, das Reden bricht so viele Lücken auf, und du verlierst die Kontrolle. Nora kroch aus der Lücke hervor und stand plötzlich drüben bei dem glasigen, weißen Strich, der etwas breiter geworden ist und weiter weg gerückt scheint. Lennart ist stolz darauf, wie gut es ihm gelingt, in Rosas Gegenwart ihre Tochter weit hinter die Wörter zu verdrängen, dort wo Gedanken noch keine Gedanken sind, wo sie Lichtflecken mit beweglichen

Rändern sind, die über eine ruhige Wasseroberfläche tanzen. Ja, es ist großartig, wie er Nora verdrängt, während er seine Hand mit diesem himmlischen Fuß vermählt, der sich nach wie vor willig und empfänglich für jede seiner Zärtlichkeiten zeigt. Es ist Noras Fuß, der ihm einfiel, der Fuß, der am zweiten Zeh einen breiten Ring trägt, was ihn beim ersten Anblick verwirrte und erregte, wie jede neue Entdeckung auf der Oberfläche des Körpers. Aber Erregung ist Auslegungssache, denkt Lennart jetzt, alles ist erregend, und alles lässt dich kalt, der Abstand ist geringer, als der zwischen zwei Wimpernschlägen. Und während er weiter darüber nachdenkt, fällt Nora in einen Strudel aus Wörtern, er spürt, wie sie sich dreht, herumgewirbelt und abgesaugt wird an einen Ort, der den ganzen Lärm, den die Erinnerung an Rosas Tochter verursacht, konzentriert und verbirgt. So ist das: Es ist Lärm in dir, aber wenn du stark genug bist, brauchst du ihn nicht zu hören. Er kehrt zurück in diesen stillen Raum der Apotheke, in dieses Glückszimmer, das seine Dunkelheit immer noch pflegt und so sparsam mit dem Licht umgeht. Und es kommt ihm vor, als bitte ihn dieser kleine, geblähte Strich bei den Ausziehschränken um seine Zustimmung, wachsen zu dürfen, als läge es in seiner Gewalt, ob es wieder hell werden würde.

»Rosa«, sagt er, »haben Sie sich schon ein Urteil gebildet? Unser Mann ist ja gewissermaßen ein offenes Buch, aber mir kommt manchmal vor, wenn wir etwas nicht begreifen, dann sind es die offenen Bücher. Verdammt, Rosa, ich nehme dieses symbolische Geschwätz sofort wieder zurück und will mich lieber auf August konzentrieren. Übrigens wurde diese Tankstelle vor einem halben Jahr geschlossen, was aus Goran wurde, weiß kein Mensch, und wo sie stand, wird gerade das Erdreich saniert, und später soll dort ein großes Bürogebäude entstehen. Diese Szene in der Aral-Tankstelle, wollen Sie vielleicht einwenden, wir hätten sie uns auch sparen können, und zweifellos haben Sie Recht. Wir vergessen sie also ganz schnell und stellen August wieder dort hin, wo ihn der Beifall des Reifenprofils auf der regennassen Straße überraschte und wo er kurz zur Tankstelle hinaufblickte, aber wir lassen ihn jetzt einen anderen Weg einschlagen, vorbei an der Schrebergartenkolonie Nordwest 12, Richtung U-Bahn-Baustelle. Dachten Sie, dass August noch nie bei einer Nutte war? Ich weiß nicht, ob es entscheidend ist, obwohl es doch oft scheint, als gäbe es zwei Gruppen von Männern, die, die zu Nutten gehen, und die, die das nicht tun. Sie mögen einwenden, dass es in Wirklichkeit keinen Unterschied macht, aber, Rosa, diese Weisheit kann ich nur schwer nachvollziehen.«

Rosa ist wirklich eine kluge Frau, denkt Lennart, und wie viele kluge Frauen übt sie sich gerne in Zurückhaltung. Aber nun übertreibt sie es. Ihr Totstellen nervt ihn. Es ist so schwierig, zu reden, wenn der Zuhörer nur ein nackter Fuß ist. Gleichzeitig bewundert er Rosa. Sie lässt ihn reden und hat ihren Fuß ohne Vorbehalte an ihn abgetreten. Er küsst den Fuß wieder, und dann schleckt er ihn rundum ab, bis ihm seine Maße förmlich auf der Zunge liegen. Die Rundung der Ferse macht ihn ein bisschen verrückt. Es liegt etwas Unverständliches in diesem vollkommenen, runden Ende, das seinen Verstand bedrängt, sich mehr Mühe zu geben.

»Rosa«, fährt er fort, »unser Mann hat nachts nicht die geringste Angst. Er ist ganz ruhig, als er Richtung Baustelle geht, keine Vorstellung bedrängt ihn, in der sich jemand ihm in den Weg stellt und irgendeine nächtliche, verrückte Forderung an ihn stellt oder ihm Gewalt antun will. Man glaubt es kaum, Rosa, aber ich habe einmal gelesen, dass der weitaus größere Teil der Gewalttaten bei Tageslicht verübt wird. Dennoch flößt uns der Tag an sich überhaupt keine Angst ein, finden Sie das nicht komisch? Also, unser Mann läuft einen Weg entlang, den er schon oft gegangen ist, er kennt hier jeden Stein und jedes lumpige Gebüsch. Er kennt es, und kennt es doch nicht. Haben Sie schon einmal versucht, sich an so eine unnütze Stelle am Straßenrand zu erinnern? Die Verpackung eines Bountys, die im Geäst einer Mehlbeere hängt? Oder an eine Mohnblume mit zerrissenen Blütenblättern auf einem Haufen Erdaushub? Unser Mann, Rosa, geht und sieht, er weiß, wo er geht und wohin er geht, aber was er sieht, ist so gut wie irgendetwas, man muss etwas sehen, wenn man so dahingeht, sonst dreht man durch. Wissen wir schon, dass August sehr musikalisch ist? Er hat eine Zeit lang in einem Bachchor gesungen, eine Vielzahl von Kantanten, bei denen man eigentlich immer nur *hahahahaha* singt, als hätte man einen Quirl im Kopf. Jetzt geht ihm ein Lied im Kopf herum, Sie kennen es sicher, Rosa, jede Liedzeile beginnt mit *Danke,* und dann kommt irgendwas, wofür gedankt wird, ein religiöser Schlager, den August schon als Kind gern mochte. Ein heiteres Lied, das sich, während es sich in einer chromatischen Spirale nach oben schraubt, bald von dem Text, der gesungen wird, ablöst. August sieht über die Baustelle hinüber zu der großen Plakatwand, und für einen Moment denkt er, dass es die Leinwand eines Kinos ist, und er zeigt mit dem Mittelfinger hinüber, und dabei singt er im Kopf: *Danke für diesen blöden Gedanken, Danke für diese Einsamkeit, Danke für meinen Mittelfinger, Danke, dass ich danken kann!* Was glauben Sie, Rosa, wissen wir jetzt endlich, mit was für einem Charakter wir es zu tun haben?«

Lennart weiß nicht, wie es gegangen ist, doch Rosas Fuß ist weiter nach rechts über seine Schenkel gewandert und hat sich dabei aus dem Griff seiner Hand geschlichen. Jetzt liegt federnd ihre Wade in seiner geöffneten Hand, und das geschah so augenblicklich wie das Umschalten beim Fernsehen. Er denkt nicht mehr an den Fuß, sondern beschäftigt sich unvermittelt und unter großem Interesse mit der Wade, die genauso selbständig zu sein scheint wie zuvor der Fuß. Es ist angenehm, dass das Tasten bestimmte Zusammenhänge nicht zur Kenntnis nimmt und für seinen Genuss nicht benötigt. Lennart genießt dieses Gefühl eines Einzeldings, auch wenn eine leichte Beunruhigung darin liegt.

Während er weiterspricht, fährt er entzückt über diese feste, glatte Wade, diesen strammen und angenehm dummen, geilen Körper.

»Rosa, unser Mann ist am Ziel. Hierhin will er stets, wenn es ihn nachts auf die Straße treibt. Hierher an diese schwach beleuchtete Baustelle, wo zwei große, stählerne T-Träger sich stoisch gegenüberstehen mit leicht angehobenen Flügeln, wie in einem Spiel, in dem es darum geht, wer sich zuerst rühren und die Flügel fallen lassen wird. August geht hinüber zu den zukünftigen Trägern eines gläsernen Daches. Der Eingang, den sie bewachen, ist fast fertig gestellt, es fehlen nur noch die Rolltreppen. Ein paar Flächen sind noch ungepflastert, sie sehen aus, als würden sie ein großes fehlendes Puzzlestück erwarten. In eine dieser Flächen kniet sich August und fängt an, im Kies zu wühlen. Stellen Sie sich das vor, Rosa, er wühlt im Kies, versonnen wie ein Kind im Sandkasten, aber doch aufmerksam auf ein mögliches Ereignis lauernd. Seine Finger spielen Rechen und kämmen Schlangenlinien in den Kies, bis sie plötzlich über eine Zigarettenkippe stolpern. Ein geknickter Zylinder, am einen Ende ausgefranst, als wäre er explodiert. Er steckt ihn sich ohne zu zögern in den Mund, schmeckt den Geruch eines Bauarbeiters, den verbrannten Tabak, den kalten Rauch und den sandigen Geschmack. Es geht ihm gut, Rosa, obwohl er doch so gar nichts hat von einem erwachsenen, vernünftigen Menschen, der seine Nächte nützlicher verbringt. Was glauben Sie, was treibt ihn um? Sie ahnen es längst, unser Mann ist nicht allein, und er weiß, dass er nicht allein ist. Deshalb kommt er hierher.«

Rosa hat laut geatmet. Doch, er hat es gehört. Aber jetzt ist er sich schon nicht mehr sicher. Er horcht hinein in diesen warmen Raum, der seine Dunkelheit offenbar nicht mehr loswerden will. Er möchte Rosa noch einmal atmen hören, noch einmal diesen wohligen Laut vernehmen, bevor er weitererzählt. Doch Rosa mag nicht atmen, und deshalb fühlt er sich ein wenig beleidigt. Er packt ihre Wade fester an, knetet sie und schließt dabei die Augen. Während seine Finger den Widerstand ihres Fleisches spüren, beginnt er zu vergessen, was er da knetet und massiert. Und es durchzuckt ihn die Erkenntnis: Darum geht es, zu vergessen, was etwas ist und wozu es gehört.

»Rosa«, sagt er, »Rosa, etwas Grundsätzliches, bevor August zur Plakatwand hinübergeht. Was halten Sie davon? Man wehrt sich gegen das Leben, also lebt man überhaupt nicht. Oder man wehrt sich nicht gegen das Leben, also steht man außerhalb und wird verrückt. Was soll man tun? Sich freiwillig erniedrigen? Sich von einer Plakatwand erniedrigen lassen? Kennen Sie diese windigen Augenblicke an der Straßenbahnhaltestelle, wenn ein wunderschönes Wäschemodel, wie von innen leuchtend, Ihnen in ihrer Übergröße den Atem und Verstand ohne das geringste moralische Zögern raubt? Es sind die Bilder, die August ruiniert haben, Rosa, es ist dieser verfluchte Unterschied zwischen Sehen und Berühren. Man kann ihn nicht aushalten, niemand kann ihn aushalten, oder man kann ihn nur aushalten, wenn man sich wehrt gegen diesen Unterschied, der das Leben ist. Wehrt man sich aber nicht gegen diesen Unterschied, der das Leben ist, dann wird man so wie August demütig hinüberschleichen zu dieser riesigen Plakatwand und womöglich wird man sogar die Hände falten auf diese klassische schlanke Art, und man wird ein Lied summen, und ab und zu wird ein Danke über die Lippen hüpfen und heiter auf das Plakat zuspringen.«

Jetzt ist es eindeutig, sie hat geatmet. Er spürt es an ihrer Wade, wie sich der Muskel zusammenzieht und wieder öffnet. Rosa lebt, denkt er, ein Gedanke wie ein Scherz, den man nur halb versteht. Dass Rosa da ist, zumindest in der Gestalt ihrer glatten Wade, lässt ihn dankbar werden. Ein kruder Moment für Dankbarkeit, denn eben noch empfand er seine eigene Gewalttätigkeit und dachte, sie würde vielleicht nie eine Ende nehmen. Sein ganzes Leben steht im Schatten einer Gewalt, die über ihn kam wie ein Wolkenbruch. Womöglich eine Übertreibung, überlegt Lennart und registriert überrascht, wie die Fingerkuppe seines Zeigefingers Rosas Wade auf der Suche nach einem Härchen abtastet. Das Ergebnis war zu erwarten. Rosas Wade ist so glatt, so unendlich glatt, dass es ihm wehtut und ihn gleichzeitig anspornt.

»Da steht er nun, unser Mann, und blickt empor.«

Lennart macht eine Pause, ergriffen von der Erhabenheit dieses schlichten Arrangements. Mit gesenkter Stimme fährt er fort:

»Er blickt empor und sucht ihren Blick. Sie ist so unglaublich groß, Rosa, aber ihre Größe kommt August gewissermaßen vor wie das Selbstverständlichste auf dieser Welt. Seitlich steht sie vor einem aprikosenfarbigen Hintergrund, ihr Kopf ist zur Seite gedreht, und sie blickt nach unten. Sie trägt diese zauberhafte, weiße Wäsche auf ihrem verwunschenen, gut gebräunten Körper und diese feinen Strümpfe, die August in plötzliche Liebe zur Amputation ausbrechen lässt. Oh ja, Rosa, er liebt den Gedanken an eine Amputation, auch wenn er nicht weiß, ob er mehr den Gedanken an die Amputation des Beines vom Körper liebt oder den Gedanken der Amputation des Körpers vom Bein. Allmählich wird uns sein womöglich ganz banaler Charakter klar, meinst du nicht? Er sieht also hinauf, lässt sich blenden von ihrem leuchtenden Haar, das in einem feinen Schwung über ihre Stirn fällt. Von den Augen kann er nur die

Wimpern sehen, die aufgeregt schlagen, denn da ist etwas, wie er weiter entdeckt, in Unordnung geraten, in eine kleine, so süße Unordnung, die ihre Finger gerade zu beheben versuchen. Doch es scheint aussichtslos. Es ist das böse Bändchen ihres Höschens, an dem sie herumnestelt, es ist verrutscht, so ein ganz klein wenig verrutscht. Eine Bagatelle, Rosa, werden Sie einwenden. Sie haben Recht, was für eine Bagatelle!«

Er sieht hinüber zu dem fetten, hellen Strich bei den Apothekerschränken, der zu zappeln scheint, als würde es jetzt genug sein mit der Dunkelheit, als möchte er sich jetzt endlich rasch und ohne weiteres Zögern ausbreiten. Lennart nickt und bemerkt eine leise Rührung in sich und eine Reizung am Augenrand, und für einen Moment glaubt er, eine Träne könnte ihm entwischen. Zugleich spürt er einen Druck, der sich gleichmäßig über seinen Rücken verteilt und dem er nur zu gerne nachgibt. Er sinkt nach vorne, bis sein Gesicht auf Rosas Schienbein liegt. Sein Mund schrammt über die Kante des Knochens. Er öffnet ihn weit und stülpt ihn über ihr Bein. Wie ein Erschöpfter leckt er ihr Bein, und zugleich wandert seine Hand den Schenkel hinauf, und für einen Augenblick denkt er, er könnte in Ohnmacht fallen. Aber er weiß, einer wie er fällt nicht in Ohnmacht. Ein bisschen Besinnungslosigkeit, ja, Ohnmacht nie.

»Es ist«, sagt er und bemüht sich deutlich zu sprechen, während er an ihrem Bein hängt wie ein Ertrinkender, »gerade so, als wäre etwas aus unserem Mann herausgefallen, das unbedingt in ihn hineingehört. Hören Sie, Rosa, die absolute Ratlosigkeit überfällt August, als er auf dieses Plakat hinaufblickt und den

Fingern der Göttin zusieht, wie sie den Saum ihres Höschens in Ordnung zu bringen versuchen. Und dann, Rosa, hört er sie reden. Sie sagt: ›Hilf mir, wenn du magst. Wer so hübsch mit dem Kies spielen kann, der kann mir auch helfen, mein Bändchen zu richten.‹ Nein, Rosa, ihre Stimme ist nicht hochnäsig, nicht ironisch, auf keinen Fall zynisch. Sie will August nicht lächerlich machen, sie spricht so zu ihm, wie ein kluger Mensch zu einem anderen klugen Menschen spricht. Und wozu sie ihn auffordert, ist etwas ganz und gar Natürliches und Naheliegendes. Noch nie hat er etwas Vernüftigeres vernommen, und noch nie hat ihn jemand zu einer sinnvolleren Tätigkeit aufgefordert. So ist unser Mann, unser guter Mann, denken Sie nicht auch, er ist ein durch und durch guter Mann und wird dem Wunsch der Göttin umgehend nachkommen?«

»Aaah«, macht Rosa. Und dann sagt sie langsam: »Sie haben mich geduzt.«

Im ersten Moment versteht Lennart nicht, was sie sagt. Und ein bisschen ist es so, dass er es nicht verstehen will. Immer noch liegt er halb gebeugt über ihrem Körper, und gerade beschäftigt sich sein Zeigefinger mit einer daunenweichen Stelle an der Innenseite ihres Schenkels. Sein Mund steht halb offen, sein Atem trifft auf Rosas Haut und schlägt ihm sogleich wieder als feuchte Welle entgegen. Er spürt sein erhitztes Gesicht und auf einmal die Trockenheit seines Mundes.

»Haben Sie auch geschlafen, Lennart? Ich habe so gut geschlafen. So gut. Ich glaube es zumindest. Doch, ich habe geschlafen und geträumt. Ich muss Ihnen meinen Traum erzählen, ja? Sie sind so heiß, Lennart. Schwitzen Sie? Geben Sie mir Ihre Hand. Ja. Wir legen sie da hin. Genau da möchte ich Ihre Hand hinlegen. Ja. Kommen Sie. Und jetzt stecken Sie mir einen Finger rein. Das ist schön, Lennart. Genau so. Wenn Sie wollen, bewegen Sie ihn ein bisschen. Sie haben mich geduzt, da kann ich doch eine Wiedergutmachung erwarten, nicht wahr? Nein, es ist das falsche Wort, ich wollte sagen, einen Preis oder Revanche oder, ich weiß nicht, mir fällt das richtige Wort nicht ein. Ich möchte jetzt sagen: Sie ficken mich mit Ihrem Finger. Das will ich jetzt sagen.«

Sie lacht. Es ist ein angestrengtes, aber kein künstliches Lachen. Dass sie zu ihm spricht, kommt ihm vor wie eine Erlösung. Endlich spricht sie zu ihm. So muss es sich anfühlen, wenn Gott zu einem Menschen spricht. Doch er glaubt nicht an Gott. Er bewegt seinen Finger und ist nicht ganz zufrieden.

Er sagt: »Ich habe Sie nicht geduzt, Rosa.«

»Doch, das haben Sie.«

»Sie haben geschlafen. Und geträumt.«

»Vielleicht habe ich geschlafen. Ich habe es genau gehört. Sie haben mich geduzt. Und jetzt ficken Sie mich mit Ihrem Finger. Wie gut Sie das können.«

Wieder stellt Lennart sich eine Amputation vor, aber diesmal hat er ein anderes Gefühl dabei. Ein Finger ist viel kleiner als ein Bein, und schließlich ist es sein Finger.

»Sie wollen mir Ihren Traum erzählen?«, sagt er.

»Wenn Sie mit Ihrer Geschichte fertig sind? So ist es gut. Ein bisschen kreisen. Gut. Ich glaube Ihnen Ihre Geschichte, wirklich.«

»Sie haben geschlafen. Und geträumt.«

»Ja, ja. Geschlafen. Und geträumt. Ich glaube Ihnen, Lennart. Ja. Ich sage: Sie ficken mich mit Ihrem Finger. Okay. Das sage ich. Ficken. Finger. Ich wusste nicht, wie gut sich dieses Wort anfühlt.«

»Welches?«

»Ficken, Lennart. Ich möchte es ständig sagen. Es ist kindisch. Es macht mich glücklich. Lassen Sie mich es noch ein paar Mal sagen. Und Sie bleiben schön da mit Ihrem Finger. Wirklich, ich glaube Ihnen.«

Sie ist wach und munter, und sie wiederholt das Wort, das ihr so gut gefällt, viele Male. Sie ist erstaunlich, denkt er und fühlt, wie müde er ist. Er möchte gern ein bisschen ausruhen. Genau so liegen bleiben will er und den Geruch ihres Körpers einatmen. Er leckt mit der Zungenspitze die Stelle, die sich gerade unter seinem Mund befindet. Er hat eine Vorstellung von seinem schiefen Gesicht, aus dem die Zunge heraustupft, müde, aber auch gierig. Er hört Rosa das Wort wiederholen, sie übertreibt es ein wenig, findet er, doch er hat keine Kraft, sie aufzuhalten. Seine Kraft reicht gerade noch dafür, seine Geschichte zu beenden.

»Hören Sie, Rosa, unser Mann, er steht immer noch an derselben Stelle vor dem Plakat, und diese Göttin dort oben kommt nicht zu einem Ende mit ihrem Bändchen, das über die Spitze ihres Hüftknochens läuft. Das Schlimme an diesen großen Bildern ist, dass nichts vorangeht. Diese verdammten Bilder bleiben und bleiben, und die Göttin wird ihn den ganzen Winter zu sich rufen und den ganzen Winter über an ihrem Bändchen herumzupfen. Was soll er tun? Was soll er nur dagegen tun? Er bleibt noch eine Weile stehen, bis er ein Motorengeräusch hört. Irgendwann fährt ein Kleinlaster hinter ihm vorüber, und er hört jemanden brüllen: *Na, du Wichser!* Danach folgt ein Gelächter, das sich über sich selbst freut. August schüttelt den Kopf, bis ihn der Hals schmerzt. Er entdeckt eine Art Signatur auf dem Plakat. Rechts unten. PALMERS steht da. Das Wort ist einmal unterstrichen und über dem M sitzt eine Krone. Drei Zacken. August denkt, er weiß jetzt etwas. Er denkt, er kann es nicht mehr rückgängig machen. Er wird ihr folgen. Er denkt, da ist gar keine Grenze. Er bedankt sich.«

»Ja«, sagt Rosa, und es klingt, als hätte sie kaum erwarten können, es zu sagen. »Ja. Ja, Lennart, dieser Mann hat einen sehr ehrgeizigen Charakter. Ich glaube Ihnen. Er ist ehrgeizig, und es ist nicht schlecht, dass er ehrgeizig ist. Es ist Ihr Finger, es ist wirklich Ihr Finger. Finden Sie es auch komisch, wie unglaublich nett Ihr Finger ist? Genau so, das ist wirklich gut. Ich fühle mich so frisch, er tut mir gut, Ihr Finger. Ich glaube, er ist auch ganz schön ehrgeizig.«

Sie kichert, und dann merkt er, wie sie noch im Kichern in sein Haar greift und ihn überraschend rücksichtslos in ihren Schoß zieht. Sie steuert seinen Kopf so zielsicher, als könnte sie sehen. Wieder hat er eine Vorstellung davon, wie schief und verrenkt er nun daliegt. Es kommt ihm richtig vor, so ein wenig zerstört dazuliegen, und dass er nur unter größter Anstrengung begreifen könnte, in welcher Lage seine Glieder sich zueinander befinden, auch das entspricht der augenblicklichen Situation und seiner Kraftlosigkeit. Er hat keine Kraft, und doch drängt sich eine Energie durch ihn, die ihn jetzt, mit in den Nacken gebogenem Kopf, ihren zweiten Mund finden lässt, und während er sich noch über dessen Nacktheit wundert und er einen merkwürdigen Verdacht aufsteigen spürt, hört er Rosas Stimme hell und glücklich sagen:

»Mein Traum, Lennart. Ihr Finger, mein Traum. Haha. Ich sehe einen Mann vor einer riesigen Plakatwand stehen. Bewundernd blickt er nach oben, aber ich kann nicht erkennen, was auf dem Plakat ist. Ich glaube es ist Nacht, doch, es ist Nacht. Auf einmal geschieht etwas Seltsames. Die spärliche Straßenbeleuchtung erlischt, und mit einem schrecklichen Geräusch rutscht das Plakat senkrecht hinunter wie in einen stählernen Schacht. Ich begreife es sofort. Dort, wo eben das Plakat war, wird jetzt ein Film gezeigt. Er beginnt mit einem taghellen, blendenden Bild. Ein flotter, frischer, blauscheckiger Tag. Das Bild ist so hell, dass eine Taube, die unter dem rechten Pfosten der Plakatwand geschlafen hat, erwacht, schwerfällig zwei, drei Schritte geht und sich plötzlich, anfallartig, mit der rechten Kralle in Kolibrigeschwindigkeit hinter dem gedrehten Köpfchen kratzt. Dann fallen drei Silben in das Bild. Das ist schön gemacht. Die erste Silbe schießt von links ins Bild: VER, zugleich kommt die dritte von rechts her angeflogen: LUNG. Und von oben fällt schließlich die zweite Silbe dazwischen, aber ich bin mir nicht sicher, ob es ZWEIF oder WAND ist. Jedenfalls verbinden sich die drei Silben und blinken blau, grün, rot, schwarz. Ihr Finger, Lennart, und Ihr Mund und mein Traum. Hören Sie, es geht los. Ich sehe einen Mann auf Geschäftsreise in Prag. Sein Termin mit dem Geschäftsführer einer Schokoladenfabrik ist geplatzt, er überlegt, was er nun unternehmen soll.

Er macht einen Spaziergang, der sich immer mehr in die Länge zieht. Jetzt befindet er sich am Rande der Stadt und kommt auf die Idee, eine Anhöhe zu besteigen. Er steigt einen schlechten Zickzackweg zwischen verkümmerten Buchen und Holunderbüschen hinauf und gelangt auf eine Lichtung, übersät mit zerdrückten Blechdosen und CD-Hüllen. In seinem Gesicht, das gut die Hälfte der Leinwand ausfüllt, mischen sich Verwunderung und Ekel zu einem sonderbar ergreifenden Ausdruck. Er geht weiter, kommt vom Weg ab, schiebt sich durch dorniges Gebüsch, das an seinem neuen, verschwitzten Hemd reißt, und stößt schließlich mit einem dumpfen Geräusch an einen Gegenstand, der einem gefüllten Sack ähnlich ist. Es dauert eine Minute, bis er begreift. Der Schauspieler, ein Franzose, der schon mehrfach in Hollywood gearbeitet hat, spielt es phantastisch. Wieder sieht man sein Gesicht, wie der Wetterwechsel im Zeitraffer, so ändert sich ständig sein Ausdruck. Man sieht den Gedanken zu, allen Gedanken, man geht und leidet mit, vom anfänglichen, dümmlichen Nichtwissen übers angestrengte Nachsinnen bis zur Erkenntnis und ihren möglichen Folgen. Da liegt und schläft selig wie ein Kind, auf dem Rücken, die Arme jetzt zur Seite gespreizt, sein Doppelgänger. Ein Penner, zweifellos, deshalb hat es etwas gedauert, bis es ihm klar wurde. In diesen Szenen schlummert die gesamte banale Geschichte. Der Doppelgänger bringt den Mann auf die Idee, ihn an seiner Stelle umbringen zu lassen, um die Lebensversicherung über die Mittäterin, seine Frau, zu kassieren. Um dann ein neues Leben zu beginnen.«

Rosa seufzt. Lennart würde gerne den Kopf schütteln, aber

es geht nicht. Sein Gesicht ist verklebt, und er spürt seine Zunge und seine Lippen, aber irgendwie spürt er sie auch nicht oder weiß nicht mehr genau, was ihres ist und was seines. Und er ist so müde.

»Aber dann fehlt mir ein großes Stück. Ich weiß, die Geschichte wird in einer Katastrophe enden, aber ich weiß nicht, wie sie herbeigeführt wird. Ein bisschen höher. Okay. Sie schulden mir etwas. Nur eine Szene sehe ich noch. Sie geht so: Einmal steht der Mann am Fenster seiner Berliner Wohnung, die auf einen fünfeckigen Park hinausgeht. Eine Wespe hat sich ins Zimmer verirrt, krabbelt über die Fensterscheibe, breitet die rötlich braunen, langen Flügel aus, legt sie wieder an den Körper, fliegt auf die andere Fensterhälfte, fliegt wieder zurück, klettert weiter umher in geraden Linien, ändert plötzlich und ansatzlos die Richtung in einem spitzen Winkel und so fort. Der Mann beobachtet eine Zeit lang das Tier, dann sucht er irgendwo in der Wohnung nach einer Pinzette – die Kamera bleibt die ganze Zeit auf der Wespe, man hört nur ein paar harte Geräusche wie von Türen und Schubladen und mehrfach das klebrige Klacken eines Magneten, der sein Gegenstück gefunden hat, wahrscheinlich der Spiegelschrank im Badezimmer. Dann kehrt er, fündig geworden, zurück. Seine lange, schlanke Hand greift mit der Pinzette das Insekt seitlich am Thorax, worauf sich das Tier sofort krümmt und mit kreisendem Abdomen, aus dem in mittlerem Nahrhythmus der Stachel aus- und einfährt, nach einer verletzlichen Stelle seines Feindes sucht. Die Spannung ist groß. Leicht könnte der Mann die Wespe zerdrücken, der Zuschauer spürt diese Gefahr, und er spürt das lautlose Wüten des Stachels. Aber ganz ruhig öffnet der Mann das Fenster, hält die Hand mit der Pinzette ins Freie, öffnet Daumen und Zeigefinger, und der Druck auf das kleine Metallwerkzeug, mit dem sich seine Frau die Augenbrauen zu zupfen pflegt, lässt so weit nach, dass die Wespe entweichen kann. Nein, sie schießt davon, wie ein Hund bei einem Rennen aus seiner Box.«

Es wird hell. Lennart spürt es auf seinen verklebten Lidern. Es ist unerhört mühsam, sich aufzurichten. Da liegt Rosa, weit und offen. Ihre Beine umfassen den ganzen Raum. Die Arme hat sie über den Kopf zur Seite gedreht. Er sieht in ihre leuchtende Achsel. Er sieht auf ihr Gesicht und dann an sich hinab. Alles in Ordnung, denkt er, alles ist in Ordnung. Auf den Knien rutscht er näher. Er beugt sich über Rosas Gesicht und erschrickt. Es sieht so jung aus. Er denkt, das ist nicht Rosa. Er will sofort ihre Stimme hören.

Er sagt: »Rosa.«

Rosa sagt: »Ich sage: Fick mich. Du Scheißkerl. Ich will es unbedingt sagen. Du Scheißkerl.«

7 November.
Kinder sind die geborenen Verbrecher, denkt Lennart, als er die Betonstufen ins Zwischengeschoss hinuntersteigt. Er spürt, wie hart man hier geht, und es gefällt ihm. Beton ist der Baustoff, der ihm zusagt, mit ihm fühlt er sich verbunden, seit langem bewundert er Brücken und Unterführungen und Hochhäuser aus diesem Material. Es ist grau und undurchdringlich, und manchmal denkt er, genau so ist Zärtlichkeit, grau und undurchdringlich. Und so wie jede Brücke und jedes Hochhaus schwingt, unsichtbar und geräuschlos, so ist es mit der Zärtlichkeit, du berührst das Undurchdringliche und löst eine feine, unsichtbare Schwingung aus. Als Kind wollte er Hoch- und Tiefbauingenieur werden, weil er wusste, wie eng Härte und Zärtlichkeit zusammengehören, jedenfalls scheint ihm jetzt diese Tradition seines Empfindens plausibel. Und als Junge wollte er ein Mädchen entführen und einsperren, da ist er sich sicher. Wie lang so mancher Kindheitstraum braucht bis zu seiner Verwirklichung! Du siehst ein Mädchen, und der Wunsch, sie zu entführen, leuchtet jäh in dir auf, er füllt dich aus von Kopf bis Fuß, und jahrelang hält dieser Zustand an, wird dir so vertraut, dass du ihn vergisst, bis er sich endlich eines Tages bemerkbar macht und dir keine Ruhe mehr lässt, bis du endlich zur Tat schreitest.

Lennart blickt entschlossen, als er die letzten beiden Stufen auf einmal nimmt und mit einem Sprung, dessen Landung sich nass anhört, diese niedrige, dunkle Etage erreicht. Als ovaler Ring verläuft sie ohne Unterbrechung um die gesamte Halle, und es ist schwer zu sagen, an welcher Stelle genau man sich gerade befindet. Die Decke drückt von oben, und das Licht verliert sich wie in der Abenddämmerung. Hier unten befinden sich die Garderoben und hinter gelben Stahltüren die Toilettenräume. In der Nähe des Abgangs zur Diskothek ist eine Bar mit vier Stehtischen untergebracht, aber nur einer der Tische ist von einem älteren Paar besetzt. Ein Stück weiter hinten öffnen sich die Türen zu den Sanitätsräumen, junge, blasse Sanitäter in orangen Jacken sitzen um eine Liege mit Rollen und unterhalten sich leise.

Lennart läuft im Uhrzeigersinn einige Male die Runde. Es entzückt ihn, auf wie wenige Menschen er trifft und wie deutlich sie ihm vorkommen. Jede der Garderobenfrauen, die beschäftigungslos hinter einem niedrigen Tischchen stehen, erscheint ihm einzigartig. Sie ist interessant, denkt er, und die dort auch, und auch die. Er geht langsam an ihnen vorüber und hat Lust, sie anzusprechen oder sich ansprechen zu lassen. Er möchte sie berühren und ihnen einen leichten Schubs geben und freundlich lächeln dabei. Es ist so richtig, dass sie dort stehen in ihren blauvioletten Kitteln und aus Langeweile mit ihren Finger spielen oder eine Zeitschrift lesen. Es herrscht eine ruhige Ordnung und dazu gehört, dass fast kein Geräusch vom Radrennen und von den Budenstraßen bis hierher dringt. Manchmal hört er das schwere Zuschlagen der Toilettentüren oder ein kurzes Lachen, das ihn schnell überholt, und danach gleich noch einmal, als würde es wie er selbst ein paar Runden drehen. Er gibt einem Mülleimer einen Tritt, weil es ihm wichtig erscheint zu wissen, ob er am Boden festgeschraubt ist oder nicht. Je länger er geht, umso zauberhafter kommt ihm alles vor. Bei jeder Runde entdeckt er Kleinigkeiten, die sich verändert haben. Einer der Sanitäter telefoniert, und ein Stück weiter steht die Tür zu den Notausgängen offen. Er sieht in die Tiefe eines dreieckigen Raumes, an dessen Ende ein Gegenstand auf dem Boden liegt. Zwei Garderobenfrauen stehen dicht beieinander, und die eine tauscht der anderen einen Geldschein gegen Münzen. An der Bar steht niemand mehr, sogar der Barmann ist verschwunden. Eine Leuchtröhre flackert, und nach zwei weiteren Runden ist sie erloschen. Das macht ihn glücklich. Der Gedanke an die Entführung rauscht durch ihn, er ist hörbar wie so ein fromm machender Bach, in dessen Gurgeln man sich vergisst. Wie sah das erste Mädchen aus, das ihn auf diese Idee brachte? Das in ihm den Wunsch wachrief, sie sich zu rauben und in einen Raum zu bringen, dessen Mauern rundum aus Beton bestehen? Beton, das war von Anfang an die Voraussetzung. Kein Geräusch darf von innen nach außen dringen, und umgekehrt muss die Welt außerhalb bleiben. Wie lang es gedauert hat, bis er diesen Wunsch ernst nahm. Nein, er nahm ihn auch damals ernst, aber es war ihm noch nicht klar, dass es *sein* Wunsch war, sein innigster Wunsch und sein größtes Verlangen.

Lennart entdeckt ein kleines Pult unterhalb der Treppen, darauf ein Pappaufsteller mit Faltblättern. Darin fordern die Veranstalter der *Sixdays* die Besucher auf, ihren persönlichen

Liebling unter den Rennfahrern zu wählen. Als erster Preis winkt eine zweiwöchige Kreuzfahrt in die Karibik für zwei Personen. Einfach Karte ausfüllen, abtrennen und gleich hier unten in den Schlitz im Pult werfen.

Er hat wirklich Glück gehabt, überlegt er, als er diese Frau vor einem Jahr im *Lusty Lady* aufspürte. Wirklich Glück. Er ist gerührt. Ein kurzer Moment der Rührung. Er denkt daran, dass er das *Lusty Lady* von seinem Büro aus sehen kann. Ein Blick über das Industriegebiet, vorbei an einem Blechdach, das manchmal schmerzhaft das Sonnenlicht reflektiert. Ein unauffälliges Gebäude zwischen dem Verwaltungsgebäude eines Reiseveranstalters und einem Großhändler für Autozubehör. Von seinem Schreibtisch aus kann er die Hälfte der Eingangstür sehen und die hässliche, braune Kugel der Beleuchtung. Jahrelang hat er seinen Blick über dieses vollkommen trostlose Gelände schweifen lassen und sich dabei erholt, und nie war ihm bewusst, was sich dort verbarg. Und dann ist er eines Tages hingegangen, einem Gerücht folgend, nicht einmal besonders neugierig, aber entschlossen genug, um nicht aufzufallen. Nach wenigen Blicken wusste er, er hatte sein Mädchen gefunden. Sie trug irgendeinen dummen Künstlernamen, mit dem der Conferencier ihren Auftritt ankündigte. Die Art, wie sie ihre vulgäre Nummer zur Aufführung brachte, zerstreute seine letzten Zweifel. Sie war weder angewidert noch hochnäsig. Sie spielte nicht. Sie war ernsthaft bei der Sache und wollte sie so gut wie möglich machen.

Lennart spürt dieselbe Bewunderung wie damals. Und dann galoppiert sein Herz ein paar Sekunden, als ihm bewusst wird, wie nah er ihr ist und wie bald er ihr ins Gesicht sehen wird. Er wird zuerst fragen müssen, wie sie heißt. Es ist besser, die Frau, die er in den Bunker sperren wird, beim Namen nennen zu können. Es ist persönlicher und taktvoller. Weniger anonym. Er wird sie nach ihrem Namen fragen und gleich deutlich machen, dass sie ihm keinen Unfug erzählen soll. Sie wird verstehen, wie er darüber denkt, da ist er sich sicher. Und wenn es ganz gut läuft, wird sie ihn ihrerseits nach seinem Namen fragen, sie wird sagen, *Und wie heißt du?* Das könnte der erste Satz sein, den er aus ihrem Mund vernimmt. Ihre Stimme wird ganz trocken klingen, in diesem quadratischen Gang, von dem aus er sie in den Bunker bringen wird. Aber er will nicht vorgreifen. Er will im Rhythmus bleiben, und deshalb füllt er jetzt eine der Karten aus und wählt Bruno Risi zu seinem Lieblingsfahrer. Er schreibt seinen Namen und seine Adresse auf die Karte und wirft sie in den Schlitz. Eine dezente Folge von Geräuschen begleitet die Karte: ein Schaben wie von einem Eiskratzer, nur weniger voll, das isolierte Flattern eines einzigen Flügelschlags und schließlich ein leichtes Patschen auf einen Hintern.

Dann geht er aufs Klo. Mit einem Donner fällt die Tür hinter ihm zu.

»Hast du das gespürt?«

»Was gespürt, Süße?«

»Dieses Beben. Ein kräftiges Beben. Du musst es gespürt haben.«

»Nein, ich hab nichts bemerkt. Gar nichts.«

»Okay, ich hab ein Beben gespürt, du hast kein Beben gespürt. Du bist Christine, ich bin Nora. Wo also ist das Problem?«

Christine liegt auf dem Sofa und hält ein halb gefülltes Glas Weißwein in der Hand. Sie blickt verwundert auf Nora, die einen Moment innehält, in einer karamellfarbenen Tasche zu kramen.

»Wicked-weasel-time!«, ruft Nora und hält ein paar Kleidungsstücke in die Luft.

»Klar, wicked-weasel-time! Ich freu mich jedes Mal drauf.«

Nach einer Pause, in der sich die beiden Frauen anstrahlen und dann gleichzeitig wieder zu einem ernsten Gesicht wechseln, sagt Nora:

»Du hast nichts gemerkt. Ich hab was gemerkt. Du spürst dieses oder jenes. Und ich spür dieses oder jenes. So ist es doch, oder?«

»Ja schon. Aber wie du das sagst, klingt es unheimlich.«

»Ist gerade irgendwas unheimlich?«

»Nein, eigentlich nicht. Aber wenn du so über dieses Beben sprichst, dann klingt es eben unheimlich. Ich weiß auch nicht.«

Nora denkt nach. Sie legt die Kleidungsstücke auf dem Hocker ab, nur das Oberteil behält sie in der Hand. Als sie es ansieht und sich vorstellt, wie sie es am Körper trägt, merkt sie, wie eine Woge durch sie rollt. Das ist der Höhepunkt. Mit dieser winzigen, elastischen Kleidung wird sich ihr Bild in so manche Seele oder sonst wohin brennen. Es wird wehtun. Es ist brutal. Aber sie lassen es sich gefallen. Sie lassen sich so viel gefallen.

»Es kann sein, dass du nichts gehört hast, will ich damit sagen. Und das klingt unheimlich? Ziemlich erstaunliches Empfinden. Du fühlst etwas Unheimliches, ich nicht. Ich spüre ein Beben, du nicht. So ist das.«

»Hör bitte auf. Das ist so gruslig.«

»Hast du schon mal vor einer Frau Angst gehabt? Ich meine, so richtig, dass du vor der nächsten Begegnung zitterst oder bei all dem, was du tust oder sagst, ein Schwanken im Hintergrund spürst, weil du nicht weißt, wie sie es aufnehmen wird? So richtig Angst, was dich das Schlimmste befürchten lässt, was dich und dein Leben komplett in Frage stellt, vernichtend wie das Zertreten eines Insekts.«

Nora spürt den gierigen Blick der anderen Frau. Es ist kein Blick, der auf eine besondere Stelle gerichtet ist, Christine sieht sie ganz an, und sie spürt den Sog, der von ihren Augen ausgeht und sie einen Schritt näher zwingt. Das ist lächerlich, und deswegen muss sie etwas Hartes hinzufügen.

»Oder verspürt eine Frau, die sich für Geld ficken lässt, keine Angst?«

Das f-Wort verletzt so präzis wie ein Gemüseschäler. In ihrer Küche gibt es einen aus Keramik, der feine, dünne Schichten abzieht, und hinterher sieht man dem Gemüse kaum an, dass es weniger geworden ist. Sie denkt an den roten Griff des Schälers und die vielen guten Dienste, die er ihr geleistet hat. Sie überlegt, ob sie ihn vermissen würde, und dann denkt sie, dass sie ihn ganz gewiss vermissen wird, vielleicht schon morgen. Sie wird irgendwo sein und an ihren hervorragenden Gemüseschäler denken. Das nimmt sie sich ganz fest vor.

»So oft lass ich mich gar nicht für Geld ficken«, antwortet Christine. »Nur wenn es mit dem Geld grade knapp ist. Außerdem hab ich mir die Typen genau ausgesucht, es sind immer dieselben, einmal im Monat sehnen sie sich nach mir, und dann schicken sie mir eine verliebte Mail, und ich sag nicht nein. Manche mag ich, und ich würde sogar ohne Geld mit ihnen ficken, aber es ist besser, es ihnen nicht vorzuschlagen. Es ist besser, wenn die Männer dafür bezahlen; wenn sie nicht bezahlen, werden sie nur größenwahnsinnig. Hey, weißt du, was ich vorschlage? Eine Abgabe fürs Ficken. Eine Ficksteuer. Eine Steuer, die nur Männer berappen müssen. Pro Nummer einhundert. Was denkst du, Schätzchen, das würde uns verdammt viel mehr Achtung einbringen, meinst du nicht?«

Während sie redet, hat sich etwas Blödes in Christines Blick geschlichen. Ihre Kollegin muss ziemlich dicht sein, überlegt Nora, aber sie selbst dürfte nicht weniger geraucht haben. Nein, mit dem Gras hängt es nicht zusammen, allerdings weiß sie, dass so ein Gedanke seine Tücken hat. Sie möchte Christine beleidigen, es kommt ihr plötzlich wichtig vor, wie etwas, das sie noch lernen muss, unbedingt, weil man ohne diese Fähigkeit nicht vorankommt.

Sie sagt: »Wenn man Geld dafür nimmt, verändert es den Charakter.« Kaum hat sie es gesagt, schon merkt sie, wie emotionslos sie es gesagt hat, fast sanft. Nein, sie beherrscht das mit dem Beleidigen noch nicht richtig. Umso mehr überrascht sie der giftige Blick Christines, und dann fällt ihr die zweitoberste Schublade in ihrer Küche ein, die mit den Kochlöffeln, Schöpfern, dem Dosenöffner und allerlei anderen Werkzeugen, die kreuz und quer durcheinander liegen, was aber nie dazu führt, dass sie etwas Bestimmtes nicht auf Anhieb findet. Es ist komisch, sie scheint Christine tatsächlich beleidigt zu haben, obwohl sie dachte, es sei ihr nicht gelungen. Sie versteht es nicht ganz.

Christine sagt: »Du nimmst natürlich kein Geld dafür, weil du gern ein bisschen heilig tust. Weil deine Möse unbezahlbar ist. Jedenfalls hältst du sie für unbezahlbar. Und soll ich dir was sagen, sie ist unbezahlbar. Während meine schon für mittlere Einkommen erschwinglich ist, kann sich deine nicht mal ein Ölscheich leisten. Ich bin nichts Besonderes, ich sehe ganz gut aus, aber das war's dann auch schon. Du siehst nicht nur umwerfend aus, du bist auch noch was ganz, ganz Besonderes. Ich liebe dich.«

»Das hast du heute Abend schon mal gesagt. Weißt du, an was ich die ganze Zeit denken muss?«

»Du denkst wahrscheinlich, ich bin eine dumme Kuh.«

»An meine Küche. Ich muss die ganze Zeit an meine Küche und die Gegenstände in den Schubladen denken. Es kommt mir so vor, als würden sie mich vermissen. Sie sind wie meine Kinder, sie warten bang auf meine Rückkehr, aber mit jeder Minute schwindet ihr Glaube. Sie beginnen zu hoffen. Sie bewegen sich, Holz schlägt an Metall. Das sind sehr vertraute Geräusche. Ich liebe diese Werkzeuge, und sie tun mir Leid.«

Unter den wachsamen Augen ihrer Kollegin zieht Nora das Oberteil an. Zwei winzige, grüne Segel bedecken ihre Brüste. Der Stoff ist gebläht, und die Bänder, die ihn halten, gestrafft.

Sie blickt in den Spiegel, betrachtet sich von der Seite. Sie spürt die Bugwelle ihrer Brüste, dieser phantastischen Brüste, auf ihrer Reise durchs Publikum. Bald wird sie nach draußen fliegen und durch dieses lächerlich ernste Meer namens Lust segeln.

»Es würde mir auch nichts helfen, wenn ich deinen Busen hätte. Oder dein Herz. Oder sonst was.«

Christine klingt deprimiert. Aber sie blickt nicht unglücklich drein. Seit zwei Jahren treten sie zusammen auf. Nora mag sie, und sie mag die Gespräche mit ihr, die meist so einen schicksalhaften Sound haben. Und doch wird sie, wie die vielen anderen, hinten die Klippe runterfallen. Die Leute gehen durch sie hindurch, und irgendwann kommen sie hinten an und fallen über die Klippe.

»Wir rauchen noch was«, sagt Christine. »Du bist zum Fürchten, weißt du das? Ich habe ganz ganz viel Angst vor dir. Männer können grausam sein, aber sie machen mir keine Angst. Angst hab ich immer nur vor Frauen. Das ist verrückt. Bis grade eben war mir das überhaupt nicht bewusst. Warum bin ich nicht früher drauf gekommen? Und jetzt fällt es mir wie Schuppen von den Augen. Es heißt doch von den Augen?«

»Schuppen von den Augen, ja, das kann man sagen.«

»Wie Schuppen von den Augen, Schuppen von den Augen, Schuppen von den Augen!«

Mit einem krummen Lächeln rutscht Christine auf den Boden und kniet sich so vor das Sofa, dass sie es als Tisch benutzen kann. Sie hält ein flaches, schwarzes Stück Dope in die Höhe und brennt es mit dem Feuerzeug an. Sie zerreibt eine Ecke und lässt die Brösel auf eine Zeitung fallen. Nora riecht die angenehme Süße in der Luft und atmet sie seufzend ein. In Zukunft, denkt sie, wird sie nichts mehr rauchen. Keinen Alkohol trinken, nichts rauchen. Ganz nüchtern sein. Das wird jetzt ihr Abschiedsjoint, und da ist es wieder, dieses sentimentale Gefühl, das sie auf eine so sanfte Art traurig macht.

»Zu unserer wicked-weasel-time passt kein Gras.« Christine bricht den Filter einer Zigarette ab und mischt den Tabak mit den Bröseln auf der Zeitung. Sie klebt drei Blättchen Zigarettenpapier zusammen und beginnt, den Joint zu drehen. Es sieht rührend aus. Wie ein Kind bei einer Bastelarbeit. Ernsthaft und gewissenhaft. Rührend, diese Menschen, denkt Nora, sie sind so rührend. Sie geht hinüber zu Christine, streicht ihr über den Kopf und setzt sich dann hinter sie. Sie umarmt sie und küsst sie auf den Hals.

»Ich war seit einem Jahr mit keinem Mann mehr zusammen. Ich war mit niemandem zusammen. Ein ganzes Jahr lang.«

Hier drin in der Toilette ist es sehr still. Diese Stille erscheint ihm wie ein Vorgriff auf ein kommendes Erlebnis. Diese Stille ist jetzt schon Teil einer zukünftigen Stille. Viele Dinge kommen ihm so vor: verknüpft mit anderen Dingen in der Zukunft. Nachdem er gepinkelt hat, klappt er den Klodeckel nach unten und setzt sich hin. Pinkeln und Zukunftspinkeln.

Die Kunst an den Wänden ist die übliche. Ungelenke Darstellung menschlicher Sexualorgane. Auf einem Bild bläst ein Mund, der niemandem gehört, den ebenso unbekannten

Schwanz. Zu dem Mund gehört ein angedeutetes Gesicht, wahrscheinlich das Gesicht einer Frau. Alles ist schlampig und schnell hingekritzelt, nur für die Nasenlöcher hat sich der Künstler Zeit gelassen. Es sind schöne kräftige Nüstern in der Form von Macadamianüssen. Sogar ein Schatten zur Nasenwand hin ist angedeutet. Es gibt eine Reihe mit Filzstift verfasster Zweizeiler mit Telefonnummer und Name. Ralf, Jürgen, Jacko. In einer Schrift, die aussieht wie eine Naht, hat jemand hingeschrieben: Ficken macht unglücklich. Er überlegt, was es bedeuten könnte. Es ärgert ihn, dass er keinen Sinn damit verbinden kann, obwohl er spürt, es steckt einer drin. Und noch ein anderer Ärger überfällt ihn. Es wird ihm bewusst, dass er nicht sterben kann. Dass er es jetzt, hier in dieser schönen, nahezu schalldichten Toilette, nicht einmal wollen kann. Das Sterben passt nicht zu ihm, er muss leben und gleich wieder rausgehen und weiter hinunterwandern und auf den geeigneten Zeitpunkt warten, um diese verdammte Frau an sich zu ziehen und in den quadratischen Gang zu stoßen. Er wird sie ganz dicht an sich drücken und ihr, anders als ein gewöhnlicher Gewalttäter, fest in die Augen sehen. Dann wird er einen Moment völlig ratlos sein. Er wird warten, was sie tun wird. Sie wird ihn unschuldig und verblüfft ansehen, und in dieser Zeit wird sie die Oberhand gewinnen. Sie wird sogar frech werden. Wenn er jetzt schon so eine Sache angefangen hat, wird sie ihm zu verstehen geben, dann muss er sie auch ordentlich zu Ende bringen. Er wird sie nach ihrem Namen fragen. Das bringt Zeit, und es redet sich leichter. Sie wird ihm ordentlich antworten und ihm erwartungsvoll in die Augen blicken. Er wird den Schlüssel aus seiner

Jackentasche kramen und die Tür zum Bunker öffnen. Er wird sie hineinstoßen. Nein, er braucht sie nicht hineinzustoßen. Sie wird vorangehen, sich einen Überblick verschaffen, indem sie sich einmal um sich selbst dreht. *Und jetzt*, wird sie sagen. *Jetzt*, wird er wiederholen und merken, wie erschöpft er ist, völlig erschöpft.

Er blickt auf den Boden, auf die kleinen quadratischen Fliesen und das schmutzige Raster der Fugen. Dieser Anblick ist erholsam, obwohl es ein bisschen widerlich ist, hier drin zu hocken, auf dem kalten Klodeckel, umhüllt von einer Luft, die sich nur flach einatmen lässt. Hinter dem gebogenen Abflussrohr liegt ein Apfel. Um den Stiel herum, der in Lennarts Richtung zeigt, scheint er ledrig zu sein. Etwas tiefer leuchtet ein kräftiges Rot mit einzelnen schwarzen Punkten. In einem dieser Punkte bewegt sich etwas. Es ist das ruckartige Gleiten eines Auges. Es späht hin und her, als würde es überlegen, ob es aus seiner kleinen Höhle herausklettern soll. Er hebt den Apfel am Stiel vom Boden auf und bringt sein Auge auf gleiche Höhe mit dem schwarzen Loch. Konzentriert blickt er hinein, doch es gibt nicht viel zu sehen, die Öffnung ist eng und schwarz. Er wartet und wird belohnt. Ein Wurm kriecht erstaunlich schnell hervor und dreht seinen Körper, während sein Hinterteil im Loch stecken bleibt, ein paar Mal im Kreis. Es sieht aus wie aus einem Comic. Ein weißer Wurm, zwei schwarze Pünktchen an der oberen Verdickung, die sein Kopf sein muss. Dann kommt er komplett heraus. Er sieht sich kurz um und beginnt seine Flucht. Eilig, äußerst vital. Lennart schnappt ihn sich mit der Zunge. Der Wurm ist sehr leicht. Er spürt ihn nicht im Mund.

Doch, er spürt schon etwas. Womöglich ist es nur sein eigener Speichel, der über die Zunge rollt. Egal. Es ist toll, sich den Wurm geschnappt zu haben und ihn jetzt hinunterzuschlucken. Oder das hinunterzuschlucken, was er für den Wurm hält. Mein erster Wurm, jubelt er, mein erster selbst gefangener Wurm. Wie gut ihm das tut. Wie es ihn kräftigt und ihm Zuversicht schenkt.

Kaum ist die Sache mit dem Wurm vorbei und er wieder ganz ruhig, ruhiger als zuvor und überhaupt nicht mehr erschöpft, hört er, wie sich die äußere Toilettentür öffnet. Stimmen von zwei Personen. Schatten gleiten über den Boden seiner Kabine. Stehen ruhig, und im gleichen Moment hört er einen Wasserstrahl losplatzen. Und jemand sagt:

»Geht's nicht?«

Eine helle Stimme antwortet:

»Bei mir dauert es immer einen … Ich bin nicht mehr der Jüng …«

»Falsche Lebensweise, habe ich gehört.«

»Falsche was?«

»Lebensweise. Wie man lebt, so pisst man.«

»Hier auf dem Gelände … wird viel gepisst. Fußballfans, Fans von Rolling Stones … Eishockey … Niederbayern … alle pissen, wo sie grade sind … und los geht's.«

»Japaner auch?«

»Keine Japaner!«

Ein Tröpfeln legt sich über den festen Strahl, Lennart meint eine stotternde Melodie zu erkennen, irgendein Lied von Madonna, das eine Zeit lang täglich im Radio lief. Er versucht sich an den Titel zu erinnern, das Wort *ray* kam drin vor, glaubt er, aber er ist sich nicht sicher. Der Mann mit der hohen Stimme sagt etwas, und es klingt mutig:

»Ich mag es lieber, wenn die Frauen verpackt sind. Ich sehe mir immer die Beilagen in der Zeitung … am liebsten im Herbst, so schön verpackte Frauen, weich und viele Schichten … es muss Stunden dauern, bis sie sich ausgezogen haben … ich … ja …«

»Haben Sie eine Frau?«

»Ich? Eine … Frau? Ja, ich, hatte, es ist … schon länger …«

»Kinder?«

»Ich hatte einen … Sohn. Er hasst mich. Ich weiß nicht, warum. An einem See in Österreich, beim Frühstück … er kommt herunter, setzt sich hin, ich sage etwas, er sieht mich kurz an, er sagt Arschloch zu mir, er war gerade dreizehn … ich kann mich genau erinnern, wie er mich ansieht und Arschloch … er sagt es so … es ist das letzte Mal, dass er mich ansieht beim Reden … ich höre seine Stimme immer noch genau so … ich … nein … also … es ist ein Andenken, wie ein Andenken … ich höre es ganz gern … wie er mich … andere Söhne werden wie ihre Väter … stolz und … ich konnte schlecht Auto fahren … ich fuhr einen roten Ford 17M mit weißen Kunstledersitzen oder umgekehrt … ich schwitze viel beim Fahren, ein weiches, rundes, lichtes … Auto … ich … keine Nackenstützen, keine Gurte, so viel Platz im Auto … er sitzt hinter mir … mein Hemd ist bald durchgeschwitzt und durchsichtig, man sieht die Rillen des Unterhemdes … Angstwasserkanäle, die meine Unterhose füttern … haha … er sieht jeden Fehler, jeden …

Fahrfehler … der kleine Mann hinter mir … der kleine Dreckskerl … ich spüre seine Häme … er ist gnadenlos … oh, so einen gnadenlosen Sohn hat noch kein … wie kann ein Mensch so viel schwitzen, bloß weil er eine Maschine bedienen … mein Sohn … er denkt … ich bin ein Versager … er lässt sich nicht blenden, nicht bestechen … kein Geld … kein Gedanke … ich bin glücklich … mein Sohn … ist keine … hunderttausendste Kopie … ich bin dankbar … mein Sohn ist kein Faschist … haha … er ist … verrückt … haha …«

»Es gibt viele Verrückte.«

»Nein, ganz wenige … nur ganz, ganz wenige … immer weniger …«

Die Spülung läuft. Das Rauschen hallt von den Wänden wider, es ist so laut, dass es in den Ohren schmerzt. Dennoch hört Lennart, dass die Männer sich weiter unterhalten, ohne dass er ein Wort verstehen kann. Schlagartig verstummt das Rauschen, und jetzt läuft das Wasser im Waschbecken, ein sehr sanftes Geräusch, beruhigend, fast einschläfernd.

»Entscheidend sind die Einstellungen des Sensors. Die Aktivierung der elektronischen Spülung hängt ab von der Verweildauer vor dem Urinal. Nachdem Sie mehr als fünf Sekunden vor dem Becken gestanden sind, wird die Spülung nach dem Wegtreten automatisch aktiviert. Die meisten denken, es hängt mit dem Wegtreten zusammen, aber in Wahrheit ist es die Verweildauer. Wissen Sie, wie Sie das System durcheinander bringen können? Wie Sie ihm was vormachen können, sowohl was Ihre Verweildauer als auch Ihr Wegtreten betrifft?«

»Wie gesagt«, antwortet die hohe Stimme, »ich bin nicht

mehr der … Jüngste. Ich … und Technik … mein Sohn … auch nicht. Ich kann die Sachen bedienen … ich weiß, welche Knöpfe ich … drücken … aber ich verstehe ehrlich nichts davon … ehrlich … haben Sie auch Kinder?«

»Die Mädchen sind meine Kinder. Ich kümmere mich um sie, besonders um eine muss ich mich kümmern. Haben Sie sie gesehen? Sie ist die Schönste von allen, die Große mit den langen Haaren genau bis zum Poansatz. Sie müssen sich ihren nächsten Auftritt ansehen, es wird was ganz Besonderes.«

»Meine Pause … ist nicht so lang … ich muss wieder hoch … sonst.«

»Sie verpassen was.«

»Ja, aber ich … für mich … haha … müsste sie sich anziehen … nicht ausziehen … anziehen …«

»Tragen Sie immer diese Uniform?«

Lennart hört, wie Papier aus dem Halter gerissen wird und das unangenehme Geräusch des Schabens von Papier auf Haut. Ein genauso unangenehmes Geräusch, wie wenn eine Hand zügig und routiniert Mehl auf einem Arbeitstisch verteilt. Widerlich. Daran muss er jetzt denken, an die unbekannte Hand, die Mehl verteilt und dann mit beiden Händen einen Teig herstellt. Kneten, immer kneten, bis ein homogenes Etwas entsteht. Er sieht zwei Händen zu, vor denen er Respekt hat und die er liebt, wie sie diese Arbeit verrichten. Und er denkt an sein Gehirn, an die Beweglichkeit seines Gehirns, wenn es nicht eingesperrt wäre, und er denkt, sein Gehirn ist etwas Geknetetes, zwei Hände kneten sein Gehirn, und es sind nicht die schlechtesten Hände.

Die Stimmen der Männer sind verstummt. Kein Wasser läuft mehr. Kein Papierhandtuch erinnert an etwas anderes. Es ist sehr still in der Toilette. Aber an dieser Stille stimmt etwas nicht. Die Stille ist irgendwie verlogen. Sie verbirgt etwas. Es fehlt ein Geräusch, das vor der Stille hätte kommen sollen. Sein Ende hätte die Stille eingeleitet. Trotzdem ist es still. Dann hört er den Schlag. Eine Faust donnert an seine Tür. Oder ein Fuß. Ein ohrenbetäubender Lärm. Sehr gemein, sehr gemein. Jetzt folgt das richtige Geräusch. Die Metalltür fällt erstaunlich kraftlos ins Schloss und verschluckt ein Kichern.

»Jetzt hab ich auch was gespürt. Ein Beben. Es war toll. Ich will es sofort nochmal spüren. Verdammt. Ich hab schon wieder vergessen, wie es sich angefühlt hat. So was Beschissenes. Du spürst was, und es gefällt dir, aber das Gefühl ist gleich wieder verschwunden. Wer hat sich das ausgedacht?«

Noras Hand liegt auf Christines großer Brust. Sie spürt das Pochen des Herzens, eingeschlossen in einen schalldichten, bis zum Platzen mit Fettgewebe gefüllten Raum. Doch was macht Christines Herz in ihrem Busen? Sein Pochen nimmt noch einmal zu, sie fühlt den Druck auf ihre Handfläche, ein rundes Klopfen, das sich plötzlich beruhigt, nachzuckt und noch einmal ausschlägt wie ein eben befriedigter Penis.

»Ich hab nichts gehört«, sagt sie, »überhaupt nichts.«

»Ich würde gern bei einem Erdbeben sterben«, sagt Christine und lässt ihren Kopf auf Noras Schulter fallen. »Du hältst mich so wie jetzt. Und dann geht es los. Ganz leicht. Dann wird es kurz heftig, und wir sinken in einen Spalt, klemmen fest zwischen dem Beton, und mit einem Rumpeln sausen wir in die Tiefe. Die ganze Zeit hältst du mich. Du hältst mich, und ich bin fast so schön wie du.«

Nora spürt Christines Mund, der sich an ihrem Kiefer zu schaffen macht. Die Lippen federn über ihre Haut, so konzentriert und emsig wie der Saugrüssel einer Fliege.

»Du spinnst«, sagt sie, »so ein Erdbeben ist kein Spaß. Du wärst überhaupt nicht mehr schön, wenn du irgendwo im Erdinnern ankommst. Du sähst nicht mehr im Geringsten wie Christine aus.«

»Zerquetscht. Ja. Total zerquetscht. Du hörst auf, oder?«

Auch die anderen spüren was. Sogar noch ein bisschen mehr. Sie wird aufhören. So hätte sie es bisher nicht formuliert. In ihrem Kopf hat es sich vager angehört. Jetzt ist es gesagt, das ist fast so, als wäre es jetzt entschieden. Sie hört auf, ihren Körper als etwas zu behandeln, das nicht ihr gehört. Das sie geerbt hat, das wunderschön ist und das sie jedem, der es betrachten will, vor die Nase hält. Jedem. Jedem Arschloch und jeder Drecksau. So hat sie lang nicht mehr über ihr Publikum gedacht. So hat sie noch nie drüber gedacht. Arschloch und Drecksau. Ganz schön ungerecht von ihr. Womöglich langweilt sie ihr Publikum bloß noch. Einer genügt doch eigentlich. Ein Einziger, der zusieht, der richtig zusieht. Der weiß, dass er zusieht, und weiß, dass er es ist, der zusieht. Einer, der nicht in seinem Blick untergeht, wie in einem Albtraum. Der weiß, dass er eine Drecksau ist. Dass er *auch* eine Drecksau ist.

»Sind deine Titten eigentlich echt?«

»Spürst du 'ne Naht?«

Nora sucht nach einer Unebenheit auf der Haut und tastet den Rand der Brustwarze ab, und sie wünscht sich, etwas zu finden. Sie möchte, dass diese Frau schon mal aufgeschnitten wurde. Dass sie nicht ganz echt ist. Nicht mehr im Originalzustand. Mit Ersatzteilen versorgt und ausgebessert. Kaputt und wieder repariert. Eine gute Arbeit möchte sie entdecken, handwerklich perfekt.

»Ich würde auch gern aufhören«, sagt Christine und leckt die Haut über Noras Kieferknochen. Es fühlt sich an wie eine Frage, hat etwas Insistierendes, Aufdringliches.

»Du wirst nie aufhören. Du wirst dich immer zeigen. Du kannst nicht damit aufhören. Und wenn sie dich und deine Kunststücke nicht mehr sehen wollen, wirst du dich eben öfter ficken lassen. Sie werden dir ins Gesicht pissen, und du wirst lächeln dabei, und jeder kann dich im Netz beobachten, wenn die Pisse in deinem Mund sprudelt. Du wirst immer blöder werden, mit jedem Tag wirst du blöder werden, und deine Seele wird, falls du noch eine hast, total zerstört sein. Und irgendwann wirst du Scheiße fressen und dran ersticken. Mit achtundvierzig Jahren. Weil du nicht aufhören kannst.«

Sie wundert sich, wie ruhig sie spricht und wie klar. Wie gemein und vulgär sie sein kann. Ohne einen Hauch von schlechtem Gewissen kann sie sagen, was sie will. Als wäre es das Beste, was man tun kann: einem anderen Menschen die Würde nehmen. Ihn verspotten und erniedrigen. Es fühlt sich wie Glück an. Es ist merkwürdig, was sich alles wie Glück anfühlen kann. Sie drückt Christines Nippel so fest, bis diese schreit. Aber sie hört nicht auf. Ihr Unterkiefer schiebt sich nach vorne, und sie zittert ein wenig. Sie zittert ganz schön heftig. Dann lässt sie ab, und es dauert eine Weile, bis sich ihre Finger wieder wie ihre Finger anfühlen, bis das Gefühl der anderen Haut verflogen ist.

»Das hat wehgetan«, sagt Christine. Sie weint. »Aber ich werde keine Scheiße fressen, das verspreche ich dir. Mann, hat das wehgetan. Wieso kannst du mir so wehtun?«

Nora streichelt Christines Bauch, dann sucht sie den Weg nach unten.

»Du warst wirklich ein Jahr lang mit niemandem zusammen? Das ist doch wahnsinnig. Wieso machst du so was? Wieso kannst du das, einfach allein sein? Ich kann nicht allein sein. Schon wenn ich dran denke, muss ich heulen. Wenn ich denke, ich bin allein, ist das wie ein Feuer in meinem Kopf, das alles niederbrennt, was schön ist, was hässlich ist, einfach alles. Das geht nicht, allein sein. Ich will die da draußen alle haben, bei mir haben, sie sollen ganz, ganz nah bei mir sein und mich ansehen, wie sie wollen. Weißt du, die sind meine Familie. Sie schauen mir nicht nur auf die Titten, sie schauen mir ins Gesicht, die meiste Zeit schauen sie mir ins Gesicht. Dann auf den Busen. Sie verbinden mein Gesicht mit meinem Busen. Mit meinen Beinen, meinem Hintern. Meinen Füßen. Wie bei den Zeichnungen mit den Zahlen. Ich hab schöne Füße. Nicht so schön wie deine, Liebling, jedenfalls schön, sehr schön. Sie schauen mich an und setzen mich zusammen. Stell dir vor, wir würden ohne Augen tanzen, sie würden unsere Körper nicht mögen. Es ist ganz, ganz wichtig, dass wir sie ansehen, ihre Blicke erwidern. Ihre Blicke und unsere verlogenen Blicke, du lügst nicht, das hab ich schon oft bemerkt, ich lüge immer, aber es macht nichts, es wäre schöner, nicht zu lügen, so wie du. Ich lüge, aber ich bemühe mich, ich lüge, aber ich meine es trotzdem ehrlich. Sie sollen mich lieben, diese ganze große Familie da draußen soll mich lieben. Das ist doch genauso echt, wenn ich lüge, sag ja, das bin doch genauso ich, du weißt das, oder?«

Augenblicklich bemerkt Nora, dass sie sich im Spiegel sehen kann. Sie hat ihren Blick, der irgendwo im Vagen verweilte, gehoben, und nun sieht sie sich. Sie lächelt sich zu. Sympathisch. Sie sieht auf ihre gespiegelte Hand und auf die beiden aktiven Finger, Zeige- und Mittelfinger, die nachdenklich und ebenso nachdrücklich ruhig gegen den Uhrzeigersinn kreisen. Sie sieht auf die Frau, die sie in den Armen hält, hingeflossen wie ein von der Müdigkeit überwältigtes Kind. Sie denkt an das tägliche Aufwachen. Es ist schöner, wenn sie früh zu Bett gegangen ist, wenn sie den Morgen spürt. Sie öffnet die Augen und sieht, wie sich der Vorhang bewegt. Wie das Licht die Struktur des Gewebes sichtbar macht. Wie ein Luftstrom sich durch das gekippte Fenster schlängelt und die Falten des Vorhangs anstößt. Sie sieht dem Schaukeln zu, und dabei wird sie richtig wach. Sie denkt dann kurz über ihr Leben nach. Das ist gut: Aufwachen und kurz über das Leben nachdenken. So war das früher, denkt sie, so war das gestern. Morgen wache ich anders auf. Morgen wache ich ganz sicher anders auf. Morgen hör ich auf, über mein Leben nachzudenken.

»Ach, du«, flüstert Christine, »du tust mir so gut. Du wirst mich verlassen, das ist ganz sicher. Aber jetzt bist du da. Ich kann dich riechen. Du riechst so gut. Ich rieche dich und muss an zwei Blaus denken, ein helleres und ein dunkleres, die aneinander geraten, sich berühren und dann ein wenig ineinander übergehen. Es ist so gut, mein Schatz.«

Nora sagt, und sie sieht dabei abwechselnd in ihre Augen und auf ihre Hand und in Christines gespiegeltes Gesicht:

»Du wirst nie glücklich werden. Das ist ausgeschlossen. Eine wie du kann nur unglücklich sein. Das Schöne an dir ist dein Unglück. Du brauchst es, wie es dich braucht. Ihr gehört zusammen. Das ist der Sinn deines Lebens: dass du unglücklich bist. Nicht manchmal, sondern immer. Es ist die Grundlage. Darauf wächst alles, was du tust. Wenn du dich verliebst, wird es eine unglückliche Liebe sein. Wenn du ein Kind bekommst, wirst du unglücklich darüber sein. Wenn du etwas isst, wirst du hinterher nicht satt sein, sondern unglücklich. Du machst etwas mit Kerzen im *Lusty Lady*, und du machst es gut, weil du vollkommen unglücklich dabei bist. Sie sehen dich alle an, sie bewundern dich, und ihre Geilheit ist was Ähnliches wie Rührung. Die unglückliche Christine, denken sie, und du weißt, was sie denken, und wenn du jetzt nicht beschäftigt wärst, würdest du nicken, nicken, nicken. So ist es, du dummes Fötzchen, so ist es, nicht wahr?«

Nora blickt in ihr eigenes Gesicht, und noch nie kam es ihr schöner vor. Es ist stolz, edel, frei, alles, was sie haben will. Sie hebt die Augenbrauen und stimmt sich zu. Sie spürt wieder den Raum um sich und den Raum um diesen Raum. Die Katakomben, die Rennbahn, die Budenstraßen, die Tribünen und das famose Dach darüber. Sie spürt wieder dieses Beben und eine Dankbarkeit. Das alles ist sie, das alles ist um sie herum geklebt und aufgebaut, und das ist kein Unsinn, das ist wahr. Und sie hat verdammte Lust, diesen Augenblick in eine kleine gefütterte Schachtel zu legen, die sie morgen, egal wo sie sein wird, noch bei sich tragen wird. Oder sie wird sie nicht bei sich tragen und nur an sie denken. Oder sie wird nicht mal an sie denken. Ach du Scheiße, denkt sie, was wird nur morgen mit mir sein?

Christine gibt einen langen Seufzer von sich. Eine Welle, die weit über Nora hinausrollt. Dann öffnet sie leicht den Mund und sagt: »Oh.«

»Aus dem Weg mit mir«, sagt Lennart zu einem Mann, der ihn zur Seite stößt. Einen Augenblick zu lang stand er vor der Toilettentür, um sich zu orientieren. Er sieht, dass jetzt hier in den Gängen erheblich mehr los ist als noch vor eine Viertelstunde. Es wundert ihn, und er glaubt, womöglich eine falsche Tür benutzt zu haben. Doch der Gedanke ist abwegig. Auf der ganzen Welt haben Toiletten nur eine Ein- und Ausgangstür. Okay, sagt er sich. Schluss mit der Beschaulichkeit hier unten. Jetzt geht's los. Die Leute gehen runter, das Radrennen ist wahrscheinlich zu Ende, und die, die nicht nach Hause gehen, wollen in die Disco. Da will ich auch hin. Nein, ich will ihr nicht zusehen. Ich hab noch Zeit. Und sie wird bald ganz viel Zeit für mich haben. Sie kann dann nur für mich tanzen. Ob es anders ist, wenn sie nur für mich tanzt?

Da trifft ihn der Stoß.

Und er antwortet sofort:

»Aus dem Weg mit mir.«

Der ihn gestoßen hat, dreht sich um und sagt: »Verrückt oder was?«

»Oder was«, antwortet Lennart und hat große Lust, das Gespräch weiterzuführen. Aber der Mann hat keine Zeit.

Er wechselt die Straßenseite und läuft gegen den Uhrzeigersinn, weg vom Abgang zur Disco. Die Leute stehen in Grüppchen bei den Garderoben an. Er sieht zu, wie die Garderobenfrauen den kleinen violetten Zettel entgegennehmen und konzentriert die Nummer lesen. Dann verschwinden sie einige Augenblicke zwischen den Kleiderständern, und wenn sie wieder auftauchen, halten sie ein, zwei Mäntel in die Höhe, was sie sichtbar anstrengt. Sie legen die Garderobe auf die niedrigen Tischchen und ziehen die Klammer ab, mit der die andere Hälfte des Zettels am Kragen oder Revers festgemacht ist. Die Besitzer nehmen ihre Kleidungsstücke entgegen, schlüpfen in ihre Mäntel und Jacken oder legen sie sich über den Arm. Lennart bedauert es, sein Sakko nicht abgegeben zu haben. Ein weinerliches Gefühl. Verdammt. Er könnte jetzt einfach sein Sakko abholen und abhauen. Aber er hat es an. Und in der Seitentasche der linken Außentasche befindet sich der Schlüssel.

»Sie hatten einen Mantel?«, sagt eine Frauenstimme vorsichtig.

»Ich will meinen Mantel nicht«, antwortet er und sieht auf. Ihr Gesicht hat Falten, die weich aussehen. Die Haut ist rein und sehr hell. Die Augen sind müde.

»Ab zwölf können Sie sich Ihren Mantel nicht mehr hier,

sondern dort hinten an der Sammelgarderobe abholen. Dann bring ich Ihren Mantel jetzt dorthin. Zeigen Sie mir Ihren Bon.« Als sie es sagt, sieht sie besorgt aus. Ihre Augen rücken zusammen, und auf ihrer Stirn entstehen viele kurze Längsfalten, die an einen Besen erinnern.

»Kennen Sie mich?«, sagt Lennart.

Sie sieht ihn an und denkt nach. Dann lächelt sie.

»Fernsehen?«

»Oh, ja, Fernsehen. Neutrinos.«

»Neutrinos?« Es klingt erschrocken.

Noch einmal sagt Lennart *Neutrinos*, leise und verschwörerisch.

»Sehen Sie diesen Fleck hier? In einer Sekunde rasen zehn Milliarden Neutrinos durch diesen Fleck. Neutrinos sind die häufigsten bekannten Elementarteilchen im Universum. Sie sind scheu und unsichtbar. Wir verstehen sie nicht. Sie sind Einzelgänger, nahezu ohne Kontakt zu anderen Teilchen. Sie rasen pausenlos durch alles, durch Ihren Kittel, durch meinen Kopf, durch die Olympiahalle, durch alles, als wären wir nichts. Manche Neutrinos, die gerade eben durch Sie rasen, sind vor acht Minuten von der Sonne ausgespien worden. Und jetzt rasen sie durch Ihr Herz. Alle Neutrinos zusammengenommen sind mehr als alles, was existiert.«

Er macht eine Pause und sieht sie an. Sie hat aufmerksam zugehört, aber jetzt wirkt sie ratlos. Er glaubt, sie versteht besser, was er sagt, als er selbst. Es ist immer wieder der gleiche Ärger.

»Ich las darüber heute Morgen in der Zeitung. Den ganzen

Tag über hat es mich beunruhigt, ohne dass ich mir bewusst darüber war. Jetzt gebe ich diese Unruhe an Sie weiter. Nehmen Sie sie, und hängen Sie sie zu meinem Mantel. Danke.«

»Sie haben gar keinen Mantel«, sagt die Garderobenfrau. Es klingt wie die Weisheit eines Philosophen.

8 Im Bunker.

So wird es sein. Ich werde endlich hinuntergehen. Er wird hinuntergehen und mit ihm sein ganzer Mut. Er geht hinunter. Mutig. Und – überraschenderweise ein wenig wütend. Die Wut taucht unerwartet auf wie die erste Wolke an einem strahlend blauen Himmel. Mitten hinein in ein umfassendes Wohlgefühl. Rätselhaft. Es geht kein Wind. Eben war sie noch nicht da, nun verharrt sie dort, ungerührt, nicht sehr groß. Sie ist über den Winden entstanden, das ist noch rätselhafter. Sie ist wie eine Provokation. Das macht sie größer. Lennart schiebt sich im Strom der Menschen nach unten. Er würde gerne mit jemandem reden, mit einem, der hinter oder neben oder unter ihm die Treppen hinabsteigt. Ihm sagen, dass seine Wut wie eine Wolke ist. Weiter sagen, dass er eben, als er die Wut spürte, an eine Wolke denken musste, und wie unbefriedigend er es findet, an so etwas wie eine Wolke zu denken, während er fest entschlossen in die Katakomben hinuntersteigt, um eine Frau ein für alle Mal gefangen zu nehmen. Unser Geist ist ein verrücktes Kinderspiel. Finden Sie nicht auch?

Wie langsam es vorwärts geht. Endlich ist eine ebene Fläche erreicht. Links öffnet sich ein großer, abgesperrter Durchgang. Ein hoher Materialraum mit abgeschrägter Decke direkt unterhalb der Westkurve der Rennbahn. Einige Männer stehen herum und unterhalten sich, andere tragen Kisten in einen

Kleinlastwagen. Zwei Männer vom Sicherheitsdienst stehen an einem roten Pfosten der Absperrung und blicken lachend in den abgedunkelten Gang gegenüber. Sie nicken und reden ziemlich schnell. Lennart mustert sie kurz, ob sie ihm bekannt sind. Dann lässt er sich nach rechts schieben. Im Gang zur Diskothek flackert ein Stroboskop wie eine Wunderkerze, die bald abgebrannt ist. Hinter einem brusthohen Pult stehen ein Mann und eine Frau und kassieren den Eintritt. Die Frau erkennt Lennart und lächelt ihm zu. Sie streckt sich ans Ohr des Mannes neben ihr, er schüttelt den Kopf, mehrmals, sie redet weiter in sein Ohr, dann nickt er.

»Machst du noch Catering?«, brüllt Lennart.

»Ja«, brüllt sie zurück, »du immer noch in der Verwaltung?«

Er nickt und bekommt seinen Stempel, der nur unter der Weißlichtlampe erkennbar ist, auf den Handrücken. Zum Dank hebt er die rechte Hand und winkt mit ihr. Von hinten wird er zur Seite gedrückt und gerät in den Strom derer, die die Diskothek gerade verlassen. Er stößt gegen einen kräftigen jungen Mann mit einem weichen Gesicht, das ungeduldig und ungehalten blickt. Lennart sagt:

»Schlagen Sie mich zusammen.«

Der andere versteht ihn nicht. Es ist unmöglich, gegen die Musik anzuschreien. Er müsste schon seinen Mund direkt an das Ohr des Mannes drücken. Dennoch hat Lennart den Eindruck, der andere begreift, was er sagt:

»Wenn Sie mich nicht zusammenschlagen, verhindern Sie kein Verbrechen. Ich werde die schönste der drei Tänzerinnen entführen und auf alle Zeiten in einen bunkerartigen Raum sperren. Ich werde ihr das Leben rauben und die Freiheit. Sie wollen nicht wissen, warum ich das tue? Sie verstehen, was ich vorhabe? Sie sind dafür, aber Sie sind selbst noch nicht so weit, diesen Schritt zu gehen? Bei mir hat es auch ziemlich lange gedauert. Ich bin ein guter Mensch, wissen Sie. Ehrlich, verabscheue Gewalt, bin respektvoll und so weiter, all diese Dinge, die einen soliden Menschen auszeichnen. In der Arbeit schätzt man mich. Nebenbei: Ein Teil des Eintrittgeldes, das Sie oben bezahlt haben, wird bald durch meine Hände gehen. Geld, das aus Ihrem Geldbeutel stammt, den Sie immer, wie viele Männer, in der Gesäßtasche tragen, wird spätestens übermorgen kurz in meiner Hand liegen, und vielleicht denke ich dann an Sie. An den Mann, der mein Angebot, mich zusammenzuschlagen, abgelehnt hat.«

Lennart lacht. Das Gelächter schüttelt ihn durch, wie ein Tuch, das aus dem Fenster gehalten und ausgestaubt wird. Tränen treten ihm in die Augen, und er sieht, wie der Mann aus seinem Blick fließt. Ich mache mich lächerlich, denkt er. Aber es macht nichts. Wen kümmert es? Ob ich ehrlich bin oder mich lächerlich mache, es ist gleichgültig. Du gütiges Leben!

Er steht mit dem Gesicht zur Wand, ganz flach, und bietet fast kein Hindernis. Er ist wie eine Beule in der Wand, die mit glänzender Folie ausgekleidet ist, die seinen Atem heiß an ihn zurückgibt. Keiner spricht mit mir, doch ich spreche mit allen, flüstert er in die Folie, *er flüstert!*, ein heißer Satz, der ihm fast das Gesicht verbrennt. Er dreht sich um und blickt in die vorbeischwimmenden Menschen. Leute, die eben nach draußen geeilt waren, kehren wieder zurück. Alle bewegen sich, und als er den Kopf zur Seite dreht, sieht er, wie die Menge in der Diskothek tanzt. Ein Meer aus Köpfen, das immer wieder überzuschwappen droht, aber ehe es geschieht, wieder zurückfällt auf das vorherige Niveau. Und weit hinten auf der Bühne kreisen Scheinwerfer, nur um sich wichtig zu machen. Ganz flach klebt Lennart an der Wand und ist empört, warum er in dieser verdammten Welt nicht angesprochen wird. Keiner fragt, ob ihm schlecht ist. Keiner bietet seine Hilfe an. Man sieht ihn nicht einmal. Manchmal spürt er einen Unterarm über seinen Bauch schleifen, oder er riecht ein betörendes Parfüm, das für einen Augenblick sein gesamtes Empfinden fest und atemraubend einschließt. Vielleicht geht das alles über seine Kräfte, das ganze Jahr der Vorbereitung und das Warten. Ja, er hat ein ganzes Jahr auf diesen Tag gewartet. Das war zu viel. Nein, es war nicht zu viel. Ein Jahr mehr zu den unzähligen Jahren, die er zuvor schon gewartet hatte. Er hat immer gewartet. Er hat sich ordentlich und tadellos benommen und gewartet. Auf diese Frau, auf diese Fotze, nein, er will jetzt nicht Fotze denken, er will nicht, nicht, nicht, nicht Fotze denken. Was für eine Kraft dieses Wort hat. Jetzt müsste sie bald auf die Bühne kommen, er sieht wieder in die Disco, auf den Ausschnitt, der sich ihm darbietet, er blickt wie auf ein Sammelbildchen, es ist zum Kotzen, immer wieder diese Sammelbildchen, die nie das Ganze preisgeben, und brav klebt er sie ein in das dicke Album, das irgendwie sein Leben ist. Sie muss bald kommen, ja, der Discjockey macht eine Ansage, bei nur wenig heruntergedrehter Musik, und die Menge beginnt sofort zu kochen. Ein Ruck geht durch das Menschenmeer, und es schwappt Richtung Bühne, wo sich zu den blöd herumkreisenden Scheinwerfern noch ein Suchscheinwerfer gesellt hat, der langsam über die Bühne tastet, dann ruckartig über das Publikum rast, wieder auf die Bühne zurückkehrt, und das Spiel beginnt von vorne. Und dann werden Hände nach oben gerissen, und ein Klatschen hebt an, und dieser eine Scheinwerfer gleißt so hell und blendend über der Menge und findet den Gang, in dem Lennart mit bitterem Gesicht an der Wand klebt, und findet sein Gesicht, obwohl der Winkel des Lichteinfalls unmöglich ist und obwohl er, Lennart, der Letzte ist, den die Menge zu erkennen trachtet – und dann ist es schlagartig totenstill.

Es wird geschehen. Es wird mit mir geschehen, aber ich fürchte mich nicht. Sie fürchtet sich nicht. Sie muss noch einen Augenblick warten. Sie steht in der Mitte des Raums und wartet. Die anderen stehen um sie herum und sehen sie an. Nick hat ein Stück Seil in den Händen und übt, ohne hinzusehen, Knoten. Christine steht etwas wacklig auf den Beinen, sie schwankt leicht hin und her, mit glücklichem, erfrischtem Gesicht. Bala ist erhitzt und erschöpft. Sie lächelt, aber nur um ihre Unruhe zu verbergen. Ihre Haut glänzt, und auf ihrer Oberlippe lagern kleine Schweißperlen eng aneinander wie bei einer Himbeere.

Nick sagt: »Die geschlagene Konstruktion ist die wahrscheinlich älteste Machart und Basis für die meisten Tauwerksorten, für Garne und Drahtseile. Geschlagenes Tauwerk ist stark. Du siehst phantastisch aus. So habe ich dich noch nie gesehen. Ich nehme mir vor, einen Knoten zu knüpfen, der so perfekt sitzt wie du. Wo wird das alles enden, Mädchen?«

Nora öffnet die Lippen, aber sie sagt nichts. Sie versucht, sich auf das bisschen Kleidung, das sie trägt, zu konzentrieren, bis sie vergessen kann, dass sie etwas anhat. Das ist ihr Trick. Sie hat etwas an, aber sie kann vergessen, dass sie es anhat. Dann kann sie sich ausziehen, und es ist, als würde sie sich selbst ausziehen und nicht das, was sie anhat. Ein Dank an die modernen Gewebe. Sie trägt den 449er Bikini aus Lycra in diesem zarten, dennoch kraftvollen Baby Blue. Über dem Oberteil liegt ein unverschämt knappes, weißes Top mit dem Logo des Herstellers in Rot zwischen den Brüsten. Dieses Top ist vulgär, aber Nora findet, es passt zum Busen, zu diesen unübersehbaren Titten, die so aufdringlich und allgegenwärtig sind, ja, sie spürt immer, dass ihr Busen Unruhe stiftet, auf diese eigenartig verbohrte Art. Doch das Schönste und für sie selbst Aufregendste, das sie heute Nacht trägt, sind die roten Hot Shorts aus einem Mix aus weicher, dehnbarer Baumwolle und Polyesterfrottee mit einem kräftigen Zugband, das so hübsch rundum über ihre Hüfte läuft. Zwei kleine Keile schneiden am höchsten Punkt des Beins in den Stoff, der ihren Unterkörper so verteufelt appetitlich erscheinen lässt. Dieses Höschen macht sie frei und federleicht. Es sieht sexy aus und doch unschuldig. Kokett scheint es zu sagen: *Ach, ich bin nicht wichtig, ich bin so klein, ich bin gar nicht richtig da, achtet nicht auf mich, ich bin nur ein Höschen, ein kleines, süßes Höschen, ein bisschen geil, na gut, aber was ist nicht ein bisschen geil?* Nora ist entzückt über sich selbst. Später wird sie in den Bund der Shorts greifen und ihn leicht anheben. Sie wird hinabblicken und hinein in diesen halbdunklen, breiten Spalt, und auf ihrem Gesicht werden sich Erstaunen und

Verblüffung mit Freude und einer leichten Erregung mischen. Die Zuschauer werden diese Geste und den Ausdruck ihres Gesichts mit atemloser Spannung verfolgen. Sie werden wissen, was folgt, und werden wissen, was sie zu sehen bekommen. Sie werden nicht enttäuscht sein. Jedes Mal aufs Neue werden sie nicht enttäuscht sein.

»Im Paradies«, sagt Christine und gibt ein kurzes, wahnsinniges Lachen von sich. »Im Paradies wird es enden, Nickinick, aber wir müssen draußen bleiben.«

Bala sagt: »Ich glaube, es wird bald schneien.«

Die anderen beiden Frauen und Nick sehen sie verwundert an. Bala ist müde, aber sie wagt nicht, sich hinzusetzten. Sie bleibt stehen, und jeder merkt, wie viel Kraft es sie kostet. Sie wagt nicht einmal, ihre Schuhe auszuziehen und kräftig durchzuatmen. Ihr Bauch ist flach von ihrem zurückgehaltenem Atem. Sie zieht die Schultern zusammen, und ein leichtes Zittern durchläuft sie. Ihre Augen bitten um etwas, aber dann, als sie bemerkt, dass keiner ihrer Bitte nachkommen kann, werden sie traurig.

Nick sagt: »Das Flechten ist die andere Basiskonstruktion für Tauwerk. Es gibt das einfache Achtfach-Geflecht, und es gibt komplizierte Kernmantel-Verbundkonstruktionen aus unterschiedlichen Materialien. Die besten Eigenschaften finden sich bei doppelt geflochtenen Seilen, bei denen Mantel und Kern geflochten sind. Zum Üben genügt so ein einfaches, achtfach geflochtenes Seil, wie ihr es hier in meinen Händen sehen könnt. Schaut, es lässt sich ein wenig dehnen. Ich werde nun einen schönen Palstek knoten, denn es ist besser, einen Knoten zu sehen, als an Schneeflocken zu denken. Ihr denkt alle an Schneeflocken, aber mit meinem Knoten werde ich euch diesen Gedanken austreiben. Ach Scheiße, was für einen Mist rede ich. Ich rede Mist, aber ich gebe mir Mühe, Mädels. Nein, das Knoten macht wirklich viel Vergnügen. Es ist das Beste, was du machen kannst: einen schönen Knoten. Ich weiß, es gehört nicht hierher. Doch ich kann nicht anders.«

Nick knüpft den Palstek und hält ihn in die Runde. Er hält ihn der Reihe nach jeder Frau ausgiebig vors Gesicht. Keine der Frauen sagt etwas.

»Mit dem Palstek stellst du ein sich nicht zuziehendes Auge her, mit dem du zum Beispiel einen Poller belegen kannst. Er hält zuverlässig, auch wenn er abwechselnd Zug oder Lose bekommt.«

»Lose?«, Christine runzelt die Stirn und gibt Nick einen Stoß. »Gibt's das Wort wirklich, Nick? Bist du ganz sicher?«

»Wenn kein Zug auf dem Knoten ist, nennt man das Lose. Ich hab mir noch nie ein Wort ausgedacht. Also, passt auf, wir lassen unserer Schönsten noch ein bisschen Zeit. Ich zeig euch nochmal, wie der Palstek geht. Ganz langsam. Vorhin habe ich einen Mann auf dem Klo getroffen, der hier in der Halle arbeitet. Er reißt die Eintrittskarten ab. Er hat mir erzählt, sein Sohn hätte ihn einst geohrfeigt. Wisst ihr, was ich im ersten Moment gedacht habe? Ich sag's euch. Ich habe sofort gedacht: Viel zu selten werden Väter von ihren Söhnen geohrfeigt. Ich dachte, das ist die größte Wahrheit über Väter und Söhne. Die Ohrfeige. Wie anders wäre die Welt, hey, wenn die Söhne ihre Väter öfter ohrfeigen würden. Dieser Mann erzählte, ohne kummervoll zu blicken, wie eines Tages im Urlaub sein Sohn an den Frühstückstisch kam und ihm, nachdem er etwas Unerhebliches gesagt hatte, eine Ohrfeige verpasste. Einfach so. Der Sohn war gerade mal dreizehn. Hey, ist das ein schöner Palstek. Du kannst ihn dir um den Hals legen, und dann zieh ich dich dran hoch. Das Auge schließt sich nicht. Umbringen kannst du dich mit einem Palstek nicht.«

Nick demonstriert, wie der Knoten funktioniert, indem er in verschiedenen Richtungen daran zieht. Das Auge des Knotens ist genauso groß wie sein Handteller. Darauf liegt der Knoten jetzt, und er bietet ihn den Frauen an. Doch keine greift zu.

Nora glaubt, dass sie den großen Nick nicht vermissen wird. Er ist schon ein Idiot, einer von der netten Sorte. Vielleicht hat er sich diese Geschichte selbst ausgedacht, wer weiß. Eine gute Geschichte, findet sie; als er die Ohrfeige erwähnte, ist sie zusammengezuckt. Sie konnte die Situation sehen: Eine Familie am Frühstückstisch, ein paar Worte werden gewechselt, und dann der Schlag auf die Wange des Vaters. Sie möchte diesen Jungen kennen lernen, dachte sie sofort. Wie ungleich größer musste sein eigener Schmerz sein im Gegensatz zum lächerlichen Schmerz, den der Vater auf seiner Wange spürte. Wahrscheinlich war der Junge nicht anders erregt als bei einer Mutprobe. Sie ist sich sicher, dass der Junge nicht aus Hass zugeschlagen hat. Er hat zugeschlagen, weil es das Natürlichste war. Bestimmt. Etwas ganz Natürliches.

»Ihr glaubt es nicht«, fährt Nick fort, »aber der Mann war stolz auf seinen Sohn. Diese Ohrfeige, meinte er, sei wie eine Trophäe, nein, Moment, wie ein Andenken. Denn sein Sohn hat nie wieder mit ihm gesprochen. Spürt ihr diesen Schmerz, Mädels? Kommt, wir wollen uns die Hände geben und an den Jungen und seinen Vater denken. Und an den Schmerz.«

Sie rücken etwas näher zusammen und geben sich die Hände. Nick hat sich den Palstek über den Arm geschoben, und als er Noras Hand nimmt, rutscht er nach unten und berührt sie am Handgelenk. Sie lächelt über diese kleine, lebendig wirkende Berührung, dann nimmt sie Nicks festen und trockenen Händedruck an und gibt ihn an Bala, die neben ihr steht, weiter. Sie versucht, an den Jungen und seinen Vater zu denken, aber bald schweifen ihre Gedanken ab. Es *schneit*, ja es schneit. Vorhin, als Bala es erwähnte, fielen die ersten Flocken. Plötzlich und unverhofft aus einem grauen, glatten Himmel. Herrliche Flocken, groß und weich. Und nun schneit es richtig. Nora sieht den Schnee, der sanft und lautlos herabfällt, und sie beobachtet ein paar Flocken, die langsamer fallen als die anderen, die in der Luft verharren, ein bisschen zur Seite und nach oben schweben, ein kleiner Tanz, nur ein kleiner Tanz, bevor sie tun, was alle tun, und nach unten trudeln.

»Oh, Mann«, sagt Nora, presst die Lider und den Mund zusammen, um dann hektisch mit den Augen zu blinzeln.

»Ich verstehe Jungs nicht.«

Sie versucht mit fester Stimme zu reden.

»Ich versteh sie nicht.«

»Ach ja«, sagt Nick.

»In der Grundschule hatte ich eine Menge Verehrer. Ich war ein entzückendes Mädchen. Ich war als Kind schön und bin als Frau schön, das kommt gar nicht so oft vor, glaube ich.«

Nick sagt: »Ich bin gereift. Meine Stattlichkeit nimmt jeden Tag zu. Männliche Schönheit ist hartes Training. Jeden Tag, den du nicht trainierst, verlierst du an Attraktivität. Okay.«

Christine macht eine seltsame Bewegung mit dem Becken. Als müsste sie etwas loswerden.

Bala sagt: »Ich weiß nicht, wie ich als Kind aussah. Es gibt keine Fotos. Nicht ein einziges. Mich hat man nie aufgenommen. Ich sehe die Hütte, in der wir gewohnt haben, und den Brunnen, aus dem wir Wasser schöpften. Ich sehe meine Geschwister und unser einziges Messer. Ich sehe die Feuerstelle und die Sonne, die auf die Pappdächer brennt. Auf der Pappe steht etwas, und die Leute sagen, es heißt *Samsung*, und manche sagen, es heißt *Siemens*, und andere sagen, es heißt *Schwartau*. Alles sehe ich, meine staubigen Füße und meine aufgeschlagenen Knie. Aber mich sehe ich nicht. Versteht ihr? Bei uns gab es keine Spiegel, ich musste ohne Spiegel schön werden, das könnt ihr euch gar nicht vorstellen. Ihr habt euch von Anfang an ständig gesehen, ich wusste bis zu meinem vierzehnten Lebensjahr nicht, wie ich aussehe. Ein schattenhaftes Pfützenspiegelbild von mir war alles, was ich kannte.«

Christine sagt: »Süße Geschichte. Und dann, als du schließlich hierher kamst, war es ein Schock, sich zu sehen. Mann, muss das schön sein, ohne Spiegelbild aufzuwachsen.«

Es schneit heftiger. Ein dichtes Schneetreiben, in das Nora hineingehen möchte, bis sie davon verschluckt wird. Sie sitzt an einem Küchentisch und fühlt ihre Beine. Kurze Beine, die noch lange nicht auf den Boden reichen werden. Ein sehr gutes Gefühl ist das, das Wachsen der eigenen Beine noch vor sich zu haben. Sie erinnert sich gern an ihre Gefühle. Eine Frau ist in der Küche, Mutter oder Großmutter. Beschäftigt. An der Wand hängt ein Adventskalender, er zeigt ein verschneites Städtchen und wie heftig es dort schneit. Ein paar Türchen sind geöffnet, in einem sitzt ein Hase im Schnee, und es schneit auf sein braunes Fell, das bald ganz weiß sein wird. Es schneit, überall schneit es, denkt Nora, wie komm ich nur darauf? Ich muss gleich raus, ich werde es ihnen geben. Ich werde es ihnen so richtig von der Bühne herunter besorgen. Ein letztes Mal, aber das können sie nicht wissen. Sie denken, es geht immer so weiter. Schnee ist gut. Ich hätte mal einen Strip im Schnee hinlegen sollen. Vor dick vermummten Zuschauern, aus deren Nasen und Mündern gut sichtbar der Atem dampft. Und ich oben auf einer nur vom Scheinwerferlicht beheizten Bühne. Der Schnee fällt auf meine Haut. Schmilzt wie ein Kuss.

»Ich hab es noch nie im Schnee gemacht. Du, Nick, hast du's schon mal im Schnee gemacht? Und du, Bala, bestimmt nicht, oder? Du schon, Christine, du schon, du hast es bestimmt schon mal im Schnee gemacht. Auf allen vieren wahrscheinlich, bis der harte Abdruck deiner Knie und deiner Hände den Schnee zu Beton zusammengepresst hat und man es den ganzen Winter über sehen konnte, hier hat Christine es getrieben.«

»Ich bin auch grade wütend«, sagt Nick. »Ich wollte eben in Gedanken einen Webeleinstek an einem Poller festmachen. Es ist mir misslungen. Es gibt kaum etwas Schwierigeres, als Knoten im Kopf zu knüpfen. Alles Mögliche kann ich im Kopf machen. Ohne Mühe baue ich mein Handy auseinander und wieder zusammen. Das Wichtigste beim Zerlegen ist die Ruhe.

Wisst ihr, im Kopf ist die Ruhe am größten, aber im Kopf läufst du auch am leichtesten Gefahr, sie zu verlieren. Du brauchst einen Torx-Schraubenzieher, eine kleine Zange und eine Lupe. Und dann mache ich mich an die Arbeit. Zuerst bau ich die Antenne ab. Die winzigen Zapfen, mit denen die Antenne befestigt ist, kannst du kaum erkennen. Du darfst sie keinesfalls abbrechen. Das ist ein unglaublicher Moment, wenn du ganz sanft die Zapfen anhebst und die Antenne abhebst. Es ist nicht einfach, es im Kopf zu machen, und manchmal liegst du brutal daneben, und du rutscht ab mit dem Schraubenzieher und ruinierst die Antenne, die du abziehen wolltest, und stichst in die Platine, auf die du schöne blaue LEDs auflöten wolltest. Was im Kopf passieren kann, ist noch viel schlimmer als alles, was dir auf dem Arbeitstisch mit deinen Händen passieren kann. Aber du kannst es im Kopf schaffen, du kannst dein Handy im Kopf zerlegen, alles kannst du im Kopf zerlegen und wieder zusammenfügen. Aber keinen Knoten, ich kann verdammt nochmal keinen verfluchten Webeleinstek an einem Poller festmachen. Es geht nicht.«

Nick atmet so heftig, dass alle im Kreis die Arme mitheben. Dann sagt er: »Tschuldigung. Entschuldigung.«

»Dann stimmt es also nicht, dass Männer in ihrem Kopf sich ständig vorstellen, jede Frau zu vögeln, die gerade vorüberläuft? Nicht Vögeln ist das Thema, sondern Basteln?«

Christine lacht, und wieder macht sie eine merkwürdige, krampfartige Bewegung mit dem Becken. Aus ihrem Nabel löst sich ein Schweißtropfen und rinnt nach unten. Nora fixiert ihn und sagt:

»Ich bin wirklich wütend. Aber ich fürchte mich davor, nicht *wirklich* wirklich wütend zu sein. Nein, so sollte ich nicht reden. In meinem Kopf schneit es gerade, sehr dicht und kraftvoll, es ist nicht so, dass ich mich an Schnee erinnere, sondern es schneit wirklich. Ich hatte viele Verehrer, sie sahen mich an und verehrten mich. Schon die kleinen Jungs haben mich verehrt und wollten mir nahe sein. Kleine Jungs besitzen einen erstaunlichen Willen, der Wille eines erwachsenen Mannes kann es nicht im Geringsten mit dem Willen eines kleinen Jungen aufnehmen. So ein neunjähriger, hübscher Junge hat mich eine Zeit lang von der Schule nach Hause begleitet, oder er klingelte plötzlich am Nachmittag und wollte in mein Zimmer. Ich war allein zu Hause, meine Mutter war in der Apotheke, die Haushälterin ging immer nach dem Mittagessen. Und dann kam der Junge. Er klingelt, und ich öffne die Tür. Manchmal sagt er gar nichts oder nur hallo. Er sieht mich an und rührt sich nicht vom Fleck. Ich sehe ihn auch an. Er ist hübsch, aber er sieht auch aus wie ein kleiner Kobold. Nicht zum Fürchten, aber auch nicht wie ein richtiger Mensch. Nach einiger Zeit fragt er: ›Kann ich in dein Zimmer?‹ Ich gehe voran, auf der Hälfte der Treppe überholt er mich. Dann sitzt er auf meinem Sofa, dessen Stoff mit Tiermotiven bedruckt ist. Löwen, Giraffen und Zebras. Ich zähle die Tiere, weil er wieder nichts sagt. Es vergeht eine Zeit, in der sein glattes Gesicht immer dunkler wird. Plötzlich plappert er irgendwas daher, und auch ich fange zu plappern an. Ich bemerke etwas wie einen Vorwurf in seiner Stimme und eine rätselhafte Wut. Als wir wieder schweigen, erhebt er sich, geht zu dem Sessel, auf dem ich hocke, und fasst mich an. Er greift um meinen Arm und legt seine flache Hand auf meine Brust. Er nimmt meinen Fuß in die Hand, und dann drückt er meine Wade, streicht über mein Knie und kneift mich in den Oberschenkel. Als er meinen Bauch anfassen will, springe ich auf und gehe zum Sofa hinüber. Ich befehle ihm, sich nicht von der Stelle zu rühren. Meine Stimme zittert ein wenig vor Wut. Ich bin wütend, ich glaube, weil er mich so wütend berührte. Ich bin wütend, aber ich schreie nicht herum. Ich ziehe mich aus. Der Junge lässt sich in den Sessel fallen und starrt mich an. Ich blicke genauso finster wie er. Ich bin ganz nackt und drehe mich auf dem Sofa. Ich hebe die Beine und streichle meinen Bauch.«

»Also Wut«, sagt Bala.

»Wut«, sagt Christine, »so viel Wut.«

Nora sieht auf den Boden. Sie entdeckt einen kleinen Brandfleck auf dem Teppich, ein winziges, stachliges Gestrüpp, das die Form eines halben Herzens hat. Sie hebt den Blick und bleibt auf Christines Gesicht hängen, das sie traurig und erwartungsvoll anschaut. Sie versucht ein Lächeln, irgendetwas Tröstliches auszudrücken, aber es gelingt ihr nicht. Im Spiegel erkennt sie Christines Rücken, der hart aussieht, und die beiden versteinerten Ohren der Schulterblätter, die spitz hervorstechen.

»Er konnte mir nichts tun«, sagt sie und merkt, wie die Tränen rasch in ihr hochsteigen. »Keine Chance. Er sitzt da, und irgendwann ermüdet seine Wut, und er blickt mich unglücklich an. Ich quäle ihn noch eine Zeit lang weiter. Ich musste einfach herausfinden, was und ob etwas passieren würde. Ich lächle ihn an, ich meine es ehrlich, und ich zeige mich als seine Freundin, aber er sitzt nur stumm und wie gelähmt da und zittert, um die Tränen zurückzuhalten. Er tut mir Leid. Er tut mir ehrlich Leid. Aber er ärgert mich auch und macht mich wieder wütend. Es macht mich wütend, dass er nichts tun kann. Warum ist er überhaupt gekommen? Ich weiß nicht, warum er gekommen ist. Nur um mich wütend zu machen? Weil er mein Mitleid wollte?«

Christines Schulterblätter heben sich, als wollten sie genauer hinhören.

Bala sagt: »Warum hast du ihn nicht fortgeschickt?«

Nora schüttelt den Kopf. »Ich wusste, dass noch was kommt. Ich sehe ihn in seinem ganzen Elend und mache weiter und weiter, obwohl ich gar nicht viel mehr tue, als mich ein bisschen zu drehen und mit den Händen über meine Haut zu streicheln, ich lasse nicht locker, ich will ihn so richtig fertig machen, ich will, dass er platzt, irgendetwas soll geschehen. Ich bin nicht bösartig, es gibt viele Mädchen, die Jungs quälen, weil sie Spaß daran haben, aber ich habe keinen Spaß, ich will etwas herausfinden, ich meine, es ist doch nicht schlimm, wenn jemand stirbt, es ist doch nichts dabei, ich meine, natürlich ist es schlimm, aber es ist nicht so schlimm, und ich meine, er stirbt ja nicht wirklich.«

Nora presst die Lippen aufeinander, und im selben Moment drückt Nick fest ihre Hand und neigt seinen Mund an ihr Ohr. Erst versteht sie ihn nicht. Es ist, als wäre seine Stimme nicht richtig eingestellt, wie im Autoradio, ein Knistern und jähes Versterben, und kurz klingt seine Stimme sogar so, als bestünde sie aus mehreren Stimmen, die gleichzeitig in ihr Ohr flüstern. Doch dann hört sie ihn ganz deutlich.

»Das habe ich mal gelesen: Die Frau dient einem Mann dazu, ohne Frau auszukommen.«

Nora spürt seinen Atem im Ohr, ein Schwall feuchter Wärme, und sie merkt, wie seine Lippen zweimal an ihr Ohr federn. Sie dreht den Kopf und bringt ihren Mund nun selbst an sein Ohr und fragt:

»Wo liest du so was, Nick? Du bist nicht der Typ, der solche Sachen liest. Oder?«

Nick bleibt beim Flüstern. Sie hört deutlich, was er sagt.

»Ein Geheimnis, Süße. Ich hatte als Kind einen Freund, Paul, ein Nachbarsjunge, mit dem ich zusammen in die Grundschule ging. Eines Tages klingele ich bei Paul, um ihn abzuholen. Er öffnet die Tür und schlägt mir auf die Nase. Es war ein Versehen, er hat irgendeinen Kämpfer aus einem Comic nachgemacht, wollte mich überhaupt nicht treffen, aber jetzt ist es zu spät, ich blute aus der Nase, und Paul überstürzt sich mit Entschuldigungen. Ich drücke mir mein Taschentuch an die Nase und gehe langsam nach Hause. Nachdenklich, und ich glaube demütig. Ich konnte seine Entschuldigung noch nicht annehmen, aber ich konnte ihm auch nicht böse sein. Ich merke, ich muss allein sein und über den Schlag nachdenken. Nach einiger Zeit sehe ich Paul wieder, wir sind wieder die besten Freunde, der Hieb auf die Nase ist vergessen. Dann kommt Paul aufs Gymnasium, ich gehe auf die Realschule, und wir verabreden uns nie wieder. Ich vergesse Paul.«

Nick legt eine Pause ein und sieht in die Runde. Balas und

Christines Blicke sind nicht sehr ermutigend. Christine blickt zornig, doch sie schweigt, Bala blickt beleidigt und schweigt auch. Nick sagt laut:

»Kurze Geheimgeschichte. Wenn unsere Schönste gleich rausgehen wird, werde ich euch auch eine Geheimgeschichte erzählen. Und ich zeige euch einen ganz besonderen Knoten.«

Er wendet sich wieder Noras Ohr zu und fährt fort.

»Eines Tages begegne ich Paul wieder. Und wo? Dreimal darfst du raten. Im *Lusty Lady*. Ich glaube, es war kurz nachdem du angefangen hattest, dort zu arbeiten. Ich stehe draußen an der Tür, als ein silbernes Porschecabrio auf den Parkplatz fährt. Du wirst es nicht glauben, ich erkenne Paul sofort, obwohl ich ihn zwanzig Jahre lang nicht gesehen habe. Das heißt, ich erkenne ihn und erkenne ihn auch nicht. Ich denke: Das ist doch Paul. Und ich denke: An irgendjemanden erinnert mich dieser Mann, es könnte Paul sein. Aber das ist nicht Paul, denke ich, ich wünsche bloß, dass es Paul ist, dass Paul aus meiner Kindheit auferstanden ist und meine Gegenwart betritt. So in der Art denke ich darüber. Testhalber sage ich: ›Paul‹, als er zum Eingang kommt, probiere seinen Namen, schätze ihn ab, wie die passende Mutter auf eine Schraube, hey, darin bin ich gut, wir können mal was ausprobieren, du hältst eine Mutter hoch, und ich sage dir, welcher Schraubenschlüssel darauf passt.«

Nora beißt sanft in Nicks Ohr und flüstert, doch etwas lauter als zuvor, damit Bala und Christine ein paar Worte mit anhören können:

»Bleib bei der Sache, Nickinick, konzentriere dich, du weißt, es ist wichtig, sich zu konzentrieren, gerade als Mann, ein

Mann, der sich nicht konzentrieren kann, ist überhaupt kein Mann. Du sagst also ›Paul‹.«

»Ich werde dich wirklich vermissen«, erwidert Nick, und das gibt Nora einen doppelten Stich, er weiß es, denkt sie, oder er spürt es, und er wird mich wirklich vermissen, aber ich werde ihn trotzdem nicht vermissen.

»Ich sage also: ›Paul‹. Der Name passt. Wir freuen uns beide. Paul sieht gut aus. Er kommt jetzt öfter, und wir unterhalten uns ein bisschen. Paul ist Unternehmensberater, er besitzt zwei Doktortitel, eine Familie, zwei Kinder, drei Autos und zwei Häuser, in jedem steht ein Billardtisch. Mit seinem Billardverein ist er Vizemeister geworden. Solche Sachen erzählt er mir, und ich höre aufmerksam zu. Er fragt mich nichts. Was ich denke, fühle, hier zu suchen habe und so weiter – nichts, nicht eine Frage. Ehrlich, mein Schatz, das ist mir gerade recht, keine Fragen beantworten zu müssen. Die Leute kommen ins *Lusty Lady*, um euch anzusehen und ein bisschen an der Bar zu sitzen und über sich zu reden. Ganz klassisch. Nichts Besonderes. Wir sind ein ganz normales Lokal, sage ich einmal zu Paul, und ich sage, ich habe mich an Sex gewöhnt, obwohl man sich nicht an Sex gewöhnen kann. Es fiel mir gerade ein, ich habe mir nicht viel dabei gedacht, aber Paul bekommt leuchtende Augen und schreibt, was ich eben gesagt habe, in ein kleines, schwarzes Buch.«

»Okay, Nick«, sagt Nora, »und eines Abends verliert Paul sein kleines, schwarzes Buch, und du nimmst es an dich. Ist Paul, nachdem er sein Buch verloren hat, nochmal wieder gekommen?«

»Oh, ja, er hat mich und alle vom Personal nach seinem schwarzen Buch gefragt, aber keiner hat es gesehen. Ich lade Paul also zu einem Drink ein und versuche, seine Gedanken auf etwas anderes zu lenken, denn dieses Büchlein scheint ihm wirklich wichtig zu sein. Ich rede von früher, als wir kleine Jungs waren, und ich frage ihn, ob er sich daran erinnert, als er mir die Nase blutig geschlagen hat. Er gibt vor, sich nicht erinnern zu können. Er sagt, wir haben uns doch erst vor zwei Wochen kennen gelernt. Es geht ein bisschen hin und her, er will nicht mehr drüber reden. Ich glaube, er lügt. Ohne sich zu verabschieden, verschwindet er.«

»Und ist nie wieder erschienen. Das war so ein großer, schlaksiger Kerl mit einem zu kleinem Kopf, oder?«

»Und einem sehr schönen Mund. Ich habe sein Buch immer bei mir. Es stehen ein paar hundert einzelne Sätze drin. Ich kann schon viele auswendig. Die Sätze meines Freundes Paul. Ich werde ihn nie wieder sehen.«

Nick weint. Doch Nora denkt sofort, er weint nicht um Paul. Es ist ein sehr kurzes Weinen, heftig fließen die Tränen über sein Gesicht, bald aber versiegen sie wieder.

»Geschieht dir recht«, ruft Christine. »Du hast es verdient, dass du mal so richtig berührt bist. Ich weiß nicht, warum du weinst, aber ich weiß, es geschieht dir recht.«

Als sie das gesagt hat, sehen sich alle an. Die Blicke huschen hin und her, vom einen zum andern, und dann lachen sie, laut, schallend, mit nach hinten gebogenem Hals und weit geöffnetem Mund. Sie halten sich nach wie vor fest, und das ist jetzt auch nötig, denn jeder ist einen Schritt zurückgetreten, sodass ihr Kreis durchgehend gespannt ist und sie rückwärts purzeln würden, wenn einer seine Hand löste.

Nora denkt, während sie die Augen schließt und sich von ihrem und dem Gelächter der anderen durchschütteln lässt, ich muss ihnen noch erzählen, dass der Junge damals noch etwas Merkwürdiges getan hat, während ich meinen Körper streichelte. Ich muss es ihnen erzählen, doch vielleicht kann ich es ihnen nicht mehr erzählen. Ich kann es ihnen ganz bestimmt nicht mehr erzählen, sie werden nie erfahren, wie der Junge endlich auf die Knie sank und die Hände faltete. Seine Lippen sind verschlossen und seine Hände wunderbar ruhig gefaltet. Von unten herauf sieht er mich an, und er hat verdammt viel Geduld. Er sieht mich an aus seinem Gnomengesicht und wirkt ganz zufrieden dabei. Und dann kommt er wieder, und wenn er nicht wieder kommt, wird ein anderer kommen. Und alle falten die Hände. Meine Wut ist nicht mehr groß, manchmal ist sie vollständig verschwunden, um ganz plötzlich wiederzukehren. Doch, ich bin zufrieden, ihr dürft mir glauben, glaube mir, Bala, und du, Christine, glaube mir auch, und Nick, du sollst mir ebenso glauben. Ich bin zufrieden, jetzt gehe ich noch einmal raus, und dann ist Schluss. Nun kommt was anderes. Was ganz anderes, ich weiß nicht was.

Nora lacht über sich selbst, sie lacht über das, was sie denkt, und ihre Mutmaßung, wie es weitergehen wird. Und dann lacht sie über ihren Zweifel. Und danach lacht sie, weil Nick sagt: »Du musst jetzt raus, Süße, dein Auftritt, los geht's.« Und sie bemerkt, wie sie sich aus dem Kreis der Freunde löst und die Augen öffnet. Wie sie durch die geöffnete Tür hinaustritt in ein ungeheures Toben und einen prügelnden Applaus, der sofort anhebt, als sie gerade über die Schwelle getreten ist. Ja, denkt sie und bewegt sich schnell und mit größter Leichtigkeit voran, ja, das ist gut, und plötzlich denkt sie nichts mehr, und plötzlich ist es still, so still, totenstill.

Er hat es geschafft. Ohne sich einen Blick auf die Bühne mit den irren Scheinwerfern zu gestatten, ist er in den Gang gelangt, an dessen Ende sich die Tür zum Bunker befindet. Trotzdem hat er etwas gesehen. Oder gespürt. Manchmal ist der Unterschied zwischen Sehen und Spüren aufgehoben. Die Tür zur Garderobe der Tänzerinnen wurde aufgestoßen und jemand flog heraus, ebenso schnell, wie er selbst im Rücken der Menge seinen Weg suchte. Applaus brandet auf, heftig und irgendwie rücksichtslos. Im selben Augenblick setzt Musik ein, es klingt, als würde Kies von oben her auf die Menge prasseln, und daraus erhebt sich eine hohe Stimme und singt getragen und schmerzvoll: *There's a ghost in my house*. Dann setzt der Rhythmus ein, es hat etwas von durchgedrehtem Topfschlagen, überlaut und fordernd und jede Empfindung zu einfachen geometrischen Körpern zurechthauend.

Lennart suchte das Schloss unter der Türklinke und fand es auf Anhieb. Er schlüpfte unbemerkt durch die Tür und ließ den Lärm hinter sich.

Nun lehnt er an der Wand und freut sich über diese Brandschutztür, die neben dem Feuer auch keinen Schall durchdringen lässt. Gute Tür, gute, gute Tür. Und sinnlos, denn hier geht's nicht nach draußen, hier geht's überhaupt nirgendwo hin, nur in diesen einfachen, ebenso sinnlosen Raum, den er als Bunker bezeichnet. Eine Fehlkonstruktion oder ein Planungsfehler, als er den Gang und den Raum, zu dem er führt, damals entdeckte, erstarrte er vor Entzücken. Und jetzt soll das Ereignis, an das er sein Leben lang Gedanke um Gedanke verschwendet hat, endlich Wirklichkeit werden! Wow!

Er atmet durch und merkt, wie ruhig er ist. Mit dem Schließen der Tür fällt die Erschöpfung von ihm ab, was überraschenderweise von keinem großem Gefühl begleitet wird. Jetzt muss er nur noch ein bisschen warten, eine Stunde, zwei Stunden, was spielt das für eine Rolle. Etwas ist sonderbar, er hat den Eindruck, er kann sie schon riechen, ja, er riecht sie, er riecht ihre Haut, auf eine Art, wie er noch nie Haut gerochen hat. Eindringlich, dieser Geruch nach Haut. Es dauert nicht mehr lang, dann wird er sie wirklich riechen, er wird ihre Haut riechen, und es wird genauso sein wie jetzt. Nein, es wird ein bisschen anders sein. Es geht ihm gut, er riecht die Haut und den Beton und das schattige Grau des Betons, der feucht aussieht. Ein schöner Gang, durch den er sie nach hinten in ihr neues Zuhause bringen wird. Er ist quadratisch, und das ist sehr selten. Quadratisch und höchstens zwanzig Meter lang. Zwei Türen gibt es, eine an jedem Ende, zwei Türen aus Stahl, in einem Grau lackiert, dem ein bisschen Braun beigemischt sein muss. Sieht gut aus. Könnte man am Körper tragen, eine graue Hose und ein ins Braune changierendes Hemd dazu. Quadratisch. Ist ihm noch nie aufgefallen, wie herrlich endgültig und aussichtslos dieser Gang wirkt. Wie aus der Welt amputiert, ein Stück Raum, rücksichtslos auf wenige Meter reduziert, amputiert und konzentriert, Amputation und Konzentration, die gehören zusammen, eigenartig, auf was der Kopf unter anderen räumlichen Umständen so kommt. Aber es ist wahr: Er will sich konzentrieren, um dadurch seinem Leben und *ihrem* Leben etwas zu entlocken, das ihm notwendig erscheint, für, ja für was? Am Anfang war der Wunsch, jetzt, da er sich in wenigen Minuten, höchstens einer Stunde, erfüllen wird, verschwindet der Wunsch sozusagen aus seinem Leben, um etwas anderem Platz zu machen, etwas ganz anderem. Trotzdem, er ist nicht aufgeregt, nicht gespannt oder erwartungsvoll, nein, er ist ganz ruhig, das hat fast etwas Perfides, hier ganz ruhig hinter der Tür zu stehen und durch den quadratischen Gang auf diese zweite Tür zu blicken, hinter die er eine Frau bringen wird, von der er nicht einmal den Namen kennt.

Lennart wirft einen Blick auf die Uhr und beobachtet eine Umdrehung lang den Sekundenzeiger, der zusammen mit seinem an den Rändern leicht verschwommenen Schatten eifrig vorwärts strebt. Um zwei soll Schluss sein, eine Viertelstunde muss er wohl dazurechnen, dann müssen sich die Mädchen noch umziehen, ihre Sachen zusammenpacken, ein bisschen quatschen, was weiß er schon darüber, und endlich werden sie sich auf den Weg machen, und er wird kurz aus seinem Gang herauskriechen und zuschnappen wie eine klebrige Zunge und diese Frau in den Gang hineinziehen, was ihm merkwürdigerweise nicht das geringste Kopfzerbrechen bereitet. Es wird klappen, weil es klappen muss, so lautet seine kleine, bescheidene Lebensweisheit für diesen Moment, seine Zuversicht und sein Glaube. Er sieht auf seine Hände, denen er eine Tätigkeit verspricht, von der sie bisher nicht zu träumen wagten. Sie werden zupacken, und das auf eine Weise, die nicht fragt, ob es erlaubt ist. Wie bei einem Gegenstand, den man von einer Stelle zur anderen trägt. Niemand bittet einen Gegenstand um Erlaubnis, wenn er ihn verrücken oder aus einem Zimmer in ein anderes zu tragen beabsichtigt. Oh, ja, ein Gegenstand, er wird diese Frau wie einen Gegenstand angreifen, mit der gleichen Nüchternheit, aber doch zugewandt und bewundernd, und seine Hände werden deutlich machen, hier wird nicht diskutiert, es gibt keinen Einspruch und keinen Widerstand, der ungebrochen bleibt. Lennart ballt die Fäuste, aber sofort wird ihm bewusst, Fäuste werden ihm nicht weiterhelfen, Fäuste sind eher was für Verbrecher, allein er ist kein Verbrecher. Davon ist er überzeugt, gleichwohl seine Überzeugung nicht ganz zugeknöpft ist. Er ist im Begriff, ein Verbrechen zu begehen, doch er ist kein Verbrecher. Er ist einer und ist auch keiner. Ein zudringlicher, blöd machender Gedanke hat sich da in seinen Kopf geschlichen und vertreibt ihm die Zeit, während er aufmerksam beobachtet, wie der schwammige Schatten des Sekundenzeigers die halbe Strecke der Umdrehung hinter dem Sekundenzeiger herläuft, bei der Zehn unter ihm hindurchschlüpft, um bei der Vier wieder zurückzuschlüpfen und erneut hinterherzulaufen. Und dann entdeckt er auch noch einen zweiten Schatten, was heißt Schatten, es handelt sich um ein blasses Parallelwesen des Schattens mit einem merkwürdig grellen Glanz, das nur kurze Teilstücke um drei und um neun mitwandert, ein Spuk, der kurzzeitig einen samtenen Eindruck hinterlässt. Genug damit! Lennart dreht und schüttelt das Handgelenk und bildet sich ein, jede Art von Schatten damit vom Zifferblatt zu fegen, und siehe da, es funktioniert. Er lächelt.

Der Gang wird von zwei Blechkästen beleuchtet, jeder knapp einen Meter vor den beiden Türen an der Decke angebracht und mit jeweils vier Neonröhren bestückt und mit einem Gitter aus regelmäßigen Quadraten abgedeckt. Lennart wundert sich, dass das Licht nicht in irgendeiner quadratischen Entsprechung aus den Blechkästen herausfällt, sondern sich gleichmäßig und sanft im Gang verteilt, dessen Grau dadurch eigentümlich weich wirkt, als könnte man hineingreifen wie in einen Topf Farbe, als wären diese Wände zwar massiv, aber, aus der richtigen Perspektive betrachtet, durchlässig und gar nicht so widerständig, wie sie tun.

Er entscheidet, ein paar Schritte vorwärts zu machen, und dabei achtet er darauf, in der Mitte des Gangs zu gehen. Er geht langsam, behält die gegenüberliegende Tür im Auge, während seine Finger mit dem Schlüssel in seiner rechten Hosentasche spielen. Bedächtig sich einer Tür zu nähern, die zu öffnen kein Problem sein wird, das kommt ihm irgendwie bekannt vor. Es ist ein erhebender Augenblick, auch wenn er gerade nichts in sich finden kann, das sich beeindruckt zeigen könnte von diesem Gefühl. Denn er ist ein Tier. Ein gut gekleidetes Tier, das die Einfachheit des Lebens kostet. Konzentriert und bescheiden wie ein Tier. Anmaßend wie ein Tier, rücksichtslos wie ein Tier. Bevor er in diesen Gang geschlüpft ist, war er ein Mensch. Jetzt ist er ein Tier. Lustiger Gedanke: Ich bin ein Tier. Er kehrt um, geht nun ebenso langsam auf die andere Tür zu, und kurz bevor er dort ankommt, dreht er wieder um.

So geht er hin und her, mit seinen gehorsamen Pfoten, und in seinem Kopf, kommt ihm vor, ist auf einmal ziemlich viel Platz. Während er vergisst, welche der beiden Türen in den Bunker und welche nach draußen führt, sieht er sein Leben als eine kleine Mulitmediashow, ziemlich dilettantisch präsentiert, an sich vorüberziehen. Es ist nichts Überraschendes dabei. Er ist ein kleiner Junge, der die meiste Zeit damit verbringt, länger als nötig auf die Gegenstände zu blicken, die ihn umgeben oder die er gebrauchen möchte. Die Tapete in seinem Kinderzimmer wird ausgiebig gezeigt, aber er ist sich nicht ganz sicher, ob das Muster wirklich stimmt. Jedenfalls liegt der Junge im Bett und studiert die Linien dieses Musters, fährt sie mit den Augen nach und verwirrt sich darin. Nichts Besonderes. Tag um Tag blickt er mit zurückhaltender Bewunderung auf die Linien und Schnörkel, deren Verbindungen doch nie ganz denen des Vortags zu gleichen scheinen, als würde das Muster dieser dunklen, grünen Tapete jeden Tag aufs Neue an die Wand gezeichnet. Dann auf einmal werden Menschen gezeigt. Überall Menschen. Ist das nicht putzig? Wie sie ihre Körper verrenken, wenn sie etwas von Bedeutung zu ihm sagen, und wie ulkig ihre Gesichter sich dabei verzerren, dass es größte Anstrengung kostet, nicht in ängstliches Geschrei oder übermütiges Gelächter auszubrechen. Lennart lächelt, als das Gesicht eines Mannes gezeigt wird, den er augenblicklich nicht ganz zuordnen kann. Ein naher Verwandter, ein ferner Verwandter? Er konnte nie entscheiden, wer ihm nah und wer ihm fern stand. Es konnte blitzartig wechseln, und einen Mann, zu dem er gerade Vertrauen gefasst hatte, verabscheute er am nächsten

Tag aus tiefster Seele. Dieser Mann jedenfalls sagt zu ihm, und dabei blenden die Verantwortlichen dieser schlampigen Show, die irgendwie sein Leben zum Gegenstand hat, eine Stimme ein, die er klar und deutlich zu hören glaubt. Der Mann sagt: *Komm her, geh weg!* Und er sagt: *Mach den Knopf auf, mach den Knopf zu!* Oder er sagt: *Wach auf, schlaf ein!* Die Stimme ist angenehm im Ohr, je länger er sie hört, umso deutlicher stellt sich der Eindruck her, sie zu hören ist wie im Morast zu waten, bis zu den Knien und ohne Aussicht auf Besserung. Plötzlich befindet sich das Gesicht des Mannes im Fernseher, und die Kamera holt ihn so nah heran, dass sein Kinn und seine Stirn nicht mehr ganz aufs Bild passen. Der Mann redet jetzt wie ein Fluss, nur ab und zu reibt sich eine kleine Welle an einem aus dem Wasser herausblitzenden Fels eines Ähs oder Ähems, und Lennart ist sich jetzt sicher, dieser Mann steht ihm ganz, ganz nah und ganz, ganz fern, das ist wirklich zu komisch. Aus dem einen Mann werden viele Männer, sie werden in gebührendem Abstand gezeigt, und es stellt sich heraus, alle Männer leben im Fernsehen und hampeln dort herum, machen Witze oder schreien einander an, oder sie laufen sehr schnell oder tragen Waffen, mit denen sie andere Männer umbringen. Und immer schneiden sie Grimassen dabei, wenn sie ernst, treu oder klug blicken, immer ist ihr Gesicht eine Grimasse, am schlimmsten aber ist es, wenn sie lieben. Diese Grimasse ist wirklich unerträglich für jedes unschuldige Auge, und der Wunsch ist groß, das Gesicht vom Gesicht zu reißen, aber es ist unmöglich, in den Fernseher hineinzugreifen.

Während Lennart in der Mitte des Gangs stehen bleibt, an

der dunkelsten Stelle, wo die Dunkelheit sichtbar ist als ein dünner schwarzer Vorhang, der ihn ebenso kühl wie erregend berührt, denkt er daran, was für ein überhebliches Kind er doch gewesen sein muss. Überheblich, wiederholt er, was heißt das doch gleich? Jedenfalls, er wird mit gutem Grund überheblich gewesen sein, so ein Gefühl stellt sich nicht zufällig ein. Wie zur Widerlegung seines Gedankens zeigt man jetzt den Gymnasiasten Lennart, der mit einer gewissen, kippeligen Andacht einem Lehrer lauscht, der ein religiöses Gefühl bestimmter Menschen zu bestimmten Zeiten beschreibt, was eine große Sehnsucht in ihm aufsteigen lässt. Und das erste Mal vernimmt er die Phrase vom *falschen Leben*, und zwar aus einem überaus glaubwürdigen Mund, der leicht glänzend aus dem Unterholz eines schwarzbraunen Bartes spricht. Das Bild wird aufgezoomt, und jetzt blickt man in ein Paar begeisterte Augen, auf eine große, gerade Nase und schwungvolle Hände, die verdeutlichen, erläutern und gekonnt einiges zu entwirren verstehen. Im Gegenschnitt sieht man einen aufmerksamen Lennart, der den Arm hebt, den Zeigefinger aus der Faust schnalzen lässt und eine raffinierte Frage stellt, die der Lehrer, es ist ein Lehrer!, glanzvoll kontert. Dieser Unterricht war eine gute Zeit. Gestik, Mimik und die Worte passen zueinander wie eine glückliche Familie. Und das Wort vom *falschen Leben* besitzt heilende Wirkung. Plötzlich teilt sich das Leben in ein richtiges und ein falsches, und dadurch teilt es sich dem, der da lebt, mit, und der nimmt es glücklich zur Kenntnis. Das behaupten zumindest die Macher dieser kurzen Lebensreise, denn sie lassen genau diese Teilung und Mitteilung des Lebens in schnörkellosen Buchstaben über die Leinwand gleiten, so sanft und ohne Hintergrundmusik, dass es schmerzt und den Betrachter zu Tränen rührt. Eine Rührung, die schlagartig eine Verbindung zur Welt da draußen herstellt und Lennart daran erinnert, sich allmählich bereitzuhalten. Auf Anhieb findet er die richtige Tür nach draußen, und vorsichtig zieht er sie auf, um sie sogleich wieder zu schließen. Ein Takt Musik tröpfelt herein, glasige Töne, die auf samtigen Untergrund fallen, gerade recht, um aufzuräumen. Ein schönes Bild: Eine Frau, die Gläser poliert, und der DJ, der seine Platten so emsig in einen silbernen Koffer schichtet und diesen dann betulich verschließt wie ein Spießer, der gerade einen Einblick in seine Bierdeckelsammlung gestattet hat und jetzt zu seiner Beruhigung den Sammelordner im Schrank verwahrt. Noch ein paar Minuten, denkt Lennart, und hält sich bereit. Ein paar Minuten noch diese Show über sein Leben, die ihm nicht unangenehm ist. Sie ist sogar komisch und wäre noch komischer, wenn sie unwahr wäre und das gezeigte Leben ein erfundenes. Frauen werden gezeigt. Mädchen und Frauen. Sie sind gut anzusehen. Ein lächelndes Mädchen enthüllt kräftige Zähne und eine freche Zunge. Sie sagt etwas, und es klingt interessant. Ihre Stimme schwingt sich aus ihrem Mund und gleitet als weißer Schal schwungvoll um seinen Hals. Die Tricktechnik ist beeindruckend. Mit dem Schal um den Hals beginnt die Levitation. Der kleine Lennart und auch der ausgewachsene Lennart behalten diese Art, sich beeindruckt zu zeigen, bei. Sie findet statt im Millimeterbereich, für das bloße Auge nicht erkennbar. Im Angesicht der Schal werfenden Frauen verliert er den Boden unter den Füßen und gewinnt die Leichtigkeit des

Seins. Die demonstrierte Häufigkeit dieses Vorgangs kommt dem Betrachter übertrieben vor, beglaubigt sich jedoch durch die gezeigten Frauen. Es gab sie wirklich. Und die Ergebenheit, mit der er sich den Schal wie einen Siegerkranz umlegen lässt, deckt sich durchaus mit seinen eigenen Erinnerungen. Frauen mochten ihn, weil er selten den Affen machte. Er konnte keine Kunststücke und zeigte sich selten dienstfertig, und kein einziges Mal sieht man ihn auf dem Rücken liegen oder einer Frau aus dem Weg gehen. Türen aufhalten gehört nicht zu seinem Repertoire, obwohl er sich nicht unaufmerksam verhält. Er ist ein guter Zuhörer, verleiht sein Ohr aber nicht über ein erträgliches Maß hinaus. Auf eine merkwürdige Weise liebt er Frauen, ohne sie zu lieben. Er mag sie sehr, aber ohne größere emotionale Beteiligung. Er findet es gut, sie anzufassen, und jetzt sieht man eine halb entblößte Frau auf einer schlichten Liege aus Kirschbaum mit einer gerippten Matratze in einem blassen Rot-Ton, der ausgestorben sein muss, da er so fremd erscheint, und über diese Frau wandert eine Hand mit solcher Ausdauer und Geduld, dass es etwas Erschreckendes hat. Die Kamera gleitet nach oben, verharrt einige Momente an der Zimmerdecke, um voller Kälte auf die Frau und die wandernde Hand herabzublicken. Dann stößt sie auf das Gesicht der Frau zu und findet darin ein ängstliches Flackern, das zwar sofort in einem weiten, feuchten Laut erlöscht, aber doch eine Störung beim Betrachter hinterlässt, die er nicht mehr loswerden wird.

Frauen, denkt Lennart, sind seriöser als Männer, und er atmet tief ein, weil wieder ein Geruch in der Luft liegt, wieder der Geruch nach Haut, intensiver nun und angereichert mit etwas Undefinierbarem, das auf die unmittelbare Gegenwart von etwas oder jemandem hinweist. Er ist nicht mehr allein? Er wird beobachtet?

»Sie tun mir weh«, sagt eine Stimme langsam, deutlich Wort für Wort.

Lennart sieht auf die Leinwand. Dort liegt nach wie vor diese Frau, und der Abiturient Lennart kniet zwischen ihren Beinen mit leicht blödem Ausdruck auf dem Gesicht und sieht ratlos und verunsichert in die Kamera. Ein Mechaniker im ersten Lehrjahr, dem noch alle Grundlagen fehlen. Er ist interessiert, aber er weiß nicht, weshalb. Das ist maßlos übertrieben. Und dann machen die Produzenten dieser missglückten Lebensshow etwas extrem Spekulatives. Sie zeigen, wie das Schamhaar seiner damaligen Freundin sich in das Unterholz im Gesicht des Geschichts- und Religionslehrers verwandelt. Sie hieß Tine, was sicher eine Abkürzung war, wofür, will ihm aber gerade nicht einfallen. Woran er sich erinnert, ist die kräftige blasse Haut Tines und die Art, wie sie dalag, wie ein Fisch auf dem Trockenen, ein Zucken nach links und nach rechts, aber ohne Panik, und ohne die Augen aufzureißen. Tine, denkt Lennart und erinnert sich an den Moment, als er ihr das Ende der gemeinsamen Zeit mitteilte, ihr entsetzter Blick und sein angenehmes und erlöstes Gefühl, sie los zu sein. Diese enorme Freiheit, die darin liegt, sich von einer Frau, die man eben noch geliebt hat, zu trennen. Große Momente des Daseins. Lennart lächelt und hört die Stimme seines ehemaligen Lehrers. Er spricht vom falschen Leben, und immer wieder blenden die Macher der Show den Schoß in das Gesicht des Lehrers über, und ihre Lippen gehen in seine Lippen über, und ihr Haar wandelt sich zu seinem Barthaar, und ihre Lippen sprechen, was seine Lippen gesprochen haben. *Das falsche Leben*. Reine Spekulation, aber großartig.

»Sie tun mir weh.«

Lennart merkt auf. Diese Stimme gehört nicht zur Show. Sie ist real. Was sie sagt, klingt mahnend. Er hört die Aufforderung, die darin liegt. Er hört aber auch, dass sie ihn nicht drängt. Langsam kommt ihm zu Bewusstsein, wo sich sein Arm befindet. Er hält ihn waagrecht unter ein Kinn, das dadurch gezwungen ist, sich zu heben. Es sieht ihn an. Ein Kinn sieht ihn an. Ein sehr glattes Kinn, ausdrucksstark und nicht leicht zu beirren. Dort liegt sein Unterarm, ein paar Härchen haben sich aufgestellt und berühren das Kinn, das so fabelhaft ruhig wirkt wie ein Kieselstein. Hunderttausend Jahre haben dieses Kinn glatt gehobelt, damit es ihn jetzt so verdammt ruhig anblicken kann, mit einem Blick, der sich nicht so ganz einfach erwidern lässt. Lennart übt Druck auf seinen Arm aus, merkt, wie er gegen ihren Hals federt und sie ihren Satz etwas weniger ruhig wiederholen lässt.

»Sie tun mir weh«, sagt sie in einer Mischung aus Angst und Ärger.

Und Lennart erwidert: »Okay.«

Er zieht seinen Arm ein kleines Stück zurück und sagt:

»Ein Kinn riecht wie ein Knie, oder? Es gibt diesen ganz speziellen Geruch, wenn Haut über einem runden Knochen liegt, wenig Fett drunter, dünne Haut, gespannt, ein einzigartiger Geruch. So ist es, oder? Vielleicht noch die Partie über dem Schultergelenk, ja? Die riecht auch so? Aber selbst ist man nur in der Lage, sein eigenes Knie zu riechen. Riechen Sie gern an ihrem eigenen Knie?«

»Sie spinnen wohl!« Es klingt enttäuscht.

»Oh, oh, oh«, erwidert er. Auch das klingt enttäuscht.

»Es fiel mir gerade ein. Man spricht aus, was einem gerade einfällt, und schon ist man bei seinem Gegenüber unten durch. Das ist doch eigenartig und wirft ein beschämendes Licht auf die Art und Weise unserer Kommunikation. Sie und ich, wir wissen doch beide, wie gut ein Knie riecht.«

Sie ist größer, als er dachte. Sie sieht ihn von oben herab an, aber sie kann nichts dafür. Wahrscheinlich streckt sie sich, um damit dem größten Druck seines Arms, der immer noch quer über ihrem Hals liegt, zu entgehen. Er versucht, nach unten zu blicken, um herauszufinden, welche Art von Schuhen sie trägt, wie viel Absatz, damit er ihre wahre Größe einschätzen kann, doch es gelingt ihm nicht. Ihr Gesicht jetzt aus den Augen zu lassen, scheint ihm nicht ratsam. Er fängt bloß ein Stück ihrer nach vorne gedrehten Schulter ein, die bedeckt ist von einem durchsichtigen Tuch oder Umhang, und darunter lässt sich ein schmaler, weißer Träger erkennen. Schlagartig wird ihm klar, was das zu bedeuten hat, weniger durch das, was er sieht, als dank eines sonderbar sicheren Gefühls über die Qualität und ebenso Quantität ihrer Kleidung. Er registriert es mit Verblüffung: Sie hat sich nicht umgezogen. Sie hat nur dieses Tuch über die Schultern geworfen und ist so dürftig bekleidet in seine Fänge geraten. Das erlaubt ihm, sich bestätigt zu fühlen. Sie hat es offenbar nicht für nötig erachtet, sich umzuziehen, und das rechnet er sich als Lob und Anerkennung zu, was er mit einem vagen Stolz quittiert. Und dann ist da noch der Geruch. Derselbe Geruch, der ihm schon lange um die Nase wedelte, flüchtig und vereinzelt zuerst, jetzt ganz nah und gut einzuatmen, ein Geruch, der verrät, dass sie nicht geduscht hat nach der letzten Vorstellung und nichts mit Parfüm oder Deo überdeckt hat, und auch das kommt ihm wie Zustimmung und ein Entgegenkommen vor, und während er etwas heftiger einatmet, sucht er ihre Augen, dann ihren Mund, weil er gern ein Wort dazu vernehmen würde. Sie riecht gut, sie riecht verteufelt gut, sie riecht absichtlich so gut, aber vielleicht heißt das, er muss aufpassen. Sein Blick wird nicht erwidert. Sie sieht ihn an, aber wie abwesend. Doch dann öffnet sie die Lippen, und er sieht es wie in Zeitlupe, das kurze Kleben der Haut, ihr Sichlangziehen und folgende Abreißen, das Öffnen eines schwarzen Trichters, in dem sich eine Zunge bewegt, doch nicht um zu sprechen, sondern so vage und ruckartig wie bei einem Kuss. Ebenso langsam schließt sich ihr Mund wieder, ihre Nasenflügel blähen sich, perfekt gerundet, und irgendwie wirken sie essbar wie eine Nudel, und dann bläst sie ein bisschen Luft in die Backen, die gleich wieder einfallen wie bei einem Frosch.

»Dort hinten ist eine Tür«, sagt Lennart, und es fällt ihm schwer zu sprechen, »dort müssen wir hinein. Wir müssen uns also in diese Richtung bewegen, es sind schätzungsweise fünfzehn Meter. Wir können es so machen: langsame seitliche Schritte, schön ruhig und jeder Schritt gemeinsam. Es sollte nichts Unerwartetes geschehen. Mein Arm bleibt, wo er ist. Bist du damit einverstanden?«

Das Letzte hätte er nicht sagen sollen. Es ist zu dumm, rhetorisch und geschmäcklerisch. Aber jetzt ist es gesagt, und wenn nun eine dumme Antwort folgt, ist er selber schuld. Er muss sich stärker konzentrieren. Das ist schwer. Die Nähe ihres Körpers ist ihr größter Trumpf, obwohl sie selbst, da ist er sicher, das überhaupt nicht so sieht. Er spürt, sie hat nicht vor, ihn auszuspielen, aber das hilft ihm nicht weiter. Wenn sein Kopf nur ein kleines Stück nach vorne fiele, würde er auf ihrem Busen zu liegen kommen. Und für einen Moment durchzuckt ihn eine tödliche Schwäche und der fatale Wunsch, die Arme um sie zu legen, den Kopf zwischen ihre Brüste zu drücken und sich trösten zu lassen. In diesem Moment sagt sie: »Wir duzen uns.« Und nach einer Pause: »Das ist richtig.«

Sie bewegen sich langsam ein paar Schritte zur Seite und stellen sich dabei nicht sehr geschickt an. Erst tritt Lennart ihr auf den Fuß, danach sie ihm. Keiner beklagt sich. Sie sind beide gleichermaßen bei der Sache. Es ist eine ernste Sache: ein Stück zusammen gehen. In dieser körperlichen Verkantung ist es ziemlich schwierig. Lennart ist so sehr auf das Gehen konzentriert, dass er darüber fast den Anlass und das Ziel vergisst, und das wiederum macht ihm die Sache leichter und lässt ihn zwar nicht von selbst gehen, enthebt ihn aber der Verantwortung für das, was er gerade tut. Was tut er eigentlich? Nahezu versonnen bewegt er sich in Richtung auf diese Tür hin, und in seinem Kopf gibt es ein leises, zustimmendes Schnippen und ein Glück, das die Form von dünnen Fetzen hat, die ihn an mikroskopische Aufnahmen von Körperzellen erinnern. Er könnte lachen, aber es ist gar nicht komisch.

»Es gibt wenig Tiere, die seitlich gehen«, sagt sie, als sie eine Pause einlegen und in der gleichen Haltung wie zuvor verharren.

»Tiere«, sagt Lennart und atmet schwer.

»Tiere«, sagt sie, »du kannst auch Lebewesen sagen, aber das ist ein abstraktes Wort. Es gibt Krebse und Spinnen. Sonst noch welche? Dich. Mich. Seitlich gehen, okay, wir gehen seitlich. Auf unserem Niveau gibt es nur uns. Seitlich gehen ist was anderes, als seitlich laufen. Ich mag Krebse, die seitlich laufen. Mit meiner Mutter war ich manchmal am Meer, und ich hab Krebse aus dem Wasser gefischt, um sie am Strand seitlich laufen zu lassen. Ich hab sie hoch gehalten und mich erst an ihren kraulenden Bewegungen in der Luft erfreut. Dann an ihrer seitlichen Flucht. Sie sind verdammt schnell. Wir sind nicht so schnell. Sind wir auch auf der Flucht?«

Lennart hat die Vertraulichkeit in ihren Worten wahrgenommen und wie sie gleich wieder einer Kälte gewichen ist.

»Flüchten ist nicht einfach«, sagt er, obwohl er es nicht sagen wollte. »Sag mir deinen Namen und sag ihn ein paar Mal hintereinander.«

Sie sagt fünfmal Nora, dabei schließt sie die Augen.

»Nora«, sagt er, »hm.«

»Willst du mich anders nennen? Du kannst mich ja anders nennen, wenn dir mein Name nicht gefällt. Irgendein besserer Name, oder …«

Jetzt hat sie Angst. Er kann es deutlich hören. Und sie atmet anders. Am Handrücken seiner Linken spürt er ihren Bauch, der sich schnell hebt und senkt.

»Was hast du mit mir vor«, sagt sie, und es ist fast Panik.

»Zerstückeln«, antwortet er, was er wieder nicht sagen wollte, aber diese Angst und Panik nervt ihn.

Nora stößt ein kehliges, stimmloses *Haa* hervor, während ihr Bauch zu zucken beginnt.

Lennart wendet seine Hand um. Er streicht über ihren Bauch, wunderbar, und er ist einer Ohnmacht nah. Der ersten in seinem Leben, fällt ihm ein, und dieser amüsante Gedanke wendet sie ab. Seine Hand liegt ruhig auf ihrem Bauch, und allmählich freunden sich die Hautpartien in Temperatur und Feuchtigkeit an, sodass nicht mehr genau entscheidbar ist, wo seine Hand endet und ihr Bauch beginnt. Aber die Bewegung stammt von ihr. Heben und Senken, sehr beruhigend.

»Lennart«, sagt er, »Lennart, hab ich das schon erwähnt? Ich bin der Mann, der dich nach allen Regeln der Kunst zerlegen wird. In Ermangelung vernünftiger Vorbilder muss ich dabei mein eigener Schüler sein. Was wir vorhaben, ist neu, ganz neu, und ganz unbescheiden kann ich sagen, was ganz Neues kommt ganz selten vor. Wenn du mich jetzt für größenwahnsinnig hältst, habe ich mich in dir getäuscht. Ich habe keine Vorbilder, denn Vorbilder machen krank und unsichtbar. Hör zu, Nora, ich glaube, wir sollten wieder ein Stück weitergehen. Wenn du Angst hast, so ist das deine Sache. Mich jedenfalls beruhigt das Atmen deines Bauches, und im Übrigen glaube ich seiner Bewegung kein, hm, *Wort.*«

Oh ja, Nora hat Angst. Aber was ist das für eine fabelhafte Angst? Sie dachte immer, wer Angst hat, zittert um sein Leben, aber bei ihr verhält es sich geradezu umgekehrt. Soll er sie doch zerstückeln, was immer er darunter versteht! Angst! Würde ihr Oberkörper etwas weniger eingeklemmt sein, sie würde glatt zu lachen beginnen. Vor Freude. So ein tolles Gefühl. Angst. Und wie mit der Angst ihr Verstand wiederkehrt, wie sie allmählich wahrnimmt, wo sie sich befindet, und wie sie jetzt das Gesicht dieses Mannes erkennt, der ihr auf eine Art in die Augen sieht, dass sie nicht anders kann, als zu nicken. Er ist ihr sympathisch, was ihr ein bisschen zu schnell geht und sie ein wenig ärgert, und deswegen drückt sie ihren Bauch hart in seine Richtung hin, damit er seine Hand herunternimmt. Dann gehen sie los. Diese Etappe bringen sie schon viel besser hinter sich, und als sie durch die dunkelste Stelle in der Mitte des Ganges tauchen und sie jetzt deutlich die Tür am anderen Ende erkennen kann, kommt ihr diese schlichte Tür so sonderbar schön vor, dass sie weinen möchte. Noch einmal legen sie eine Pause ein. Sie blickt an die Decke und hört das Summen der Neonröhren. Manchmal geben sie ein Knacken von sich, wie wenn man von einem Kürbiskern die Schale aufbeißt.

»Du wirst mir weh tun«, sagt sie.

»Natürlich. Genau wissen kann man es aber nicht. Oder du tust mir weh, alles ist möglich.« Und nach einer Pause: »Aber eher ich dir.«

Seine Stimme klingt ein bisschen gelangweilt. Das gefällt ihr. Würde er ihr jetzt ins Gesicht schlagen, würde ihr das vielleicht auch gefallen. Pass bloß auf, ermahnt sie sich, und dann denkt sie darüber nach. Sie sieht auf den vergitterten Kasten über ihr und auf das knackende Licht und denkt nach über einen möglichen Schlag in ihr Gesicht. So weit ist sie also gekommen.

In einen grauen Gang, mein Gott, wie schön das Grau ist! Es ist warm hier drinnen, und was erstaunlich ist, die Luft kommt ihr dennoch frisch vor, und sofort atmet sie tief ein. Sie stößt die Luft wieder aus, hinab auf seine Stirn. Sie spürt sie abprallen und sanft zurückkehren. Ein Gang wie bei Lara Croft. Glatt und gerade und massiv. Womöglich gibt es noch eine Tür, oder die Wand ist an irgendeiner Stelle verschiebbar. Das Licht könnte plötzlich erlöschen, und aus der Dunkelheit würde ein hässliches Monster auftauchen und mit Hämmern auf sie einschlagen. Sie bewundert Lara, doch Lara hat keine Chance, sich zu ergeben. Sie kämpft sich durch jede Gefahr, tötet, damit sie nicht getötet wird. Sie ist einsam, verdammt einsam. Die Welt ist riesig, und du bist die Einzige, die mit den spitzen Fingern auf der Tastatur zu ihr hält. Vielleicht geht es dir selbst genauso. Es ist so lange her, dass sie an ihrem Computer saß, die Arbeit für die Uni ein paar Minuten ruhen ließ und sich mit Lara vergnügte. Nein, es ist nicht lange her, vor einer Woche hat sie das letzte Mal gespielt und damit eine Seminararbeit über Tastsinneswerkzeuge und Biorezeptoren unterbrochen. Biorezeptoren sind über die menschliche Haut verteilt, belehrt Nora sich, und finden sich in ungewöhnlicher Dichte an unseren so genannten Fingerbeeren angeordnet. Die Vater-Pacini-Körperchen eröffnen die Wahrnehmungsqualitäten Ruhe und Vibration. Freie Nervenendigungen sind zuständig für die Wahrnehmungsqualitäten Wärme und Kälte. Krause-Körperchen ermöglichen die gezielte Therapie in Richtung Ruhe, Wärme und Entspannung. Und dann gab es noch irgendwelche Körperchen für Spannung und Entspannung, wie hießen sie doch gleich? Ziemlich esoterisch das Ganze. Ein Mensch kommt dem anderen ganz nah durch leichtes Trippeln mit den Fingerspitzen auf der Haut des anderen und bringt den neuronalen Code damit wieder in Ordnung. Oh, ja, damit hat sie sich beschäftigt, ernsthaft, nicht ganz gläubig, aber doch sehr angetan von den feinsten Zusammenhängen unseres Daseins. Und zwischendurch hat sie eine CD eingeschoben und Lara zum Leben erweckt. Sie war nie eine Freundin des Joysticks, sie spielt immer mit den Fingern. Mit ihren Biorezeptoren lenkt sie diese Frau mit der wunderbaren Figur durch fabelhafte Welten, und manchmal lässt sie sie absichtlich einen Abhang hinabstürzen und mit lautem Schrei und einem widerlichen Knacken ihrer Knochen zu Tode kommen. Und was ihre Finger spüren, ist mehr als ihre Augen sehen und ihre Ohren hören. Es ist wahr, es ist wahr! Nora möchte nachträglich noch jubilieren. Ein sanfter Druck ihres Mittelfingers lässt Lara einen Schritt nach vorne machen, und sie spürt, ob die andere Frau ängstlich oder mutig ist, ob sie unter großer Spannung steht oder Ruhe empfindet. Es ist … nein, sie kann nicht richtig darüber nachdenken, ebenso wenig wie über den Schlag in ihr Gesicht, obwohl ihr doch beides so wichtig und bedeutsam erscheint. Sie kann überhaupt nicht denken, denkt sie, und deshalb ist sie hier und spürt den Druck auf den Kehlkopf und hört eine Stimme ziemlich unwirsch sagen:

»Hörst du mir überhaupt zu?«

»Hast du was gesagt?«

»Ein bisschen was.«

»Was Wichtiges?«

»Ich hab gesagt, wenn ich dich zerlegt haben werde, will ich aus den Sehnen und Bändern deiner Beine einen Strick flechten, mir einen schwarzen Hund mit weißer Schwanzspitze kaufen und ihn mit diesem Strick spazieren führen. Oben auf der großen Ebene des Olympiaberges, wo man die beste Aussicht über die Stadt hat, werde ich mit anderen Hundefreunden ins Gespräch kommen. Bald wird man meine Leine bewundern. Natur, werde ich sagen, und handmade, und die Leute werden mir pfeifend Anerkennung zollen. Aber sie werden nicht wagen, mich nach der Herkunft der Leine zu fragen, denn ich halte mich so stolz und aufrecht, dass sie vor Ehrfurcht schweigen.«

Nora blickt zurück. Sie kneift die Augen zusammen, um besser zu sehen. Aber die Tür dort hinten kann sie nur verschwommen erkennen, wenn es überhaupt eine Tür ist. Der Gang kommt ihr auch nicht ganz gerade vor, er ist ein bisschen zur Seite gekippt, und wenn sie dieser Mann nicht an die Wand drücken würde, fiele sie nach vorne. Sie presst die Lippen zusammen, und dann sagt sie trotzig:

»Das hast du nicht gesagt.«

»Doch. Genau das waren meine Worte.«

Lennart sieht auf ihren Mund. Es macht ihn wütend, dass diese Lippen ihr gehören. Sie sehen essbar aus. Wie zuvor bei ihrem Nasenflügel durchdringt ihn erneut dieser trügerische Gedanke. Sie ist essbar, das ist ebenso konkret wie abstrakt, aber was soll das heißen? Das ist wie ein Hinweis, ein unverschämter Hinweis, dem er absolut nicht nachgehen kann!

Er sagt, und es kostet ihn einige Mühe:

»Wir haben noch ein Stück. Wir gehen weiter. Alles wie gehabt. Du verhältst dich tadellos. Also.«

Nora nickt. Sie öffnet den Mund, sagt jedoch nichts. Eine Leine, denkt sie, aus meinen Sehnen und Bändern, so was geht überhaupt nicht. Aber er probiert es. Ich bin stolz auf die Leine. Der Hund trägt sie gern. Er mag es, an dieser Leine zu laufen. Ich muss mich hinlegen, ich *muss* mich hinlegen.

Die dritte Etappe verläuft reibungslos. Ab und zu sieht Lennart zu ihr hoch, sie kommt ihm blass vor, und dass ihre Zungenspitze wie bei einem Hundebaby zwischen den Lippen hervorsieht, verleiht ihrem Gesicht einen entrückten Ausdruck. Sie sieht ihn an, doch in ihrem Blick ist nichts. So sollte man sich immer wieder mal ansehen, denkt Lennart. Da gibt es nichts zu interpretieren, du empfängst den Blick und kannst schweigen. Alles in dir schweigt, und du kannst dich auf deine Schritte konzentrieren.

Was schwer genug fällt, denn er spürt Noras Becken an seiner Hüfte, die Härte ihrer Knochen und ihre merkwürdig grobe Gelenkigkeit, und natürlich riecht er sie weiterhin, und manchmal stößt seine Nase unter ihr Kinn, was seine Aufmerksamkeit aufs Äußerste herausfordert. Diese Frau weiß sich zu bewegen, auch jetzt weiß sie sich zu bewegen, und diese entgegenkommende Angemessenheit ihrer Bewegung unter den momentanen Bedingungen zeugt von einer geradezu unverschämten Fähigkeit, sich anzupassen. Sie macht ihm keine Schwierigkeiten, kein Anzeichen von Widerstand. Und dennoch hat er nicht den Eindruck, die Sache in der Hand zu haben oder etwa mächtiger zu sein als sie.

»Hör zu«, sagt er, »wir haben es gleich geschafft.«

Ihr Kopf zuckt, träge bewegt sich ihr Mund.

»Das ist gut. Ich bin wirklich sehr müde … sehr, sehr müde.«

Wieder bleibt ihre Zunge zwischen den Lippen hängen, was er plötzlich unerträglich findet. Er schiebt seine linke Hand über ihren Körper nach oben und greift nach ihrem Kinn. Mit dem Zeigefinger versucht er, die Zunge in den Mund zu schieben, aber er gleitet jedes Mal ab, stößt an ihre Zähne oder den Gaumen. Erst gibt Nora eine weiches, hohes Quietschen von sich, danach einen tiefen Brummlaut. Dann schließen sich ihre Lippen um seinen Finger und saugen ein bisschen daran. Lennart nimmt den anderen Arm von ihrem Hals. Er kramt nach dem Schlüssel. Er tritt zurück, ohne den Finger aus ihrem Mund zu ziehen. Mit einer Hand öffnet er die Tür und gibt ihr mit dem Fuß einen Stoß. Bevor er sie in ihre zukünftige Wohnung dirigiert, blickt er zurück. Dieser Gang macht ihn sentimental, und ihn hinter sich gebracht zu haben, stolz. Es muss Stunden gedauert haben. Sein Rücken schmerzt, und er bekommt allmählich einen Krampf im Arm. Noch ein paar Schritte. Ganz brav folgt sie seinem Finger, der sie zum Bett bringt. Sie stößt mit den Waden an die Bettkante und fällt um. Noch im Fallen schläft sie ein.

Verwundert blickt er auf sie hinunter. Ihre Arme liegen weit über dem Kopf gestreckt da, mit nach innen gedrehten Händen. Ihre Beine sind gespreizt, an den Knien leicht abgewinkelt und die Füße nach vorne gekippt. Ein rundum symmetrischer Anblick, und er kann kaum glauben, dass sie in dieser Körperhaltung schlafen kann. Doch sie schläft ruhig und zufrieden. Lennart nimmt sich vor, sie eines Tages in genau dieser Stellung ans Bett zu fesseln und ihr irgendeinen Gegenstand zwischen die Beine zu legen. Irgendetwas dem Kopf Entsprechendes. Er hat da so eine Idee. Aber er ist zu erschöpft, darüber nachzudenken. Er will nur noch nach Hause. Und er beeilt sich, von hier fort zu kommen.

Sie gewöhnt sich schnell ein. Die ersten Tage schläft sie viel in dem großen, guten Bett, das der Eingangstür gegenüber an der Wand steht. Sie braucht nur eine dünne Decke, denn es ist sehr warm in ihrer neuen Wohnung. Doch es ist nicht die Wärme, die sie müde macht. Diese Wärme ist angenehm und scheint immer frisch zu sein; keine abgestandene Luft oder unangenehme Gerüche belästigen sie. Der Luftaustausch hier unten funktioniert bestens und geräuschlos. Wärmt sie sich in der Mikrowelle ein Essen auf, das er ihr am Vorabend mitgebracht hat, so duftet dieses Essen nur während der paar Minuten des Verzehrs, danach ist jeder Geruch verflogen. Sie isst und legt sich wieder hin. Die Müdigkeit ist wie eine liebe Freundin, die jederzeit bereit ist, sie zu empfangen. Sie liegt bei ihr und wird friedlich umarmt. Sie schläft und träumt. Ihre Träume sind weit verzweigte Geschichten, in denen sie niemals einem bekannten Gesicht begegnet, und sie träumt in Fortsetzungen. Der Anschluss gelingt ihr nahtlos, sie braucht es nur zu wollen. Nach einer neuen Episode erwacht sie und blickt an die Zimmerdecke. Das Grau, das ihr nun für immer als die schönste aller Farben vorkommen wird, hat ein Waffelmuster. Das gleiche Muster findet sie an den Wänden wieder, nur etwas weniger eng. Sehr ernst studiert sie dieses Muster, und das ist genauso gut wie Denken. Sie schläft wieder ein, träumt noch ein wenig, oder sie steht auf, läuft durchs Zimmer, über die weichen, neuen Teppiche, geht in die Küche oder eine halbe Stunde aufs Laufband. Sie läuft langsam los und genießt die rhythmischen, gleichmäßigen Bewegungen ihrer Arme und Beine. Sie liebt ihren Körper. Die letzten zehn Minuten rast sie, und es ist viel besser, als draußen in der Wirklichkeit zu laufen, durch einen Park oder über Straßen, die an ihr vorbeiziehen, an Menschen, die ihr nachsehen und sie bewundern. Keine anderen Menschen, keine Hunde, die mit vorgeschobenem Kopf überlegen, ihr zwischen die Beine zu springen, keine Bäume und feuchten Blätter auf dem Weg, kein Licht, kein Wind, kein Geruch, kein Laut. Sie denkt nicht viel darüber nach, diese Dinge kommen ihr in den Sinn, und schon sind sie ihr wieder entfallen. Sie läuft und betrachtet dabei diesen schmalen Nebenraum, an dessen Ende sich die Dusche befindet. Es gibt keine Wanne und kein Duschbecken, das Wasser läuft in eine Vertiefung im Boden, und nur ein kleines Mäuerchen hindert es daran, den Raum zu überschwemmen. Kein Duschvorhang. Riesengroße Armaturen. Ein runder Regler, den sie nur bedienen kann, wenn sie die Hand ganz aufspannt. Sie duscht mit dem Gesicht zur Wand, sie schließt die Augen, öffnet sie wieder, berührt die Wand, kein schlechtes Leben. Sie besitzt keine Uhr, aber sie glaubt dennoch, zwischen Tag und Nacht unterscheiden zu können. Es gibt kein Tageslicht in dieser Wohnung, jedoch eine Veränderung des Lichts, die sie nicht sieht, sondern spürt. Und wenn sie es sich einbildet, ist es genauso gut. Wirklich ist jedenfalls der Lichtpunkt, der an der Wand erscheint, verschwindet, wieder erscheint und im Laufe der Tage aufwärts wandert. Seine Herkunft hängt mit der Lüftung dieses Raums zusammen, und die wiederum hat etwas zu tun mit diesem dicken, gutmütigen Rohr, das an der linken Seite der Decke verläuft, und mit dem ovalen Schacht oberhalb des Kopfendes ihres Bettes. Das Rohr macht sie auf eine wahnsinnige Weise glücklich. Kaum hatte sie das erste Mal in der neuen Wohnung die Augen geöffnet und das Rohr erblickt, schon war sie glücklich. Wie eine lebendig gewordene Erinnerung. Das Rohr kommt aus der Wand, und auf der gegenüberliegenden Seite verschwindet es wieder. Das ist so perfekt, das ist so verdammt perfekt. Und diese paar Meter Rohr, das ist ihr Ausschnitt, ihr Anteil, ihr zuverlässiges, sanftes Rohr, ihr Rohr. Der Schacht über ihrem Bett hingegen ist ein wenig unheimlich. Schon seine Form und das feinmaschige Gitter darüber sind sehr merkwürdig. Aber noch merkwürdiger findet sie, dass ihr dieser Schacht trotz seines unheimlichen Wesens irgendwie gütig vorkommt. Vielleicht ist es der Lichtpunkt, dessen Herkunft sie ihm zu verdanken glaubt, vielleicht ist es nur seine Form, darüber kann sie lange nachdenken, jeden Tag, und es wird nicht langweilig. Nein, langweilig ist es nicht hier unten, und die einzige Unterbrechung ihres ruhigen Lebens sind Lennarts Besuche. Die sind regelmäßig, und so ist er eine Art Zeitmesser für sie. Sie weiß ungefähr, wann er kommt. Sie liegt auf dem Bett und hat das mobile Solarium an ihre Seite gerollt. Es heißt Sunshine 120, und der Bräuner lässt sich leicht über ihren Körper schwenken. Sie liegt auf dem Bauch, und mit der linken Hand drückt sie einen Knopf auf der Tastatur, die zwischen dem Fahrgestell des Solariums angebracht ist. Sie hört, wie die UV-Lampen zu arbeiten beginnen. Ein mehrfaches lautes Räuspern. Dann spürt sie das Licht warm auf ihrer Haut. So gut wie die echte Sonne. Noch ein, zwei Minuten, dann kommt er. Der Schlüssel im Schloss, ein lautes Klacken, das harte Zuschlagen der Tür und die Verriegelung von innen. Zuerst sagt er nichts. Sie hebt ein bisschen den Po.

Lennart ist sehr pünktlich. Er findet, Zeit ist dafür da, pünktlich zu sein. Pünktlichkeit ist ein wichtiger Teil eines präzisen Lebens. Und grade jetzt, da er so etwas wie der Besitzer einer wunderschönen Frau ist, möchte er, dass keiner seiner Schritte ein unbedachter oder läppischer ist. Nichts soll aus Nachlässigkeit geschehen oder aus Schwäche und Trägheit. Ich kann, denkt er, schwach sein und träge, aber auch dann muss ich präzise vorgehen, das ist möglich, ich glaube, das ist möglich.

Es ist Abend, wenn er sie besucht. Sein Herz will heftiger schlagen, aber er verbietet es ihm. Er öffnet die Tür, als würde er sie seit Jahren Tag für Tag zur gleichen Zeit öffnen. Nichts Besonderes. Dort auf dem Bett liegt Nora. Sie ist nackt und liegt auf dem Bauch. Über ihr die Lampen des Solariums. Zusätzlich zu den grellen UV-Lampen sind am Rand des Bräuners Neonröhren angebracht, die von Rot nach Gelb und Blau wechseln. Als Lennart den Raum betritt, verleiht ein sanftes, verdünntes Rot Noras Haut einen seidigen Glanz. Voller Bewunderung betrachtet er sie. Ungerührt liegt sie da, nur ihr Po hebt sich leise und sanft drängend, wie die kleinste Form einer Aufforderung, ein Miniatur-Drängeln, *Komm zu mir!* Lennart zieht Mantel und Pullover aus, dann schlüpft er aus den

Schuhen und zieht, immer noch an derselben Stelle verharrend, die Socken von den Füßen. Er legt alles ordentlich auf den Stuhl in der Ecke rechts von ihm, der vor einem niedrigen, kleinen Tisch steht. Er zieht das Hemd aus der Hose und legt sich ans Kopfende des Bettes. Er stützt sich auf seinen linken Arm und betrachtet ihren Scheitel.

»Ich weiß nicht«, sagt Nora, »vielleicht geh ich nachher ein Stündchen zu meiner Mutter, und was ich dann mache, werde ich sehen.«

Sie ist so klug, denkt er gerührt, so unendlich klug und so humorvoll.

Er sagt: »Wenn du willst, kannst du mich abholen, so gegen elf im *Lugros8*. Ich muss noch mit diesem Amerikaner reden.«

»Ja, vielleicht komm ich.« Sie seufzt. Ihr Kinn liegt auf ihren verflochtenen Händen. Ihr Haar teilt sich nicht ganz symmetrisch an ihrem Scheitel, der bis auf zwei kleine Zacken gerade verläuft. Lennart folgt dem Haar den Rücken hinab, bis er seinen Blick in der Senke vor dem Po verweilen lässt. Er hebt den Blick und schwelgt. Dieser Arsch ist phantastisch. Selbst bei größter Anstrengung und unter Aufbietung aller negativen Kräfte lässt sich kein Makel an ihm finden. Die Haut ist glatt und nirgendwo eingedellt. Die Rundung der beiden Hälften ist so stetig und perfekt, und ihre Symmetrie absolut. Lennart denkt, es ist also ganz einfach, einen schönen Arsch zu haben. So verdammt einfach und nur ich kann ihn anschauen, ich. Auch der Übergang in die Beine ist hinreißend. Die Oberschenkel sind fest und rund, und als Nora die Beine anwinkelt, schwimmen die Muskeln unter der Haut auf ihn zu wie zwei Wale.

»Siehst du meine Füße?«, sagt sie.

»Ja.«

»Findest du sie hübsch?«

»Mmh. Sehr.«

»Und meine Fesseln. Gefallen sie dir?«

»Ja.«

»Meine Knie auch?«

»Mmh. Ich liebe deine Knie sehr.«

»Und meine Schenkel?«

»Die auch.«

Die Wale drücken gegen die Haut, als würden sie auftauchen wollen. Nora schlenkert mit den Füßen. Schönes Spiel. Schon am ersten Tag war die Fremdheit gewichen. Nora saß bei seinem ersten Besuch im Bunker nackt auf dem Bett. Sie trug nur die Strümpfe. Sie schwiegen. Sie sahen sich an. Und schwiegen. Dann kniete er sich zwischen ihre Beine. Sie lehnte auf den Unterarmen und spreizte die Schenkel. Zusammen blickten sie auf ihre glatte Möse.

Und nach einiger Zeit sagte sie: *Meine Möse*. Und er sagte: *Okay*. Als er das sagte, spürte er einen Schmerz in sich brennen, nicht größer als eine Faust. Er sammelte Speichel im Mund und ließ ihn über die Lippen rinnen. Ein dünner, glasiger Faden verband Möse und Mund für einen Augenblick. Er war stolz auf die Wut seiner Tränen, die er gerade noch zurückhalten konnte.

»Kannst du meinen Rücken gut sehen?«

»Ja.«

»Findest du meinen Po schön?«

»Ja. Sehr.«

»Und die Grübchen auf meinem Rücken?«

»Mmh. Frag weiter.«

»Und meinen Busen, liebst du ihn auch?«

»Ja. Unbeschreiblich.«

Lennart möchte an ihren Busen fassen. Er streckt die Hand aus, aber sie sagt:

»Nein, nicht Lennart, bitte jetzt nicht.«

»Also frag weiter«, sagt er.

»Welchen magst du lieber, den linken oder den rechten?«

»Hmh. Ich weiß nicht, beide gleich.«

Das Licht springt um auf Gelb. Es ist viel heller auf dem Bett, der Raum außerhalb des Bettes hingegen wirkt düster. Noras Haut sieht dünner aus, während sie insgesamt etwas größer erscheint.

Mit einer ein wenig helleren Stimme fährt sie fort:

»Und meine Schultern, liebst du sie auch?«

»Ja.«

»Dann küss sie bitte.«

Er küsst ihre Schultern. Das Gefühl, das er dabei empfindet, ist nicht anders, als hätte sie *Wirf bitte diesen Brief für mich ein* gesagt, und er wäre ihrem Wunsch nachgekommen.

»Liebst du auch mein Gesicht?«

»Ja«, erwidert Lennart, und das Licht wird blau. Ein kühles Blau, nicht sehr dunkel, wässrig und entspannend.

»Sehr«, sagt Lennart.

»Alles? Meinen Mund, meine Augen, meine Nase, meine Ohren?«

»Ja. Alles.«

»Dann liebst du also alles an mir?«

»Ja. Ich liebe dich total, mit aller Zärtlichkeit und jeder Tragik.«

»Ich liebe dich auch, Lennart.«

Sie hebt den Oberkörper und sieht ihn an. Kriecht ein paar Zentimeter näher. Sie trägt eine Brille gegen die UV-Strahlen. Die Gläser erinnern an Förmchen für den Sandkasten. Er kann ihre Augen nicht erkennen, oder doch, irgendwas bewegt sich hinter dem Glas. Er überlegt zu sagen: Du trägst diese Brille jetzt immer.

Selten bittet sie ihn um etwas. Das bisschen Kleidung, das sie anhatte, hat er in einen Kleidersack gestopft und in den Müll geworfen. Nur die Strümpfe lässt er ihr. Und er besorgt ein Paar Plateau-Mules mit transparentem Absatz. Auch das Obermaterial ist transparent, wie bei einer Murmel sind darin zwei grüne, einmal um sich selbst gewundene Schlieren eingelassen. Fünfzehn Zentimeter sind die Schuhe hoch. Fünfzehn Zentimeter, auf denen sie sich außerordentlich gekonnt bewegt. Manchmal blickt Lennart mürrisch, wenn sie die Plateaus trägt, wenn sie schnell, aber nicht zu schnell über den dunkelblauen Gabbeh stolziert, der vor dem Bett liegt. Sie bleibt stehen und blickt hinab und verliert sich in den merkwürdigen Figuren, die in den Teppich eingewoben sind. Strichmännchen in Orange, Rot und Grün und alle in Bewegung. Manche laufen, andere fliegen oder tanzen. Einige am Rand scheinen einen Abgrund zu überspringen und sich vom Flor lösen und auf den Beton hinüberzuwollen. Schwer trennt sie sich vom Anblick der Männchen, lächelt Lennart zu, und läuft weiter.

»Ich hätte gern die *Brigitte*«, sagt sie.

Er erfüllt den Wunsch. Für sie abonniert er die *Brigitte*, und zweimal im Monat liest Nora *Brigitte*, Seite um Seite, konzentriert, fast andächtig, und er sieht ihr zu dabei.

»Beim Lesen zieh ich die Schuhe aber aus.«

»Dann zieh sie aus«, antwortet er.

»Hör zu«, sagt sie, »Styling-Schaum ist nichts für mich, mein glattes Haar fühlt sich damit zu starr an. Besser ist da ein Styling-Fluid, das ich auch ins trockene Haar geben kann, *Pilviform* von *La Biosthétique*. Das nehme ich seit sechs Jahren, und das Haar ist immer schön griffig. Weil's mein Fluid nur bei bestimmten Friseuren gibt, fahre ich in entlegene Gegenden, um es zu bekommen. Bring mir *Pilviform* mit, ja?«

»Du hast gesagt, du brauchst nur die Biotherm-Sachen. Dein Haar ist wunderschön. Soll ich's dir abschneiden?«

»Warum nicht«, sagt sie, »du kannst mir den Schädel rasieren. Oben Glatze und unten Glatze.«

»Lies deine Zeitschrift.«

Nach einiger Zeit sagt Nora wieder:

»Hör zu. Über den Traummann.« Sie rückt auf dem Bett weiter nach hinten und liest:

»Jetzt habe ich endlich die Zulassung für ein Kunststudium bekommen. Wenn ich wählen müsste zwischen meinem Freund und diesem Studium, ich würde mich für das Studium entscheiden. In einer Uni zu sitzen und Dinge zu erfahren, die einem eine neue Welt eröffnen, das ist für mich ein Traum.«

Sie schweigt und legt die Zeitschrift beiseite.

Sie sagt: »Es kommt mir alles so phantastisch vor, was in der *Brigitte* steht. Alle Frauen lesen so ein Zeug, und es berührt etwas in ihnen. Es rührt sie viel mehr an, als alles andere, wesentlich Klügere, das sie lesen. Es ist so überirdisch, es ist, als würde ich Science-Fiction lesen, verstehst du?«

»Das verstehe ich: Es gibt die Wahl zwischen dem Freund und dem Studium. Jemand entscheidet sich fürs Studium. Bist du traurig?«

»Ich hab mich nicht entschieden. Bei mir war es anders.«

Sie schweigen. Lennart zieht sich aus und legt sich zu ihr. Sie schmiegt sich an ihn. Er sagt nichts. Dann fickt er sie. Schlimmer als sonst, kommt ihr vor. Derb und verzweifelt. Und vollkommen kalt. Er fragt, ob er sie ins Gesicht schlagen kann.

»Okay«, sagt sie, »einmal, aber nicht zu fest.«

Nein, er schlägt nicht zu fest. Aber auch nicht zu leicht, nicht spielerisch. Unglaublich, wie geschickt er an der Grenze zwischen dem einen und dem anderen wandelt. Noch nie ist sie jemandem begegnet, der in seiner Unbarmherzigkeit so mitfühlend war. Sie kann es nicht begreifen, und manchmal sieht sie ihm an, dass er es ebenso wenig begreift. Aber er ist niemals entsetzt über sich. Wenn er sie umbringen müsste, so würde auch das ihn nicht entsetzen. Er würde sie vorher fragen. Sie würde antworten, er würde es tun und hinterher einmal nicken. Nein, er will sie nicht umbringen. Er will mit ihr zusammen sein. Und sie will mit ihm zusammen sein.

Danach liegen sie auf dem Bett, still, nur ihr Atem ist manchmal zu hören. Sie warten nicht. Sie liegen bloß da. Sie sehen an die Wände und denken über die Wände nach. Kurz finden sich ihre Blicke, unbeteiligt sehen sie sich an.

Nora sagt: »Du nimmst einen Teller und zerschlägst ihn. Zwei Bruchstücke. Du fügst sie wieder zusammen, mit Geschicklichkeit und mit Kraft. Das Ganze erscheint wieder intakt. Der Teller ist wieder der Teller. Wenn jemand nur gesehen hat, wie du die Hälften zusammensetzt, was würde der denken? Wenn er nicht wüsste, dass der Teller zuvor zerbrochen wurde, wenn er überzeugt ist, die beiden Stücke sind einzeln, zu verschiedenen Zeiten an verschiedenen Orten geformt worden, was würde derjenige glauben? Hey, der würde an ein Wunder glauben, er könnte nicht anders, als an ein Wunder zu glauben.«

Er sagt: »Soll ich uns was kochen?«

Sie sieht ihm zu dabei. Sie sieht, wie er die Garbe Spaghetti in der Hand hält, zögert, sie dann ins sprudelnde Wasser senkt und wie ein Mikadospiel auseinander fallen lässt. Er hat einen hübschen Arsch, der sie aus der Schürze heraus ansieht. Sie geht hin und schlägt drauf. Sie sieht ihm weiter zu, wie er den Stilansatz aus den Tomaten schneidet und die Haut auf dem gegenüberliegenden Pol einmal über Kreuz einschneidet. Wie er die Tomaten aus dem Wasser holt, und die Haut abzieht. Wie er das Innere der Frucht entfernt. Später sieht sie ihn die Soße abschmecken und die Nudeln auf ihre Bissfestigkeit testen. Sie hört das würgende Ploppen der Soße und fasst ihn unter der Schürze an.

»Du siehst so süß aus, wenn du die Schürze trägst«, sagt sie und streichelt seine Eier. »Ich will ein Stück Butter auf meine Nudeln«, sagt sie und fügt hinzu: »Kleiner.«

Sie trägt die Plateauschuhe, deshalb kann sie sein Ohr von oben her anbeißen. Sie zieht daran, und er sagt:

»Es ist gut, wenn Frauen größer sind. Frauen werden immer größer, manchmal gehe ich durch die Stadt und denke, die Frauen sind schon wieder größer geworden. Bei uns werden die Frauen immer größer und größer, wo soll das bloß hinführen. Dass Frauen größer waren als ich, fand ich als Kind bei weitem beeindruckender als die Größe der Männer. Die Größe der Männer ist erreichbar, die Größe der Frauen kaum. Unwahrscheinlich. Und es ist noch schwieriger geworden.«

Es sind gute Hände, die über seinen Bauch wandern, hoch zu seiner Brust. Ihre Berührung ist deutlich und nahezu souverän. Und doch ist zu spüren, ihre Hände finden nicht ganz das, was sie suchen, sie sind leicht verzweifelt, und ihr Zugreifen ist ein wenig ungläubig. Vielleicht sind sie pedantisch.

Er gießt die Nudeln in ein Metallsieb, und Nora lässt ihn nicht los dabei. Der dünne Wasserfilm auf den Nudeln glänzt. Schnell trocknet er ab, und jetzt sehen sie stumpf aus. Lennart verteilt sie mit zwei Gabeln auf den Tellern. Direkt aus dem Topf gießt er die Soße darüber. Mit dem Daumennagel trennt er ein paar Blätter vom Basilikum, das Nora jeden Tag unter die Sonnenbank stellt. Er zerzupft die Blätter und lässt sie auf die dampfenden Teller herabschneien. Dann legt er ein kleines pyramidenförmiges Stück Butter auf Noras Nudelhügel. Sie gehen zum Bett hinüber, und in dieser Zeit rutscht die Butter in drei langgezogenen Schwüngen den roten Hang hinunter, bis sie mit runden Kanten in ein Loch in den ausgeaperten Ausläufern sackt.

Nora beobachtet, was er tut, sie blickt seitlich an seinem Kopf vorbei. Es gefällt ihr, zuzusehen und ihn dabei zu umarmen. Manchmal sagt sie: Mmh oder oh oder aaah. Laute der Zustimmung, Beifall und Staunen. Als gelte es, ein Kunststück zu bewundern.

Lennart spürt ihren Blick, der weiter hinten aus ihm selbst zu kommen scheint, ein zweiter Blick, sein zweiter Blick.

Sie essen. Das Kratzen der Gabeln auf den Tellern hat ein bisschen Hall. Zusammen mit einzelnen Schmatzlauten, dem dumpfen, kaum hörbaren Mahlen der Kiefer und angestrengtem Schnaufen und einem Bärenbrummen beim Schlucken ergibt es eine kurze Sinfonie des Vergessens. Nora sieht auf ihre jetzt wieder schuhlosen Füße und beobachtet das zustimmende Nicken einzelner Zehen. Lennarts Blick verliert sich in dem Nudelgewirr auf seinem Teller, das er Stück für Stück abträgt, bis endlich die glatte Fläche vor ihm liegt.

Nach dem Essen liegen sie wieder auf dem Bett. Mit geschlossenen Augen. Irgendwann zieht sich Lennart an und geht. Zum Abschied sagt Nora:

»Bring mir Rasierklingen mit und neue Strümpfe.«

Sie sieht zu, wie er verschwindet, sie hört die Geräusche des Schlosses und blickt noch lange auf die Tür. Es dauert, bis sie wieder wirklich allein ist. Schnell schläft sie ein.

»Das mit dem Böller hat mich am meisten beeindruckt. Auf dem Weg zu dir habe ich mich dran erinnert. Diese Nummer war wie ein Schock. Soll ich dir erzählen, wie es draußen aussieht?«

Manchmal fragt er sie das. Dann schüttelt sie meist den Kopf und sagt: Nein, sicher nicht. Nickt sie, so antwortet er, ich erzähl's dir aber nicht. Nein, sie ist nicht böse darüber, sie will nichts von draußen wissen. Denkt sie an irgendetwas, ihre Wohnung, Bäume oder ans Schwimmbad, dann denkt sie so daran, wie man sich an einen Traum erinnert. Und noch während sie an diese Dinge denkt, verblasst die Erinnerung.

Lennart stellt die Lebensmittel in der Kochnische ab.

»Wie warm es hier drin ist«, sagt er. »Soll ich dir davon erzählen?«

»Wovon?«

»Deine Böllernummer.«

»Meine Böllernummer. Da warst du schon dabei?«

»War einer meiner ersten Abende im *Lusty Lady*. Du hast goldene Sterne auf den Nippel gehabt. Wie haben die gehalten?«

»Keine Ahnung. Willenskraft«, sagt sie.

Doch ein bisschen Erinnerung, Vergangenheit. Sie erinnert sich gut, aber vor ihm will sie so tun, als könnte sie sich nicht erinnern. Alles, was im *Lusty Lady* geschah, kommt ihr nicht wie ein Traum vor. Das war etwas Wirkliches, noch wirklicher als das Tanzen.

»Erzähl mir davon, du hast mich gesehen, und ich hab *was* mit einem Böller gemacht?«

»Das Naheliegende. Im Grunde geht's in diesem Lokal nur um dieses eine: das Reinstecken, während ein paar Leute zusehen. Lebendiges und weniger Lebendiges reinstecken. Du bist die große Meisterin des Reinsteckens. Aber das Wichtigste daran ist das Zusehen, ganz genau Zusehen. Du kannst jedes

Ding so lang ansehen, bis es dich verrückt macht. Du könntest genauso gut deinen Kopf gegen die Wand schlagen. Du kapierst es einfach nicht, du kapierst gar nichts. Aber bei einer Möse ist es noch schlimmer, sie ist das schlimmste Ding überhaupt.«

»Ein Ding, du nennst die Kleine ein Ding?«

Lennart legt sich zu Nora aufs Bett und riecht an ihrem Ding. Es riecht nach Rasierschaum. Und nach etwas anderem.

»Ein Ding, ja, ich glaub schon. Es riecht nach Honig.«

»Das ist das Öl. Honig und Arnika.«

»Einen Böller. Du schiebst dir einen Böller in dein glänzendes Ding. Du erinnerst dich doch daran? Du hast damit Geld verdient und irgendwas mit den Blicken der Zuschauer gemacht. Wer hält es schon aus, länger als ein paar Sekunden auf denselben Ort zu starren. Das hast du geschafft, sie haben die ganzen dreißig Sekunden lang auf deine Kleine gestarrt.«

Nora lacht. Sie wirft die Arme nach hinten und lacht. Oh ja, sie erinnert sich an diese Blicke. Manchmal war ihr zum Lachen zu Mute, zu einem übermütigen, erlösten Lachen, aber sie hat sich zusammengerissen.

»Du lachst«, sagt Lennart, als sie sich wieder beruhig hat, »du lachst, das ist ganz richtig. Ich wollte auch lachen, doch ich konnte nicht. Ich sehe die Zündschnur, sie ist bestimmt einen Meter lang. Du forderst einen fetten, hässlichen Kerl auf, sie anzuzünden. Das war Absicht, du hast gern die Hässlichen aufgefordert. Jedenfalls starren jetzt alle auf die Zündschnur, und alle sehen, wie sich dieser kleine, brutzelnde Käfer näher an deine Möse heranfrisst. Im Publikum steigert sich die Unruhe, du hingegen wirkst immer ruhiger. Im letzten Moment reißt du den Böller heraus und wirfst ihn in die Luft. Er explodiert über ihren Köpfen. Erschrocken blicken sie hinauf. Sie sind dir dankbar, alle sind dir dankbar und bewundern dich.«

»Solche Sachen hab ich gemacht?« Nora lacht wieder. Sie nimmt Lennarts Kopf in ihre Arme und bedeckt seine Ohren mit ihren Händen. So verharren sie eine Zeit lang. Nora döst, und Lennart hört mit geschlossenen Augen auf das Rauschen in den Ohren. Es ist wie in einem Flugzeug. Alles schläft nach stundenlangem Flug. Nur das gleichmäßige Rauschen.

Einmal, als Lennart sich gerade anzieht, sagt sie, und er merkt, dass sie es schon länger sagen wollte:

»Ich brauche *Bronchovetten*. Das sind so flache Lutschbonbons. Die gibt's nur in der Apotheke. Nicht in jeder Apotheke, aber ich weiß eine, wo du sie ganz sicher bekommst. Du bringst sie mir mit, ja?«

Sie ist aufgeregt, das erste Mal, seit sie hier unten lebt. Dann redet sie ein bisschen herum. Bis sie endlich mit der Wahrheit herausrückt.

»Nur einmal«, sagt sie, »ja, ich wüsste nur gern, wie es ihr geht. Es ist doch nicht falsch, oder? Du kaufst die Lutschbonbons und siehst sie dabei an und sagst mir dann, was du denkst. Ja, oder besser nicht?«

Ein paar Tage lang überlegt Lennart, ob er es tun soll. Es ist so eine ekelhaft reale Überlegung. Er muss die Entscheidung genau abwägen. Irgendetwas kommt womöglich durcheinander, wenn er den Bunker mit der Welt da draußen in Verbindung bringt. Schließlich siegt seine Neugier. Noras Mutter betreibt eine Apotheke. Wie sieht eine Frau aus, deren Tochter seit Wochen vermisst wird? Es gibt kaum etwas Berückenderes, als einen Menschen in seinem Schmerz zu beobachten. Und das Schicksal hat es gut gemeint mit ihm. Er kennt die Ursache ihres Schmerzes, besser als jeder andere, aber sie weiß nichts davon. So kann er die Reinheit ihres Schmerzes studieren und genießen. So stellt er sich das vor. Er stellt sich diesen ganz besonderen Genuss vor. Das Gefühl wie beim Töten eines Tiers. Ein sehr stiller Genuss, kein Triumph, kein Hochgefühl. Ruhig und heilig. Also lernt er Noras Mutter kennen und besorgt eine Schachtel *Bronchovetten*. Bei seinem nächsten Besuch übergibt er sie ihr.

»Wie geht es ihr?«, fragt Nora sofort.

»Sehr, sehr gut. Sie ist bester Stimmung, ich glaube kaum, dass sie dich vermisst.«

Nora dreht sich auf den Bauch und weint. Bitterlich wie ein Kind. In seinen Ohren klingt es echt. Dieser Schmerz kommt ihm so authentisch vor, dass er sicher ist, er wird vergehen. Aber dieser Eindruck dauert nicht an. Ihre Nacktheit, die er für einen Moment vergessen hat, schwächt ihn ab, sehr schnell, dagegen gibt es kein Mittel. Wer nackt ist, sollte nicht weinen.

Plötzlich springt Nora auf und hockt vor ihm auf der Bettkante. Sie nimmt ihn in die Hand und rasant geht es bergauf. Sie fasst ihn so fest an, dass er glaubt, sie könnte ihn abreißen. Tief schiebt sie ihren Mund über ihn, und er sieht, wie ihre Augen aus den Höhlen treten. Sie arbeitet. Schwerstarbeit. Zum tausendsten Mal versteht er nicht, was Berührung ist. Seine Haut, seidig glänzend auf ihren speichelnassen Lippen. Lippen,

Mund, Haut, Fleisch, hart und weich, keine Maschine, doch auch nichts Lebendiges – es denkt sich gut, wenn man geblasen wird. Er sieht ihr zu und streichelt über ihr Haar, dann sieht er auf die Betonwand und verspürt den großen Wunsch, dort möge Schrift erscheinen. Irgendein Satz, hübsch geschlossen und gut zu verstehen.

»Komm, Dreckskerl, spritz in mein Gesicht!«

Er kann gar nicht anders. Ein Schuss trifft ihr Auge, der Rest geht in den geöffneten Mund und auf die vorgeschobene Zunge. Ein bisschen was auf die Wangen, eine Spur bis zum Ohr. Als Nora ihre Zunge etwas zurückzieht, verliert sich die glatte, gebogene Form und faltet sich ein zu etwas, das aussieht wie der Rumpf eines Papierfliegers, den er gern als Kind gebaut hat. Es könnte auch ein Hemdkragen sein.

Später sitzen sie auf dem Bett und halten sich an den Händen. Ihr rechtes Auge ist gerötet und blinzelt ab und zu. Lennart hat die Packung *Bronchovetten* geöffnet und legt ihr ein Bonbon auf die Zunge.

»Ist was?«, sagt sie.

»Nichts«, erwidert er.

Sie fragt nicht weiter nach ihrer Mutter. Sie fragt nach niemandem und nach nichts. Sie braucht es sich nicht zu verbieten, es geht ganz leicht, nichts wissen zu wollen. Manchmal vergisst sie sogar, dass außerhalb des Bunkers überhaupt etwas existiert. Die Welt besteht aus einer Tür, durch die einmal am Tag der tritt, der dich gefangen hält. Und aus diesem so warmen Raum, dessen Beleuchtung genial ist. Es ist etwas zwischen

Tageslicht und künstlichem Licht. Warmes, weiches, nicht ganz homogenes Licht, das aus den angebrachten Deckenlampen zu kommen scheint, aber irgendwie auch nicht. Sie blickt auf das flache, runde Mattglas, das in der Form einer *Bronchovette* ähnelt, und versteht nicht, wie es funktioniert. Das Licht kommt von dort, doch es kommt auch noch von woanders. Es ist gerade so, als wäre eine bestimmte Menge Licht hier im Zimmer, auch wenn es keine einzige Lampe gäbe. Es kommt ihr nicht sonderbar vor. Nichts in diesem Zimmer kommt ihr sonderbar vor. Sie mag diesen Raum, sie mag, dass es nur wenige Gegenstände gibt und dass sich alle ruhig verhalten. Sie sind da, nicht anders, als sie selbst da ist. Sie gehört zum Inventar, sie ist das beweglichste Ding hier drinnen, doch der Unterschied in dieser Hinsicht zu den anderen Dingen ist gar nicht so groß, wie es scheint.

Sie schaltet das Laufband ein und stellt sich verkehrt herum darauf. Eine Zeit lang geht sie rückwärts. Sie greift nach hinten und stellt die Geschwindigkeit etwas schneller. Sie kann gut rückwärts gehen. Sie glaubt, es ist ziemlich gesund, rückwärts zu gehen. Lennart gefällt es. Er ist hereingekommen, sie hat ihn gehört, aber nicht zur Tür gesehen. Beim Rückwärtsgehen kann sie nicht zur Seite sehen oder die Augen verdrehen. Beim Rückwärtsgehen muss sie stur nach vorne sehen. Oder nach hinten. Jedenfalls dorthin, wo sie nicht hingeht.

»Gut«, sagt Lennart und stellt sich an die Wand, auf die sie blickt. »Was für eine ausgezeichnete Rückwärtsgeherin du bist. Eines Tages wirst du genauso schnell rückwärts wie vorwärts gehen. Und deine Beine werden dadurch immer schöner und schöner. Die wenigsten Frauen wissen, dass *die* Voraussetzung für schöne Beine das regelmäßige Rückwärtsgehen ist. Alle laufen vorwärts wie die Lemminge, stur in eine Richtung, es ist zu dumm, wirklich zu dumm. Ich liebe es, wenn du rückwärts gehst.«

Sie lächelt ihm zu, und für einen Augenblick gerät sie aus dem Rhythmus. Für einen Augenblick will sie vorwärts gehen. Ein Zwischenschritt und ein Hopser bringen wieder alles in Ordnung. Sie sieht ihn an, stolz und glücklich. Und genauso blickt er zurück.

»Es ist schwer, mit dem Körper was anzufangen«, sagt er und blickt auf ihren Bauch und den Nabel, der eigenartige Grimassen schneidet, »irgendein Körper erregt dich, lenkt dich ab, von dem, was du gerade tust, und du möchtest sofort hingehen und ihn berühren und in ihn hineinbeißen. Und wenn du Glück hast, kommst du dem Körper näher, und du streckst die Hand aus, und noch während du sie dem Körper näherst, fragst du dich, was du mit ihm anfangen sollst. Irgendwie ist so ein Körper was Tumbes, er ist nicht wirklich originell gestaltet, er ist eine Landschaft, die beim längeren Hinsehen ermüdet. Vielleicht liegt es auch einfach nur daran, dass ein Körper ein Körper ist, und das ist ziemlich schwer zu ertragen.«

Lennart stößt einen Seufzer aus, der sehr gut mit dem unrunden Summen des Motors harmoniert. Er wird von ihm fortgetragen, und Nora, die findet, dass Lennart heute etwas unglücklich aussieht, sagt:

»Magst du meinen Arsch sehen?«

Sie springt hoch und dreht sich in der Luft. Jetzt läuft sie vorwärts, ziemlich flott. Sie trägt keine Strümpfe. Ihre Nacktheit kommt ihm phantastisch vor. Ihr Haar fällt glatt über ihren Rücken und schlenkert wie ein Vorhang im Luftzug. Ihre Pofalte ist die hübscheste Linie, die er je gesehen hat. Er möchte seine Zunge hineinstecken, doch er tut es nicht. Er lässt Nora laufen und beobachtet die leichte Verschiebung der Pohälften gegeneinander bei jedem Schritt. Er blickt auf ihre Schenkel und den herrlichen Knick in der Kniebeuge, was für ein schöner, perfekter stumpfer Winkel.

Sie gehört mir, denkt er.

Als sie genug hat vom Laufen, hebt er sie vom Band. Er will sie ein Stück tragen. Er erinnert sich, dass in den Filmen, die er als Kind im Fernsehen sah, die Männer die Frauen immer wieder herumgetragen haben. Und dann haben sie sie aufs Sofa gelegt oder über einen Zaun gehoben. Die Frauen lagen quer in den Armen der Männer, wie etwas, das zu groß ist. Sie haben die Frauen geküsst. Die Frauen strahlten und bargen ihren Kopf am Hals des Mannes.

Lennart legt Nora aufs Bett. Er dreht sie auf den Bauch und legt seine Wange an ihren Po. Er streichelt die andere Pobacke, und sein Daumen fährt die hübscheste Linie entlang.

Er sagt:

»Ich besuche sie regelmäßig. So regelmäßig, wie ich dich besuche. Wir reden über alle möglichen Dinge, ähnlich wie wir beide. Gerade als sie die Apotheke abschließen will, betrete ich sie. Deine Mutter sieht verdammt gut aus. Der weiße Kittel steht ihr gut, er ist schick wie eine Uniform. Komm, ich zieh dir die Strümpfe an, die sind deine Uniform.«

Nora hält die Augen geschlossen und lässt ihn machen. Seine Hand liegt auf dem Saum des Strumpfes, an der Grenze zwischen Strumpf und unbedeckter Haut. Mit den Fingern fährt er nachdenklich hin und her, vom Strumpf zur Haut, von der Haut zum Strumpf.

»Ich glaube nicht, dass sie wirklich unglücklich ist über dein Verschwinden oder deinen Tod. Oh ja, sie rechnet damit, dass du tot bist. Ich sage zu ihr, sie ist bestimmt tot, Ihre Tochter ist ganz gewiss nicht mehr am Leben. Sonst wüssten Sie etwas von ihr. Ich kann mir nicht vorstellen, dass Sie eine Tochter haben, die einfach so verschwindet, ohne ein Wort, ohne Erklärung, von einem Tag auf den anderen. Ihre Tochter ist ganz sicher tot, wahrscheinlich ein Gewaltverbrechen. So rede ich mit deiner Mutter, und sie nickt oder schüttelt den Kopf, beides sehr vorsichtige Bewegungen. Hörst du zu?«

Nora atmet hörbar aus. Ihr Bauch hebt sich, und Lennart denkt daran, was das Erste war, das er an Mädchen mochte. Manchmal konnte er sie umarmen und festhalten, von hinten packen, er, der kleine Junge, sie, das kleine Mädchen, und dann lagen seine Hände auf ihrem Bauch, und er wusste, dass es nicht richtig war, das Mädchen so grob anzufassen, ihr Bauch flößte ihm Erfurcht und Respekt ein, und er überlegte, wie es weitergehen konnte, aber es ging nicht weiter, und er ließ das Mädchen los. Es hat sich nicht viel verändert seit der Zeit auf dem Pausenhof. Er zieht seine Hand zurück, um das Gefühl zu testen.

Er sagt: »Du brauchst nicht an sie zu denken. Es geht ihr wirklich gut. Genauso gut wie dir. Bei jedem neuen Besuch gewinne ich den Eindruck, deiner Mutter geht es wieder ein wenig besser. Bald wird es ihr sehr gut gehen, besser als je. Vielleicht werde ich mit deiner Mutter mal einen Ausflug unternehmen, so einen hübschen Frühlingsausflug, und zusammen werden wir die ersten Blüten suchen.«

Nora schlägt die Augen auf und sagt: »Ich glaube dir kein Wort. Aber es ist angenehm, dir zuzuhören. Mach jetzt was Besonderes mit mir, ja?«

Lennart erwähnt ihre Mutter nie wieder. Und Nora sagt einmal nur: »Ich kann mich nicht mehr an ihr Aussehen erinnern.«

Und Lennart erwidert: »Seit du hier unten bist, kann ich mich nicht mehr an dich erinnern. Ich sitze im Büro und weiß nicht, wie du aussiehst, wie deine Stimme klingt. Selbst diesen Raum kann ich mir nicht vorstellen. Es ist so, als würdest du überhaupt nicht existieren.«

»Es geht mir genauso«, sagt Nora.

Die Dinge, die er ihr von draußen mitbringt, irritieren sie nicht. Sie glaubt nicht, dass sie wirklich von draußen kommen. Sie kann nicht sagen, woher er sie hat, und obwohl sie weiß, wie dumm dieser Gedanke ist, kommt er ihr dennoch wahr vor.

Lennart bringt ihr die *Bronchovetten,* die neuste *Brigitte,* Strümpfe, Rasierklingen und Rasierschaum, frische Handtücher, eine Bodylotion, ein Parfüm, eine neue Pinzette. Er sorgt für Nahrung und frische Leintücher. Sie muss nur sagen, was sie möchte, und er schafft es heran. Einmal soll er ihr irgendein Buch mitbringen, es ist ihr gleichgültig, von wem es geschrieben ist oder wovon es handelt. Lennart geht in eine Buchhandlung, kauft das nächstbeste Buch und überreicht es ihr. Nach ein paar Tagen fragt er sie, wie ihr das Buch gefällt.

»Ein sehr schönes Buch. Meine Lieblingsstelle ist die, wo der Mann, der verdächtigt wird, einen Mord begangen zu haben, aus dem Fenster seines Bürozimmers einen Jungen auf der Straße beobachtet. Es ist Winter, und der Junge steht mit einem Fuß auf dem Bordstein. Mit dem anderen hackt er in den gefrorenen Schnee. Der Mann kann erkennen, wie kleine Brocken absplittern und der Junge darauf mit heftigeren Schlägen reagiert.«

»Ist er der Mörder?«, fragt Lennart.

»Nein, er ist unschuldig. Aber er trägt nichts dazu bei, seine Unschuld zu beweisen. Ich glaube, er hasst dieses grundsätzliche Misstrauen zwischen den Menschen, das jedem alles zutraut. Er weiß um seine Unschuld, das genügt ihm. Er will sie nicht beschmutzen durch erzwungene Verteidigungsreden.«

»Soll ich dir noch ein Buch bringen?«

»Nein, ich werde es noch ein paar Mal lesen. Ich brauche kein weiteres Buch.«

Nora glaubt ihm anzusehen, dass er sie bewundert. Er nickt nur zur Antwort und sieht sie sehr nett an. Sehr erfreut, ein bisschen zurückhaltend, zärtlich. Er wartet einen Moment, dann nimmt er sie in den Arm. Sie will, dass er sich auszieht.

»Du bei mir, und ich bei dir«, sagt sie, »wir vergleichen.«

»Brustwarzenvergleich«, sagt Lennart, »das klingt nicht gut.«

Ihre Nippel werden groß, hart, stolz unter seinen Händen. Auch seine Nippel werden hart unter Noras Bissen und reibenden Fingern, doch bleiben sie klein und auf eine dumpfe Art zurückhaltend. Sie nimmt ihre Brüste in die Hand und streicht mit ihren Nippeln über seine. Sie stupst seine damit, was einen neuen Schmerz in ihm erzeugt. Der Größenunterschied ist enorm. Es ist ein Unterschied, für den ihm die Worte fehlen.

»Irre, oder«, sagt Nora, »lass uns versuchen so zu kommen.«

»Das geht nicht«, antwortet er.

Sie behält Recht. Für ihn fühlt es sich wie Verzweiflung an.

Nie bringt er ihr etwas mit, das sie nicht bestellt hat. Keine Geschenke. Nur einmal betritt er mit einem blühenden Zweig den Bunker.

Sie blickt ihn verwundert an, als er ihr den Zweig unter die Nase hält.

»Seidelbast ist giftig«, sagt sie.

»Wusste ich nicht. Was kann passieren?«

»Das Daphnetoxin befindet sich in der Rinde. Es ist ein extrem starkes Reizgift. Es zerfrisst die Haut, schädigt die Niere und das Zentralnervensystem. Auch die Beeren sind sehr giftig. In ihnen befindet sich Mezerein, das ähnlich wirkt wie das Daphnetoxin. Früher haben sich Bettler ihre Haut mit Seidelbast verätzt, um mehr Mitleid zu erregen.«

»Was du weißt«, sagt er und wirft den Ast aufs Bett.

»Ich glaube, ich hab mal was in dieser Richtung studiert.«

»Ich glaube, meine Finger jucken.«

Sie nimmt den Ast in die Hand und hält ihn sich unter die Nase.

»Die Blüten riechen phantastisch.«

Als Lennart gegangen ist, bleibt sie lange auf dem Bett liegen.

Sie liegt auf dem Bauch und blickt auf den Seidelbast und rückt ganz dicht an die Blüten heran. Sie starrt in die hellvioletten Blüten und auf die orangen Staubblätter, und sie kneift die Augen zusammen und runzelt die Stirn.

Ich bin dumm, denkt sie, ich bin so dumm.

Das erste Mal, seit sie hier unten ist, denkt sie, er kommt vielleicht nicht wieder. Das erste Mal verspürt sie Angst. Doch es ist merkwürdig. Auf dieser Angst keimt etwas wie Zuversicht.

Zuversicht, wiederholt Nora still für sich, Zuversicht, Zuversicht. Zuversicht.

9 Das Fenster zum Hof gibt den Blick auf eine sonnenhelle, rechteckige Fläche frei, über die ein kleiner Schatten huscht. Lennart hat die Augen geöffnet und sieht hinaus. Er ist noch nicht ganz wach. Er liegt reglos und wartet ab. Nur sein Kopf schaut unter der grauen, weichen Decke hervor. Seine Arme liegen auf seinem Bauch, die Beine sind gestreckt, die Füße etwas nach außen gedreht. Sein Körper passt genau auf das Sofa. Er ist sich nicht sicher, ob er etwas anhat. Nein, er hat nichts an, er ist nackt, er spürt es, und jetzt ist er wach. Er dreht den Kopf zur Seite und sieht auf einen leeren Tisch. Jemand muss ihn abgewischt haben, denn es sind zwei breite, geschwungene Schlieren zu erkennen. Über dem Sessel liegt ein weißer Kittel. In dem Gang zwischen den Ausziehschränken brennt Licht.

Lennart gähnt. Er hat gut geschlafen, tief und traumlos. Seine Schultern fühlen sich an, als wären sie massiert worden. Jeder Quadratzentimeter ist zu spüren, zugleich kommen sie ihm wunderbar leicht vor. Er schlägt die Decke von der Brust und juckt sich. Da ist etwas. Ein kleiner Kratzer in der Haut. Sehr nett. Da ist noch etwas. Ein dünner Metallring. Seine Brustwarze … Wie ein Piercing. Es ist unmöglich. Er wagt nicht, den Ring anzufassen, am Ende steckt er wirklich in seiner Haut. Er sieht zum Fenster hinüber, zu den Apothekerschränken und wieder auf seine Brust. Das wäre ja … toll. Jedenfalls ungewöhnlich. Endlich findet er den Mut, sich zu berühren. Der Ring lässt sich ganz leicht abnehmen, was ihm aber sogleich einen furchtbaren Schrecken einjagt. Nein, noch alles dran, kein Blut. Nur ein Ring. Doch es ist kein richtiger Ring. Es ist so ein kleiner, billiger Ring, an dem Schlüssel befestigt werden. Mit gestrecktem Arm hält er ihn in die Luft, sieht kopfschüttelnd hinauf und wirft ihn hinter sich.

»Sie bewerfen mich?«

»Wer ist da?«, sagt Lennart.

»Sie haben mich vergessen, und Sie bewerfen mich. Ich habe uns was zum Frühstück geholt. Was dagegen?«

Rosa geht um das Sofa herum und blickt ihn an. Ihr Teint wirkt sehr hell, als wäre etwas von dem Sonnenlicht draußen auf ihrer Haut haften geblieben. Sie sieht ihn zärtlich an und sagt:

»Wir bleiben noch eine Zeit lang beim Sie, ja?«

»Wir bleiben dabei, liebe Rosa. Wir siezen uns, bis wir eines Tages endgültig zum Du hinüberwechseln. Haben Sie gut geschlafen? Oder wurden Sie von Träumen gequält?«

»Sehr gut. Nicht sehr lang, doch sehr erholsam.«

Sie beugt sich über ihn und küsst ihn auf den Mund. Die Perspektive ist überwältigend. Ihr Gesicht kommt von oben auf ihn zu, es wird rasch größer und ist umgeben von einer Aureole flimmernder, strahlender Pünktchen. Ihm wird ein bisschen schwindlig, und um dem abzuhelfen, hebt er den Kopf und kommt ihr entgegen. Der Kuss ist eindeutig. Weich und zielsicher, die Lippen sind cremig und minimal geöffnet.

»Zwischendurch«, sagt Rosa, »werden wir das Du verwenden.

Bei gewissen Gelegenheiten. Dann, wenn wir ganz genau miteinander umgehen. Das ist doch in Ihrem Sinn, oder?«

»Ich würde mir gerne die Zähne putzen.«

»Holen Sie sich eine Zahnbürste, eine Zahncreme, was immer Sie brauchen, von diesen Dingen gibt es genug hier drinnen. Nein, bitte ziehen Sie sich nichts an. Holen Sie sich nackt eine Zahnbürste. Bewegen Sie sich vorsichtig, damit man Sie durchs Schaufenster nicht sehen kann. Benehmen Sie sich wie ein Jäger eines Urvolkes im Dschungel. Bitte.«

Lennart läuft nach vorne und duckt sich, als er jemanden draußen vorübergehen sieht. Gedeckt durch den Drehständer mit den Gesundheitstees, sucht er sich eine Zahnbürste aus. Er wählt eine *Fuchs Elastoflex* mit flexiblem Bürstenkopf und violetter, rutschfester Griffauflage, die kontrolliertes Putzen auch mit nassen Händen ermöglicht. So steht es auf der Verpackung. Dazu nimmt er eine Tube *Lacalut aktiv* mit Parodontoseschutz.

»Gut gemacht«, sagt Rosa, »wenn Sie wollen, können Sie in meiner Apotheke ein Zahbo abschließen.«

»Ein was?«

»Ein Zahbo ist ein Zahnbürsten-Abo. Das zentrale Problem ist doch, alle ein oder zwei Monate daran zu denken, eine neue Zahnbürste anzuschaffen. Mit einem Zahbo bekommen Sie pünktlich zum Monatsersten eine neue Zahnbürste in den Briefkasten. Wir können gleich einen Vertrag machen.«

Sie ist in mich verliebt, denkt Lennart, während er in der engen Toilette ein bisschen Körperpflege betreibt. Im Großen und Ganzen ist das ein beglückender Gedanke, wenn es da nicht so einen kleinen, fiesen Störenfried gäbe, der behauptet, es sei eklig. Jemand verliebt sich in dich – gibt es etwas Aufdringlicheres? Das ist so, als wärst du durchlässig, und dieser Jemand könnte dich nicht nur anfassen, sondern ohne Umstände in dich hineingreifen und ein bisschen an dir rumspielen, dein Herz schaukeln, deine Leber kneifen und deinen Magen schütteln. Es geht mir verdammt gut, denkt Lennart und lächelt sich im Spiegel an, der so klein ist, dass er ein Passbild aus seinem Anblick macht.

»Der Kaffee riecht gut«, sagt er und tritt aus der Schiebetür. »Haben Sie meine Kleider gesehen? Ich kann sie nirgendwo finden.«

Keine Antwort. Sie steht vor dem Sessel und blickt ihn kopfschüttelnd an. Sie trägt ein grünes Kostüm, kurzer Rock und hoch geschlossene Jacke. Große Knöpfe, die zu lächeln scheinen. Sie steht sehr gerade, beide Knie durchgedrückt, in hohen, dunkelbraunen Schuhen. Das Leder ist weit über den Fuß geschnitten, fast der ganze Rist steckt im Schuh, und dieser Anblick erinnert Lennart an einen Menschen, der im Kanu sitzt.

»Wo können sie hingekommen sein? Ich habe sie doch hier ausgezogen. Sagen Sie schon, Rosa, wo sind meine Kleider?«

»Sie brauchen sie nicht. Oder ist Ihnen kalt?«

Lennart fällt auf, wie jung sie aussieht in ihrem hübschen, engen Kostüm. Jung und frisch. Nichts an ihr deutet auf ein sorgenvolles Leben hin. Sie scheint eine glückliche, schöne Frau zu sein, mit einem respektablen und ewig notwendigen Beruf. Sie wirkt weder unsicher noch überheblich. Sehr ausgeglichen. Selbstbewusst. Attraktiv.

»Mir fällt gerade ein, was ich heute Nacht geträumt habe«, sagt Lennart, lässt sich im Sofa nieder und deckt sich nachlässig zu. »Ich war bei meiner Zahnärztin, mit der ich immer sehr zufrieden bin, aber statt dass sie mich behandelt, beugt sich ein kleiner Mann, offenbar ein Kollege von ihr, über mich, blickt in meinen Mund und fällt ein verheerendes Urteil. Dann zieht er sich einen Mantel an und geht. Meine Zahnärztin, auf die ich mich immer verlassen konnte, verrät mich an sein Urteil. Sie, nie um eine Lösung verlegen, behandelt mich einfach nicht mehr.«

»Und draußen auf dem Rasen saßen zwei Hunde und ein Schmetterling und spielten Skat. Eine Frau lag am Ufer des Sees, es war schon Nacht, und machte Ihnen Vorwürfe, weil Sie sie nicht im Auto mitgenommen hatten.«

»Rosa«, ruft Lennart, »woher wissen Sie das?«

Sie lachen. Als sie zu Ende gelacht haben, nimmt Rosa Platz. Ihr Rock rutscht hoch und zeigt den Strumpfansatz. Lennart nimmt es glücklich und dankbar zur Kenntnis. Er bricht ein Stück von der Brezel ab und schmiert Butter auf das dickere Ende. Rosa beobachtet, wie er trinkt und isst und das Hüpfen seines Kehlkopfes beim Schlucken. Seine Bewegungen sind ruhig und genügsam. Sie sieht auf seine nackte Brust und ist stolz auf die Verletzung, die sie ihm zugefügt hat. Ich muss mich in ihn verliebt haben, denkt sie, und dann: Selbst, wenn er der Mörder meiner Tochter wäre, könnte ich ihn lieben. Dieser Gedanke erschreckt sie. Doch nur kurz, wie ein merkwürdiges Geräusch, das man für einen Augenblick nicht zuordnen kann. Es ist freilich eine abwegige Vorstellung, aber seit sie diesen Mann kennt, kommt ihr nichts mehr abwegig genug vor, um es sich nicht, fast genussvoll, vorzustellen. Sie glaubt, es liegt daran, dass Lennart so gut zwischen der Wirklichkeit und den Vorstellungen unterscheiden kann, dass ihm dieser Unterschied *absolut* bewusst ist. Womöglich ist es nur diese Fähigkeit, in die sie sich verliebt hat. Obwohl, er hat einen sehr hübschen Hintern.

Er sagt: »Ein ganz und gar neuer Ort, um zu frühstücken. Ein wunderbarer Ort. Hell und klar. Sie essen ein Brötchen mit Orangenmarmelade, die womöglich sogar selbst gemacht ist, ich esse eine Brezel und anschließend noch ein Croissant. Es gibt frischen Kaffee und heiße Milch. Es ist Samstag, und ich weiß nicht, wie spät es ist, denn meine Uhr ist zusammen mit meiner Kleidung verschwunden. Sie sehen wunderbar aus. Öffnet Ihre Apotheke auch samstags?«

Sie sagt: »Ich werde in einer Stunde öffnen, um Punkt zehn. Es ist jetzt kurz nach neun. Wir haben noch genügend Zeit. Wenn Sie wollen, können Sie den ganzen Vormittag hier hinten bleiben, und ab und zu husche ich nach hinten und nehme irgendwas von Ihnen in den Mund. Ich finde, Sie passen gut hierher, und ich bin froh, Sie kennen gelernt zu haben.«

»Das verdanken wir Ihrer Tochter.«

Rosa erschrickt, als er das sagt. Mit einem Mal bedrängt sie eine absurde Hoffnung. Sie stellt einen unmöglichen Zusammenhang zwischen Lennart und ihrer Tochter her, und sie fällt darauf herein. Sie ist immer noch nicht geheilt.

»Wieso?«, ein Wort, das ihr schwer fällt.

»Schmerz macht weich. Ohne Ihre verschwundene Tochter wären wir nie ins Gespräch gekommen. Oder?«

»Ach so«, sagt Rosa. Und nach einer Minute Schweigen: »Warum sind Sie damals in meine Apotheke gekommen? Waren Sie krank?«

»Ein Zufall. Ich war unterwegs, verspürte ein Kratzen im Hals, sah Ihre Apotheke und trat ein. Da standen Sie. Unverkennbar gezeichnet vom Schmerz. Ich mag Leute, die leiden. Tief und schwer muss das Leiden sein, damit es interessant wird. Es wird zu wenig gelitten, finden Sie nicht?«

»Ach, Lennart, wie Sie darüber reden. Manchmal glaube ich, Sie nehmen das alles zu leicht. Sagen Sie mir, wie sah ich aus, und habe ich mich verändert seit damals?«

Du bist geiler geworden, denkt er, und deine Stimme klingt manchmal etwas unverschämt. Aber diese Frage eben klang ziemlich unterwürfig. Vielleicht spielst du das nur. Vielleicht bist du dabei, eine gute Schauspielerin zu werden.

»Sie tragen Ihr Haar um einiges länger. Wie lang wollen Sie es noch wachsen lassen?«

»Gefällt es Ihnen?«

»Sehr.«

»Bis zum Po. Ich werde es bis zum Po wachsen lassen.«

»Sie haben sich nicht verändert, jetzt bin ich mir sicher.«

Unverschämter Kerl. Natürlich habe ich mich verändert. Er weiß es ganz genau, warum sagt er es mir nicht? Ich mag, dass er es nicht sagt. Es ist kein Trotz, er will mich nicht quälen, es hat irgendeinen anderen Grund. Dieser Kerl tut mir gut. Aber für dumm verkaufen lasse ich mich deshalb noch lange nicht. Allmählich fange ich an zu verstehen. Obwohl ich gar nicht weiß, was ich begreife.

»Ich glaube«, sagt Lennart und bricht ein Croissant auseinander, »es war kein Risiko, Ihnen von Anfang an klarzumachen, dass mir das mit Ihrer Tochter nicht Leid tut. Mitleid ist keinesfalls eine Form von Heuchelei, mir kommt dieses Gefühl eher vor wie Blödheit. Extreme Blödheit, von der niemand etwas hat, die nichts einbringt, kein Ziel und keinen Zweck hat.«

»Wie abstoßend Sie reden können. Es tut mir weh, wenn Sie das sagen. Aber wie können Sie so reden, ohne abstoßend zu klingen? Lennart, Sie sind ein Genie.«

Er erhebt sich. Die Decke bleibt einen Moment an ihm hängen, dann fällt sie zu Boden.

»Rosa«, sagt er mit bebender Stimme, »ich möchte Sie in aller Form um eines bitten.«

»Bitten Sie.«

»Eine weitere Tasse Kaffee.«

Wieder lachen sie, und während Rosa seinem Wunsch nachkommt, schlägt Lennart sich die Decke um den Bauch, stopft sie fest und breitet die Arme aus.

»Ich gestehe Ihnen alles, Rosa. Jetzt ist der richtige Zeitpunkt. Ich bin schuld. Womöglich werden Sie mich in wenigen Minuten zutiefst verachten. Wissen Sie, was Fortschritt ist? Ich will, dass mich jeder Tag meines kleinen Daseins einen weiteren Schritt von der Wahrheit entfernt. Das ist mein Fortschritt. Für Sie aber verzichte ich einen Augenblick auf den Fortschritt.«

Er nimmt Platz. Rosa sitzt schräg im Sessel, die Beine übereinander geschlagen. Sie hat sich ein Glas Wasser eingeschenkt, von dem sie trinkt und es dann nachdenklich in der Hand dreht. Ihre Fingernägel sind tadellos gepflegt, in einem milchigen Ton lackiert und erstaunlich lang für eine Apothekerin, das ist ihm bisher noch nicht aufgefallen. Was er sagt, soll irgendwie rund klingen, guter Sound, aber nicht glatt oder mittelmäßig, eine zärtliche Bösartigkeit, und vielleicht kann damit das Thema abgeschlossen werden.

»Ich habe Ihre Tochter entführt. Wollen Sie wissen, warum? Gibt es für eine solch abscheuliche Tat einen Grund? Aber es muss ja einen Grund geben, niemand entführt einfach so einen Menschen. Alles muss einen Grund haben, was sollen wir sonst denken?«

»Sie haben sich in sie verliebt«, sagt Rosa, und für einen winzigen Moment sieht sie ihre Tochter neben Lennart sitzen und ihn mit leicht geöffnetem Mund von der Seite betrachten. Sie muss die Augen schließen. Meine Gedanken, denkt sie, was machen meine Gedanken, sie sind so eigenartig frei. Sie tun, was sie wollen. Kinder, die in einem großen Garten spielen, die Sonne scheint, und nun verstecken sie sich hinter einem Baum.

»Liebe«, erwidert er, »Liebe, natürlich. Vom ersten Augenblick an und so weiter. Nichts Besonderes, eine durch und durch gewöhnliche Liebe. Ich habe mir einen todsicheren Ort für Ihre Tochter ausgedacht, ich merkte schon beim ersten Blick, dass sie an so einem Ort leben wollte und dass nur ich ihr diesen Ort ermöglichen könnte. Nennen wir diesen Ort den Bunker. Ich habe sie nach fast einem Jahr der Vorbereitung in den gut ausgestatteten Bunker gebracht. Ein bisschen Gewalt war nötig, aber das ist normal. Ich sorge gut für sie. Sie wissen, ich bin kein bösartiger Mensch. Der Bunker verfügt über fließend

Warmwasser, ein Laufband, eine kleine Küche, ein mobiles Solarium und ein hervorragendes Bett. Dort liegt Ihre Tochter oft, und ich bin ihr ein guter Mann. Wenn ich sie besuche, ist es wie nach Hause zu kommen. Ich bin sehr traditionell, lachen Sie nicht, oder lachen Sie ruhig, ich glaube an Mann Frau Ficken. Ficken, eigenartig dieses Wort bei Tageslicht auszusprechen, probieren Sie es mal aus, liebe Rosa, sagen Sie es mal, es ist ganz anders, als es im Dunkeln zu sagen.«

»Ficken«, sagt Rosa, und sie sieht, wie die Kinder sich einen Ball zuwerfen, erstaunlich geschickt, der Ball bleibt in der Luft, nur kurz berührt er ihre kleinen, feuchten Hände, die ihn nicht richtig festhalten, sondern gleich wieder weiterwerfen.

»Oder Fotze«, sagt Lennart, »das geht genauso gut. Ich mag es, die Worte so nackt auszusprechen, einzelne Worte, kein Satz um sie herum, der sie sicher und nützlich macht, vielleicht sogar schöner. Hören Sie nur. Fotze. Ihre Tochter ist großartig. Sie gehört mir, ganz allein, nur ich habe den Schlüssel zum Bunker, den ich einem höchst eigenartigen Zufall verdanke, aber das ist eine andere Geschichte. Und doch bin ich nicht selten ratlos. Ich verbringe Stunden mit Ihrer Tochter und bin ratlos. Die Liebe macht mich ratlos. Tatsächlich. So ist es, Rosa. Mehr steckt nicht dahinter.«

Rosa sieht aus dem Fenster und erkennt das Dach eines Autos, das vor der Hauswand gegenüber steht. Eine Amsel fliegt herbei, hockt sich auf die Dachreling und wippt aufgeregt mit den Schwanzfedern.

»Fotze«, sagt Rosa und sieht wieder auf Lennart, »ich bin froh, dass ich jetzt weiß, was mit meiner Tochter geschehen ist, dass ich jetzt weiß, dass Sie für ihr Verschwinden verantwortlich sind. Ich bin überhaupt froh, dass sie verschwunden ist, ein für alle Mal aufgeräumt, die Fotze, die meine Tochter ist. Und doch spüre ich einen Schmerz, der randlos ist, und jetzt spüre ich ihn schon weniger, und gleich werde ich ihn nicht mehr spüren. Es ist so heilsam, was Sie sich alles ausdenken, es ist so … ich weiß nicht … ich möchte gern, dass Sie sich jetzt einen runterholen, tun Sie das, für mich, ja? Ich sage nie: einen runterholen, aber jetzt sage ich: einen runterholen, was haben Sie nur mit mir gemacht, Lennart.«

Rosa löst einen Schuh vom Fuß und zieht einen Strumpf aus. Wie einen Gummi schleudert sie ihn zu Lennart hinüber. Der zögert kurz, dann zieht er ihn an. Woher nimmt er die Kraft, das, was er sich ausdenkt, auch noch auszusprechen, denkt Rosa, während sie beobachtet, wie er beginnt. Er ist tiefer ins Sofa gesunken, die graue Decke wirft unter und neben ihm schön weiche Falten, und es sieht aus, als wäre es um ihn herum heller geworden. Der Strumpf an seinem Bein hat etwas abstoßend Asymmetrisches, und da sie selbst auch nur einen Strumpf trägt, fühlt sie sich Lennart auf eine so unerträgliche Weise verbunden, die sie weder begreift noch länger aushält. Er muss auch noch den zweiten Strumpf anziehen, und das wirkt sofort beruhigend auf sie, während es ihn sehr zu befriedigen scheint. Er erfüllt ordentlich, was sie von ihm verlangt.

Jetzt kann sie ihn einigermaßen ruhig beobachten. Er macht seine Sache gut. Er gibt sich Mühe, dass es ihr gefällt, das merkt sie genau. Er wirkt konzentriert, aber das ist nichts Ungewöhnliches bei ihm. Nur bei dieser Tätigkeit scheint es ihn doch einige Kraft zu kosten. Sein Gesicht wirkt erhitzt und dadurch etwas jünger. Auf seiner Brust liegt ein leichter Glanz. Die Brust wirkt fest, und an der Art und Weise, wie sie sich hebt und senkt, glaubt sie erkennen zu können, dass es um Lust geht. Würde sie nur diese Bewegung sehen, sie wüsste sofort, was er gerade macht. Die Muskeln seiner Arme sind angespannt, und es scheint so, er spannt sie absichtlich etwas mehr an, als nötig wäre. So hat sie der Sache noch nie zugesehen, er macht es vor ihren Augen, aber er bedrängt sie nicht damit. Vielleicht ist es ihm gleichgültig, ob sie neben ihm sitzt oder nicht. Vielleicht ist er so ein Schwein, dass ihm alles gleichgültig ist. Aber sie will nicht, dass es ihm gleichgültig ist.

Rosa steht auf und geht umher. Sie nimmt verschiedene Positionen ein und betrachtet genau, was er tut. Mit etwas größerem Abstand beeindruckt das Ganze etwas mehr. Vom Fenster her oder vom Durchgang nach vorne in den Verkaufsraum sieht es empörender aus. Das ist ihre Apotheke, das ist ihr Leben, ihr Sofa, alles hier gehört ihr, was also hat der Kerl dort drüben zu suchen? Die Empörung schwindet beim Näherkommen. Und noch einen Schritt näher, und sie ist verschwunden. Rosa wundert sich. Das Ganze lässt sich aus der Nähe nicht mehr betrachten, die Details wirken alle überdimensioniert. Lennarts kleiner Finger der rechten Hand steht ab, aber allein dieser Finger sieht riesig aus. Dazu kommt der Geruch. Die Geilheit riecht betörend und primitiv und macht das Aufkommen von Empörung unmöglich. Sie kniet sich auf den Boden vors Sofa, sodass sie seine Faust im Blick hat und im Hintergrund sein unscharfes Gesicht. Sie sagt: »Können Sie reden, Lennart?«

»Rosa«, antwortet er, »ja, es geht, ich kann reden. Fragen Sie nur. Was immer Sie wollen.«

»An was denken Sie gerade?«

»Ich weiß nicht mehr. Gerade dachte ich an etwas. Dann fragen Sie mich, und es ist weg. Jetzt denke ich an Ihr Gesicht.«

Rosa erhebt sich. Sie geht kurz nach vorne und startet die elektronische Kasse. Auf dem Display leuchtet in gelblicher Schrift *Guten Tag* auf. Und dann: *Geben Sie Ihren Benutzernamen* ein. Sie gibt den Namen ihrer Tochter und ihr Geburtsdatum ein, und im gleichen Augenblick wird ihr klar, sie muss diesen Namen ändern. In dem Fach unter der Kasse findet sie das Handbuch. Sie liest nach, was sie tun muss. Es kommt ihr sehr unlogisch vor. Sie geht Schritt für Schritt vor, die Anleitung ist wirklich gut, aber es kommt ihr dennoch vollkommen unlogisch vor. Die Tasten arbeiten nahezu geräuschlos. Auf dem Display wechseln die Befehle sich ab. Es sind Befehle aus einer anderen Welt, die sie unbedingt ordentlich erfüllen will. *Drücken Sie dann die Rautetaste*. Sie drückt die Rautetaste. *Blättern Sie mit den Pfeiltasten im Menü bis zum Menüpunkt neuer Benutzername*. Sie blättert mit den Pfeiltasten im Menü bis zum Menüpunkt neuer Benutzername. *Drücken Sie Enter*. Sie drückt Enter. *Geben Sie zweimal den alten Benutzernamen ein*. Sie gibt zweimal den alten Benutzernamen ein. *Verabschieden Sie sich von Ihrer Tochter. Ersetzen Sie den Namen Ihrer Tochter durch einen anderen Namen. Der Name Ihrer Tochter wird jetzt vollständig gelöscht. Empfinden Sie, wie herrlich es ist, etwas vollständig zu löschen.*

Danke, liebe Kasse, wer aber weiß, ob du Recht behältst?

Rosa gibt einen neuen Namen ein. Sie muss nicht überlegen. Sie gibt seinen Namen ein und hängt die Zahl zwölf an. Lennart12. Das ist jetzt der neue Benutzername. Sie muss ihn bestätigen. Sie bestätigt ihn. Dann muss die Kasse neu gestartet werden. Sie startet die Kasse neu. *Guten Tag. Geben Sie Ihren Benutzernamen ein.* Lennart12. Sie weint. Tatsächlich weint sie. Richtige Tränen, die ihr groß vorkommen. Nicht viele. Dann atmet sie durch. Das ist gut, zu atmen, kräftig und voller Willen zu atmen. Sie dreht sich um und geht wieder nach hinten.

»Sie kommen voran, Lennart?« sagt sie und kichert.

»Alles im grünen Bereich«, antwortet er und lächelt gezwungen.

»Sie lieben die Wahrheit?«

»Oh, unbedingt.«

»Was denken Sie?«

»Gerade dachte ich, Frauen sind langweilig und entbehrlich.«

»Und jetzt?«

»Jetzt denke ich anders darüber.«

»Sie ändern schnell Ihre Meinung.«

»Ich stehe dazu.«

»Sie schämen sich überhaupt nicht?«

»Die Scham liegt hinter mir. Ich habe mich schon lange nicht mehr geschämt.«

»Lieben Sie mich?«

»Das kann ich grade nicht beurteilen.«

»Das ist nicht nett.«

»Ich liebe Sie.«

»Sagen Sie es noch einmal, und sehen Sie mir in die Augen dabei.«

»Ich liebe Sie, Rosa. Ich werde Sie jeden Tag ficken, und abends decke ich Sie zu, und ich werde Ihnen vor dem Einschlafen eine Geschichte erzählen. Wir beide, Rosa, werden eine kleine intime Zelle gründen. Unsere Liebe wird wie eine Verschwörung sein. Sehen Sie nur, dort drüben, der Schatten.«

Ein bisschen Licht hat sich verirrt. Von der Straße her dringt es in den Laden ein und schnappt sich Lennart auf dem Sofa und wirft die Mitte seines Körpers als Schatten für einige Momente auf die Hauswand im Hinterhof. Erstarrt blicken beide hinüber. Und andächtig. Wie aus einem Schlot treiben plötzlich Wölkchen aus dem Schatten und flattern ruckartig die Hauswand hinauf. Dann ist die Wand wieder glatt und leer, grell im Licht, und beide wenden den Blick ab.

»Ich muss die Apotheke aufsperren«, sagt Rosa.

»Brauchen Sie Ihre Strümpfe?«

»Nein, behalten Sie sie ruhig an. Ihre Kleidung befindet sich übrigens im Hängeschrank.«

Den ganzen Vormittag über bleibt sie bis auf eine Ausnahme vorne im Laden. Lennart hört, wie sie mit den Kunden spricht. Es ist eine andere, fremde Stimme, und das festzustellen macht ihn wirklich glücklich. Meine Rosa, denkt er zufrieden, spricht mit einer fremden Stimme, und ich bin Zeuge und lasse mich gerne verwirren, ja, Rosa, verwirre mich, verwirre mich!

Dieses bisschen Schwärmerei entspannt ihn und macht ihn wieder schläfrig. Er lehnt sich in seine Sofaecke und fällt in einen leichten Schlaf. Es ist ein Schlaf, der wie eine Tangente an dieser gemütlichen Rundung der Wirklichkeit anliegt, durch die Rosa mit geräuschloser Leichtigkeit gleitet. Manchmal öffnen sich Lennarts Lider wie bei einer Puppe, die in eine aufrechte Haltung gebracht wird, und er sieht Rosa in ihrem weißen Kittel zwischen den Ausziehschränken umherhuschen, er sieht, wie sie einen Schrank mit einer Handbewegung aus der Wand treten lässt, seitlich hineingreift und ihn lässig wieder zurückstößt. Und im selben Augenblick, in dem Rosa das Medikament dem Kunden bringt, kippt jemand die Puppe nach hinten und schließt ihr die Augen. Rosa sagt: Danke, und sie sagt: Kann ich noch etwas für Sie tun, und Rosa sagt: Bitte, und eine zweite Stimme sagt ebenfalls danke und bitte und nein und ja, und Lennart seufzt in seinem seidenen Schlaf. Bald sieht er Rosa erneut durch das bewegliche Labyrinth gleiten, aber diesmal blickt sie ihn unverwandt an, erstaunt und mit einem fremden Gesicht, als würde sie ihn nicht erkennen. Aber dann erkennt sie ihn doch, und jetzt lächelt sie, und ihre Zungenspitze schiebt sich hervor, und diese Bewegung erscheint ihm so plastisch und nah, dass er spürt, wie eine Stelle auf seiner Nase feucht wird.

Als Rosa später nach hinten kommt, ist Lennart ausgeschlafen. Er sitzt aufrecht und bekleidet im Sessel und sieht sie an. Rosa verschwindet in der Toilette. Dann trinkt sie zwei Gläser Wasser. Sie nimmt die Strümpfe, die über der Sofalehne liegen, und sagt:

»Ich ziehe meine Strümpfe wieder an.«

»Phantastisch«, sagt Lennart, »Ihre Beine sind phantastisch. Ich liebe Ihre Beine, ich liebe Ihre Hände und ich liebe Ihre

Finger, die Ihnen so geschickt die Strümpfe anziehen. Wollen Sie mit mir in Urlaub fahren?«

Rosa küsst ihn. Ein nasser, mittelschwerer Kuss, der einen kühlen Rand um seine Lippen zieht.

»Die nächsten zwei Wochen wollte ich sowieso Urlaub machen. Wir können morgen losfahren. Die Vertretung ist bestens geregelt. Wo fahren wir hin?«

»Letzten Herbst war ich beim Sechstagerennen. Ich interessiere mich nicht für Sport. Aber diesmal wollte ich unbedingt dabei sein. Radfahren ist gar nicht so uninteressant, wie ich dachte. Es ist ein ruhiger Sport. Am meisten haben mich der Wind, den das Fahrerfeld verursacht, beeindruckt und die superepilierten Beine der Rennfahrer. Nach jedem Rennen werden diese trainierten Beine von dicklichen Männern mit weit ausgreifenden Bewegungen massiert, deshalb die Epilation. Ich verstehe nichts von Radrennen, aber ich kann ganz hervorragend eine Postkarte ausfüllen. Es gab ein Gewinnspiel, man musste bloß den Namen des beliebtesten Rennfahrers aufschreiben, und schon konnte man eine zweiwöchige Kreuzfahrt in die Karibik gewinnen. Und stellen Sie sich vor, Rosa, ich habe gewonnen, ich, der ich noch nie irgendetwas gewonnen habe, bin der Gewinner des ersten Preises. Morgen geht es los.«

Rosa blickt betreten. Lennart bemerkt, dass sie sich an irgendetwas zu erinnern sucht und sich bemüht, einen Zusammenhang herzustellen. Sie blickt angestrengt mit fest zugekniffenem Mund und starren Augen. Plötzlich fällt es ihr ein. Ihr Gesicht löst sich aus seiner Anspannung, und Tränen treten ihr in die Augen. Sie wehrt sich nicht. Sie lächelt und weint. Und

Lennart sieht ihr dabei zu, ein bisschen missmutig, jedoch nicht lustlos. Tatsächlich ist er neugierig und möchte erfahren, was diese Regung ausgelöst hat. Deshalb erhebt er sich und nimmt Rosa in den Arm, wie ein guter, verständnisvoller Liebhaber, obwohl er sich in dieser Rolle sogleich possenhaft und ziemlich drollig vorkommt. Er drückt Rosa und streicht ihr übers Haar, beides unbefriedigende und irgendwie kantige Gesten. Er leckt zart eine der Tränen von ihrer Wange, das ist schon besser, aber keine Kunst. Er versucht es mit Worten.

»Woran haben Sie gedacht, Rosa?«

Rosa legt den Kopf auf seine Schulter und spricht weg von ihm.

»Nichts«, sagt sie, »nur ein Telefongespräch, das letzte, aber jetzt ist Schluss damit, Gefühle sind wie Zugvögel, Lennart, man sollte ihnen den Kontinent abschneiden.«

Noch ein paar Minuten stehen sie so in diesem warmen Hinterzimmer, dann hat sich die Erregung gelegt. Eine Frau über diesen Zeitraum hinaus zu umarmen, wäre ihm unmöglich. Schon nach einer Minute in dieser Position beginnt er zu wanken. Es wird ihm schwindlig, und er hat das Gefühl, gleich nach hinten zu kippen. Umarmungen sind wie eine Waage, in deren einer Schale ein zu großes Gewicht liegt. Umarmen ist gut, aber nur in Portionen. Zwischendurch will er zurücktreten und sich der Festigkeit des Boden versichern.

»Bis morgen, Rosa«, sagt er endlich.

»Ich freue mich sehr«, antwortet sie.

Und er sagt: »Jetzt bin ich unglücklich, dass ich dich verlassen muss.«

Und sie sagt: »Mein Liebster.«

»Morgen machen wir weiter mit der Liebe.«

»Unbedingt.«

Die Sonne scheint senkrecht. Schattenlos zu sein ist angenehm. Ein Privileg für Kenner. Lennart überquert die Straße ordentlich bei Grün. Er geht ein paar Schritte und versucht zu genießen, was ihm widerfahren ist. Zweifellos ist er glücklich. Dieses Glück ist so hell wie das Licht in dieser Straße. Doch diese Helligkeit ist nicht ganz glaubwürdig. Gerade weil es so hell ist, steigert es das Empfinden für Dunkelheit. Es ist nicht einfach, den Sommer und sein Licht zu ertragen. Aber er erträgt es, und das macht ihn stolz.

Als er am Getränkeladen vorbeikommt, beschließt er einzutreten. Der Mann im Rollstuhl trägt dasselbe karierte Hemd wie gestern. Er stellt sich Lennart seitlich in den Weg und sagt:

»Sie sind es. Sie waren die ganze Nacht bei ihr? Famose Frau, ich hab sie gern.«

Lennart sagt:

»Immer noch ohne Beine?«

Der Mann kichert, und dabei flattern seine Lider.

»Ich bin lieber ohne Beine. Haben Sie sie gut rangenommen?«

Lennart zwängt sich am Rollstuhl vorbei und läuft zwischen den Türmen der Getränkekästen hindurch. Er nimmt sich eine Flasche naturtrüben Bioapfelsaft und überlegt, dem Krüppel etwas davon über den Kopf zu gießen, aber sogleich wird ihm die abstoßende Schlichtheit seines Gedankens bewusst. Es wäre primitiv, den Vorstoß in seine Intimität mit den gleichen Waffen zu beantworten. Außerdem mag Rosa den Mann, und er mag ihn auch. Er sagt: »Wissen Sie, was die einzige soziale Handlung der Schlangen ist?«

»Keine Ahnung. Was ist eine soziale Handlung?«

»Der Liebesakt.«

»Ich habe praktisch keinen Sex«, erwidert der Mann im Rollstuhl und dreht abwechselnd an seinem linken und rechten Rad, was ein irgendwie verlegenes Hin und Her seines Stuhls zur Folge hat.

»Sie können sich gut ausdrücken«, erwidert Lennart. »Ist es schlimm, ohne Sex zu leben? Schlimmer als ohne Beine? Mein Gott, was Sie alles wissen müssen!«

»Es ist unerträglich. Deshalb bitte ich Sie um Folgendes: Öffnen Sie den Reißverschluss Ihrer Hose und treten Sie näher.«

Lennart lacht, und nach einem Moment des Zögerns schließt sich der Krüppel an. Er lacht ein monotones *Heckheckheck*, das schrill von den Wänden widerhallt und ein paar Flaschen vibrieren lässt, bis sie aneinander stoßen.

»Jetzt mal im Ernst«, sagt Lennart, »ist es schlimm, so ein sexloses Dasein aus der Krötenperspektive leben zu müssen?«

»Ganz im Ernst«, erwidert der Mann, »ich beneide Sie. Die Apothekerin ist eine tolle Frau, und wer weiß, was sie alles mit Ihnen gemacht hat. Seit Sie sie besuchen, wirkt sie viel weniger traurig, glauben Sie nicht, dass mir das entgangen ist. Wir kennen uns seit Jahren, und, ehrlich gestanden, ich bin schon lange in sie verliebt. Wer weiß, wenn Sie nicht erschienen wären, womöglich würde ich nun die Nächte mit ihr verbringen und sie trösten. Glauben Sie nicht, ich bin dazu nicht in der Lage, meine Hände sind perfekte Werkzeuge, und meine Zunge, sehen Sie, wie weit ich sie aus dem Mund schieben kann!«

Während er die riesige Zunge bei ihren Turnübungen beobachtet, versucht Lennart diesen vorlauten Zwerg ohne Widerstand auf sich wirken zu lassen. Allein die Vorstellung, der Krüppel könnte Rosa mit seiner behänden Zunge näher kommen, wäre Grund genug, sich voller Ekel abzuwenden. Doch Lennart möchte diesen Grund auf keinen Fall gelten lassen. Er möchte, dass der Krüppel mit seiner hohen und erstaunlich festen Stimme redet, denn es liegt etwas Überwältigendes in diesem Gespräch, das er gerade führt. Es fügt sich gut zu dem großen Glück, das er mit Rosa empfindet, und es beleuchtet einen interessanten Aspekt dieses Glücks: Sein Glück wirkt kompletter, wenn er den Krüppel auf diese letztlich bescheidene Weise daran teilhaben lässt. Der Krüppel kommt ihm vor wie eine Art Pate seines Glücks, und dieser Gedanke ist nun wirklich zu entzückend.

»Ich glaube Ihnen«, sagt Lennart, »trotzdem möchte ich Sie noch einmal fragen, wie schlimm es ist. Ich habe nämlich den Eindruck, Sie nehmen unser Gespräch nicht ganz ernst.«

»Sie täuschen sich. In der Gegenwart mancher normaler Menschen bemerke ich, wie wenig mich trennt von ihnen. Manchmal trennt mich überhaupt nichts. Ich merke dann, dort, wo mein bescheidener Körper aufhört, hat der Körper meines Mitmenschen schon längst angefangen. Ich sehe Ihnen doch an, wie groß Ihre Lust ist, mal mit meinem Rollstuhl zu fahren. Ja, trinken Sie ruhig noch einen Schluck.«

»Sie beneiden mich!«

»Ohne Vorbehalte, ja, ich beneide Sie, und wenn ich genügend Appetit aufbringen könnte, würde ich sie glatt auffressen.«

Plötzlich verliert Lennart die Lust an einer Fortsetzung des Gesprächs. Krüppel muss man nicht grüßen, denkt er, und verlässt ohne ein Wort den Getränkeladen und macht sich auf den Weg nach Hause.

Fröhlich überlegt er, was man für eine Kreuzfahrt alles einpacken muss.

Es wird eine wunderbare Reise.

10 November.

Am Ende der Nacht verlässt ein Mann die große Sporthalle durch einen der Notausgänge. Er steigt ein paar Stufen nach oben, bis er auf den breiten, leicht ansteigenden Hauptweg gelangt. Er folgt diesem Weg bis zu einer Brücke. Dort bleibt er stehen und blickt zurück. Er ist müde und erschöpft, aber ebenso zufrieden. Er spürt die weiche Luft an seinen Wangen, er spürt, wie spielerisch ihre Berührung ist, und lächelnd stellt er fest, dass es sich anfühlt, als würde ihn jemand, der ihn sehr mag, mit großer Nachsichtigkeit ohrfeigen.

Er spricht ein paar Worte in die Luft hinein, dann gähnt er. Er stützt sich ans Brückengeländer und blickt auf den schwarzen See, auf dem sich einzelne Lichter spiegeln und der aussieht wie ein riesiger, dicker, umgedrehter Tropfen. Links liegt die Halle, die er vor ein paar Minuten verlassen hat, und bei ihrem Anblick ergreift ihn eine große melancholische Traurigkeit, die seine Augen feucht werden lässt. Kein Wind weht mehr, bald wird der Föhn zusammenbrechen und die warme Luft einer kalten weichen. Aber noch ist es warm, so warm, dass er nur im Hemd unterwegs ist. Sein Jackett hängt über seinem Arm, aus dem Stoff dringen Gerüche an seine Nase: intensiver Rauch, ein leichtes Parfüm, gegrilltes Fleisch.

Er greift in die rechte Außentasche und sucht nach etwas. Er findet es, holt es heraus und wirft es ins Wasser. Fast unhörbar taucht der Gegenstand sofort unter. Der Mann macht sich auf den Weg. Schöner, kommt ihm vor, hat er den Park noch nie gesehen. Kein Mensch ist unterwegs, es ist totenstill, und die Dunkelheit ist weich und nachgiebig. Alles wirkt, als sei es nur für ihn gemacht, und das ist befriedigend. Er entschließt sich, nicht nach Hause zu gehen. Er will auf den höchsten Hügel hinaufsteigen und dort oben den Anbruch des Tages erwarten. Bald danach wird er in sein Büro gehen und trotz seiner Müdigkeit einen arbeitsintensiven Tag verbringen.

Er läuft die Serpentinen hinauf, nur einmal, auf halber Höhe angelangt, hält er inne. Unter ihm schimmert das merkwürdige Zeltdach, das sich in einem Stück vom Stadion bis über die große Sporthalle und das Schwimmstadion hinzieht. Eine straff bis zum Reißen gespannte Haut eines mächtigen, doch ebenso unbeholfenen Reptils. Eine Haut, die an den Rändern platzt, gerade jetzt platzt, immer gerade jetzt platzt, erstarrt in diesem Zustand. Der Anblick schmerzt. Der Mann schüttelt den Kopf, als würde ihm irgendetwas unglaublich erscheinen.

Auf der Spitze des Hügels, wo sich ein Stahlkreuz befindet und ein Fernrohr mit Münzeinwurf, nimmt er Platz in der Mitte einer halbrunden Parkbank. Er lehnt sich zurück. Seine linke Hand greift um sein rechtes Handgelenk. Er blickt nach Süden. Dort beginnt das Licht. Eine schmale Schicht über den Bergen. Wie ein Feuer, das die Nacht über heruntergebrannt ist.

Bald schiebt sich eine graue Wand davor.

danke, greg und if